†
Sammon.Kss.Shuyu
Presents

EUTHANASIA
安樂死

1

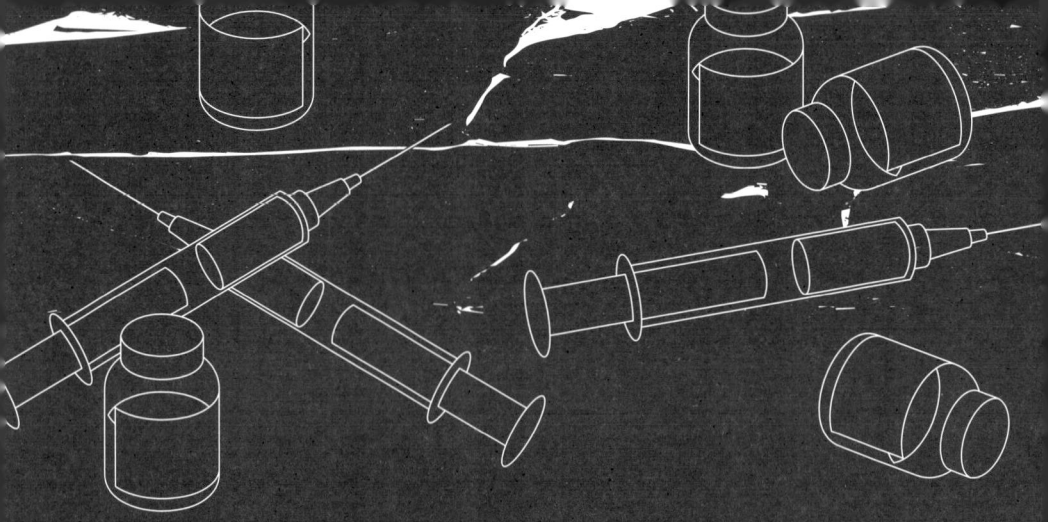

CONTENTS

始於失去｜第01章　[004]

家庭醫師｜第02章　[012]

安樂死｜第03章　[021]

死者竊盜案｜第04章　[031]

思覺失調的 Som 先生｜第05章　[041]

不偷竊的賊｜第06章　[050]

前往謀殺案之門｜第07章　[059]

藥師｜第08章　[072]

[083]　第09章｜偷襲

[090]　第10章｜嫌疑人

[101]　第11章｜偽裝

[112]　第12章｜關係的定位

[124]　第13章｜竊聽

[135]　第14章｜名字出現在
　　　　　　　各案件中的男子

[144]　第15章｜遺失的筆

[153]　第16章｜設局

Euthanasia

Euthanasia

懷疑｜第17章　［164］

第二件謀殺案｜第18章　［173］

五里霧中｜第19章　［182］

包著糖衣的毒藥｜第20章　［191］

揭密計畫｜第21章　［200］

跟蹤｜第22章　［208］

說謊｜第23章　［219］

連續殺人犯的戰利品｜第24章　［228］

解脫治療｜第25章　［236］

［246］　第26章｜血色之夜

［255］　第27章｜告白

［266］　第28章｜Kantapat 的模樣

［278］　第29章｜活下來的老虎

［285］　第30章｜啟發

［292］　終　章｜離苦得樂

［303］　番外01｜禮物

［312］　番外02｜等待被發掘的故事

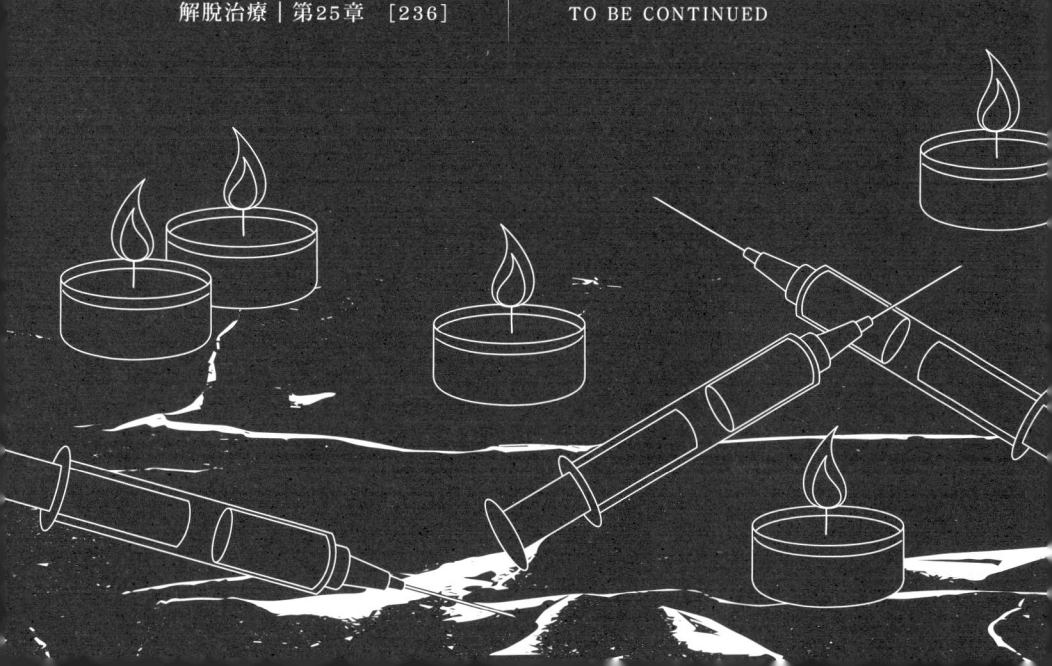

TO BE CONTINUED

第一章　始於失去

踩在木地板上的腳步聲，是老嫗除了自身心跳外，聽見的第二個聲音。她緩緩睜開眼，混濁的眼睛只看見昏暗的夜色。老嫗聲絲氣咽，下背部的疼痛在清醒的瞬間朝她襲來──太痛苦了，她一個虛弱的女人再也無法對抗下去。

Rawiwan女士已七十歲，是一個為人稱道的堅毅女性。她育有三子，長子雖不富有，但做著穩定的生意，隨時陪伴著母親；二兒子不幸死於一場意外；小兒子則是個常駐他府的警察。她一生中經歷過許多奮鬥，從來不曾認輸：她咬緊牙關，與失敗的婚姻拚搏，不只供三個兒子讀書，還擔起丈夫留下的大筆債務，期盼晚年能過得安逸舒適。她度過中年之後，一切確實也開始好轉。

但她終究敗給了子宮內膜癌末期。

侵蝕脊椎與神經的癌細胞對她造成莫大的痛苦，若不是有嗎啡止痛，劇痛將讓她感覺生不如死。

腳步聲越來越近，老嫗慢慢環顧四周，找尋聲音來源。眼睛適應黑暗時，Rawiwan看到一個人影站在床尾，奇怪的是，她不怎麼驚訝。那個人影慢慢朝她走來，坐上床沿，手也覆上老嫗孱弱的手。

「Gams……是Gams嗎？」老嫗用乾啞的聲音喊著已逝二兒子的名字，「阿母……很想你……」

那隻手緊緊握住她的手，「我也很想您。」

「Gams要帶阿母去一起住了，對嗎？」

「對。」人影的聲音離她的左耳很近，「希望阿母放心，想想過去做過的好事。阿母曾為興建醫院大樓捐款，還記得嗎？」

老嫗緩緩地點頭，想起她那天為了捐款資助興建醫院病房，拿著裝有超過萬元泰銖的白色信封跑到遙遠的偏鄉醫院去，那是她做過最大筆的慈善。一想到這裡，她感到出奇地平靜，椎心蝕骨的疼痛開始緩解。

「阿母是最優秀的女人，跨越了許多苦難。」這熟悉的低柔嗓音讓Rawiwan無比放鬆，「現在時候到了。阿母不用害怕，靜下心來，之後所有疼痛都會消失。阿母會到一個遙遠的地方，那裡寧靜、舒適，還有兒子陪伴。」

對，這正是她想要的。老嫗的眼眶湧出清澈的液體，那是欣喜的淚水，「多謝……多謝……」

如那個聲音所言，疼痛慢慢消失，她感覺到前所未有的快活，呼吸也越來越緩慢，越來越輕，直到胸口不再起伏，混濁的雙眼完全閉上睡去，再也沒有睜開的一天。

Rawiwan，死亡時間凌晨兩點三十五分。

＊

「我嗎？」會議室的其他醫師報以如雷掌聲的同時，年輕的男醫師一臉驚訝地指著自己。他轉頭看向坐在身旁的女醫師，她滿臉笑容，從背後推他起身。

「去啊，Kan。」

年輕男醫師靦腆地笑了笑，接著站起身，走向醫院會議室的

前方。他舉手朝院長行禮,謙遜地接下對方手裡的獎狀。

「Kantapat醫師的分數比Bannakij醫師高了一點。」

會議室內響起了輕笑聲,Bannakij醫師揮揮手否認,臉上笑容燦爛,「給Kan學長吧。」

Kan轉身再次對高層鞠躬後,快步走回自己的位子。Somsak醫師,也就是醫院的院長繼續說:「這個優秀醫師獎,是為了鼓勵各位醫師所設的,每個人都有獲獎的機會,希望你們認真工作,當個好醫師,與同事友善相處,也歡迎以Kan醫師為榜樣。」

Kan搖搖頭,掛著禮貌的微笑。家醫科醫師的工作需要與各式各樣的人協商會談,他因此被訓練成富有同理心、擅於與他人合作的醫師,這或許是他獲獎的優勢。相較之下,那些大多都在高壓手術室裡工作,必須與時間賽跑、替大量患者診斷的外科醫師該如何取得這麼多票數?

「看來Kittipong學長不怎麼滿意啊。」Kantapat的好友,婦產科的Ning醫師靠過來耳語。她說的是整形外科的醫師,那位在院裡是出了名的難相處。

「不會啦,他本來就是那張一號表情。」Kan將剛拿到的獎狀收進側背包的資料夾裡。

「講完好消息之後,我要報告一件遺憾的事情⋯⋯」Somsak醫師頓了一下,「那就是有一位醫師即將離職,到曼谷擔任教授,那就是我們法醫部門的Bannakij醫師。因此,我敬邀各位醫師參加本週五晚上的Bannakij醫師歡送會,方便參加的人麻煩在LINE群組裡報上姓名,以利祕書訂位。至於接任Bannakij醫師的

人,是女法醫Supaporn,等她報到那天再介紹給大家認識。」

Kan轉頭看向坐在對面的醫師學弟,法醫Bannakij剛歷經一起重大事件,會以離職來擺脫發生在他身上的所有災厄並不意外。數個月前,這名年輕法醫被牽扯進一樁撲朔迷離的謀殺案,他遭人襲擊、綁架,還受到生命威脅,這整起事件的嚴重程度超出了Bannakij的負荷。Kan還記得Bannakij歷劫歸來、重返工作崗位的第一天,他整個人看起來魂不守舍,為此,Kan也只能鼓勵他和感到同情。

Bannakij是個厲害的法醫,有教學天賦,深受護理師及實習生的喜愛,非常適合在幾個月後成為醫學院的教授。

醫事人員會議結束之後,醫師們分頭去做各自的工作。Kan和Ning一起走出會議室,直奔前方的電梯。男醫師忙著在LINE上尋找醫師們的群組,準備報名參加Bannakij醫師的歡送會。

「妳也要去嗎?等等我一起報名。」Kan轉頭問著女生。

「也幫我報名!」Ning探頭看向Kan的手機螢幕,「喔～又在跟女生聊天了。」

「什麼女生,我在找群組。」Kan連忙將手機收進包包裡,「妳今天下午要幹嘛?」

「等等要進手術室,有兩個剖腹產的case在等。你呢?」

「衛生所,結束之後要去市區的寺廟參加喪禮。」

Ning揚起眉,「誰的喪禮?」

「家訪的患者,她需要注意的狀況很多,所以我常去拜訪。是一個七十歲的老太太,CA Corpus[1]末期,已轉移到脊椎了,

1　CA Corpus:子宮內膜癌。

癌細胞侵入至神經，有劇烈疼痛的問題，多次調整藥物還是沒用，原本要送去大學醫院做疼痛控制，不過她也不方便到醫院來了。」Kan輕聲喟嘆，「至少現在無病無痛了。」

「你已經盡力了。」Ning輕拍了拍男醫師的肩膀，「沒人比你更了解癌末病患了。」

「也只有我一個人會診過全醫院的病患啊。」

醫師抬起頭，望著電梯鏡子裡的自己：那是個三十一歲的年輕男子，純種泰國人的深邃立體五官，偏白的黃皮膚。他今天穿著長袖黑襯衫，外頭披著一件實習醫師的短白袍──儘管已經是專科醫師了，Kan還是喜歡穿這件白袍──胸口以綠色的字，繡著：Kantapat Akaramethee醫師。他是家庭醫學科的醫師，擁有醫師執照，也是院裡唯一具有照護癌末病人知識的醫師。

電梯停在大樓的最底層，電梯門一開，映入眼簾的是等候下午門診的大批患者。Ning回頭揮手告別後快步走向手術室所在的大樓，Kan則獨自走向等在門前的四門皮卡，搭醫院的車前往衛生所。他得去看完早上剩下的患者，再以主治醫師的身分去參加家訪病患的喪禮。

下午三四點的陽光讓廟裡的空氣又悶又熱，Kan把脫下來的白袍披在椅背上，接著走下醫院的皮卡，走進舉辦Rawiwan女士喪禮的涼亭。此時，前來弔祭亡者及慰問喪家的訪客絡繹不絕，彼此交談著，醫師環顧四周，試圖找到熟悉的人。他最先看見的是Rawiwan女士的長子及長媳，這兩人是病患的主要照顧者。大兒子Tongkam今年四十五歲，現在從事貿易業，有個裁縫師妻子。與周遭的家庭相比，這家人的家境算不錯了。

倘若問起Kan是怎麼得知這一切的……答案是，這是家醫科醫師的特殊能力。

「你好，Tongkam先生。」Kan抬手朝中年男子揮手致意，對方正忙著整理涼亭中的椅子。

「醫師！」Tongkam笑著大喊，他抬起手，微微頷首致意，「沒想到Kan醫師會來。」

「我來表示哀悼的，希望家裡每個人都保重身體。」年輕醫師拿出裝了一筆錢的信封，「請收下。」

Tongkam接下信封後舉起致謝：「非常感謝醫師，我帶你去祭拜家母。」

Kantapat佇立著，望向金框中Rawiwan女士年輕時的模樣。接著他拿起一炷香，在心中默禱之後把香插進香爐。

就在那時，Kan感覺到有個視線盯著他。年輕醫師抬起頭，隔著香爐看向放置棺木的地方，與凝視著他的男子四目相接。那是一個年約三十的男人，身上的白色T恤顯現出中等但結實的身材，黝黑的肌膚似乎經歷過風吹日曬，雙眼渾圓，粗黑的眉毛讓他的長相顯得凶悍，短得看得見頭皮的髮型表明了他的職業。Kan沒有看過這個男人，但對方可能也認為年輕醫師是陌生人。

Tongkam走過去找那名年輕男子，接著直接帶男子走向Kan所站的位置。就在此時，Kan發現了兩人的相似之處，他想起他似乎在牆上的照片中看過這個人的臉。

難道這位就是Rawiwan女士在其他府工作的小兒子，Kan從來沒有見過面的那位警察？想到這些，Kan目光著迷地愣在原地，直盯著走過來的人——那男人的眼睛非常迷人，是倔強不馴

的人才會有的眼神。當那個男人走近一比，醫師比他略高一些。

「醫師，這是我弟弟，Wasan 警長，他快要升督察了，剛調回這裡的偵查組。」Tongkam 的手比向醫師，「這是 Kantapat 醫師。我跟你說過，來家裡照顧阿母的那位醫師。」

Wasan 頷首。他並未朝 Kan 舉手行禮，但年輕醫師並不介意，倘若沒記錯過去得知的家庭成員資訊，這個小兒子的年紀比他大。

「謝謝你照顧阿母。」警察的聲音嚴肅、簡潔又嘶啞。

「醫師你請坐，我拿水來給你。」Tongkam 帶 Kan 走向亭中的沙發，年輕醫師不想拒絕其善意，在 Tongkam 準備好的位置坐下。一遠離 Wasan，醫師就感覺呼吸順暢了些，但當警察走來在他身旁落座，他的呼吸又凝滯起來。

「我即將調來這裡常駐，阿母曾說會等我。」Wasan 的眼睛望向棺木的方向，「我只顧著在乎前程，接下了大府的職位。一確定阿母是癌症末期，我就計劃要調回家鄉工作，方便照顧阿母，但還是晚了，就差一天而已。」

「我聽令堂說過，她在等你回來。」Kan 用溫柔低沉的聲音說，拿出課程上學過的溝通技巧，極富同理心地接續道：「你也許覺得很傷心，也很惋惜為了回家鄉照顧母親而失去的那些機會，但不要覺得自己很糟糕，每次 Rawiwan 女士提起你的時候，她總是一臉驕傲。」

一般來說，這麼說多少會讓聽者心情好一些，但 Kan 卻看不出眼前的警察現在作何感受，「看來你很了解我們家的事。」

Kan 靜了一下，然後笑出聲，「我知道與患者健康相關的一

切,健康包括身體、心理及社會關係,我甚至了解病患的心靈,知道他們在生命的最後一刻想要什麼。」

Wasan 的視線轉回年輕醫師的臉上,「可見我阿母想要的不是等我回來,所以才急著離開。」

Kan 感受到聲音中的怒氣,「我明白你現在既傷心又憤怒。讓我告訴你令堂曾對我說過的願望是什麼。」年輕醫師伸出手,輕放在警察的大腿上,「她不想再醒來面對那椎心刺骨的疼痛。」

年輕警察閉上眼,「那是阿母想要的,我必須接受。」

Kantapat 總算讓面前的人釋懷了一些。一名女子帶著冰過的小瓶礦泉水,走近他們兩個。年輕醫師道完謝,打開水瓶,喝了幾口。是時候該向這家人道別了。

「我先走了。如果之後有人的身體有狀況,隨時都可以到醫院找我。」

Wasan 低下頭,望著醫師正放在他腿上的手,使 Kan 連忙把手從可能讓人尷尬的位置收回來,避免造成警察先生的不適。

「你是哪裡人?」Wasan 突然向 Kan 拋出問題。

「我是暖武里府人,來到這裡剛滿三年。」

「這樣啊。」Wasan 接話之後,沉默了許久,大有結束對話的意思。

Kan 決定向警察道別,舉手致意。和 Tongkam 道別之後,Kan 走回醫院的接送車,結束今天下午的任務。

第二章　家庭醫師

「Tay哥，最近怎麼都是癌症病人呀？」家訪的年輕女護理師Ann對正忙著排列區內患者資料夾的公衛師Tay說道。

地區健康促進醫院，當地人們熟悉的舊名叫「衛生所」，是分布於地區層級的小型醫療保健單位，也是照顧國民基本健康的重要基礎，除了有助於降低擠向大型醫院就診的患者數量，也積極進行公共衛生宣導，以利預防疾病，每件工作都非常繁重，尤其是Ann負責的家庭訪問。

「就是啊，尤其是我們這區，去年是十三例，今年才過多久，就有八例了。」Tay打開電腦，準備輸入他轄區內民眾的身體檢查結果。

「不只是病例多，自從Kan醫師來這裡看診，Palliative[2]的病例也死得更快了。」Ann滑著椅子來到Tay旁邊，「我覺得這是醫師運不好的問題，不要不信，這兩三年的死亡速度真的有明顯上升，有些人我以為能多活幾個月，結果兩三天後就死了。」

「這樣也好，好過被病魔折磨。」中年專家轉頭望著Ann，「尤其是Rawiwan奶奶的例子，特別令人同情。她啊，痛到不能再痛了，每次家訪都聽到她可憐的呻吟。幸好她總算解脫了。」

「對了，Tay哥，我早上去弔唁Rawi奶奶，見到她當警察的小兒子，聽說要調回這裡工作，要升督察了。」

「真的假的？」Tay回頭瞪大眼睛，「Wasan嗎？他去念警校

2　Palliative care：安寧療護，對臨終患者施予支持性療法的照護方式。

之前，我們就認識了。他現在是督察了嗎？」

「對啊，帥到不行，這種警察肯定要跟護理師成為一對。」Ann雙手捧著臉頰，一臉羞澀的模樣，「Tay哥，幫Ann介紹一下啦，你們不是認識嗎？」

「妳把妳老公擺在哪裡？」

「真是的，我老公當然在家啊，你不知道嗎？」

原本討論癌末病患死亡人數比以往多的對話，一路歪到Wasan，或稱警長Wasan Kambhunruang的身上。他今年三十三歲，剛從府級的副督察職位調過來，即將成為當地市警局的偵查督察。

Wasan是土生土長的當地人，在地方上人人皆知，也是Rawiwan女士及其兄長的驕傲。Wasan這次回鄉引發了廣泛的關注，他是當地的希望及法律依靠。

被稱作警長的警察揹著制服肩上的三顆星，坐在警局的辦公桌前，環顧這間陌生的辦公室並記下細節。母親一過世，他就失去了請調回來的目的，但都做了決定，他只能繼續走下去。最起碼，他是調回自己出生長大的地方，除了得重新適應新的工作環境，大概不會有什麼太糟糕的事情。

Kantapat醫師……不知道是不是因為在意，這名字一直浮現在腦子裡。Wasan在一張紙上寫下醫師的名字，決定拿起手機，打開Facebook搜尋。查到了很多同名的人，但唯一一個個人照與Wasan記憶相符的，就是Kantapat Akaramethee。

Wasan點開幾張醫師的個人照片之後關上螢幕，將手機收回口袋，沒有按下「加為好友」的按鈕。幾分鐘後他和副局長有場

面談，他必須專注在工作上，就當Kantapat醫師只是個來無影、去無蹤的趣事吧。

＊

「昨天我沒有拿花環過來，所以今天代表醫院的家訪團隊來致哀。」

這是Wasan第二次在廟裡見到這個人時，Kantapat醫師給的理由。儘管不大明白為什麼醫師要親自送花環來，但他依然道謝收下，轉身面向拿著相機的護理師。Wasan看到Kantapat醫師對他淺淺一笑，似乎想傳達些訊息給他，但Wasan仍不太明白。

Kantapat第三次出現是在火化那天。雖然心裡很感謝Kantapat醫師如此重視母親的喪禮，但Wasan從不知道一個家訪醫師需要這樣頻繁地出席患者的喪禮。最後，警察輸給了自己的好奇心，他在火化儀式結束後，過去與醫師說話。

「醫師。」

Wasan以生硬的聲音喊道，讓年輕醫師愣了一下，他回過頭淡淡地笑了一下，使警察蹙起眉。

「您好，督察。」

「先叫我警長吧，我還在等正式的派令。」警察先生深吸了一口氣，「請跟我來一下。」

兩個身穿黑衣的男子走到火化場的涼亭後方。

「謝謝你來家母的火化儀式。」Wasan說道。

年輕醫師掛著不變的溫柔微笑，輕輕拍了拍Wasan的手臂。

「Rawiwan女士已經升天成仙了，不再有煩惱了。」

Wasan望著那隻刻意再次觸碰他身體的手，決定問出口：
「Kantapat醫師，請告訴我這不是我想太多。」

一陣沉默降臨。警察知道這個問題令人費解，但是事實證明，Kantapat完全明白其中的涵義。年輕醫師銳利的深棕色眼珠盯著警察的眼睛，彷彿能讀出他的心思，「你沒有想太多。」

Wasan躲開醫師的手，抱起雙臂，別開視線，「阿母的事，我還沒調適好，等我調整好情緒和狀態再說吧。」

「我沒有想逼你的意思。我本來就打算來送照顧已久的患者最後一程，讓你留下深刻印象只是其中一個目的。」Kan拿出手機，打開撥號畫面後遞給面前的警察：「可以給我警長的電話嗎？」

警察像在考慮，望著眼前的手機良久，最後Wasan拿過手機，輸入自己的電話號碼後，遞還給主人。Kan依舊帶著禮貌的笑容接下手機，按下撥號，給出自己的電話號碼。

Wasan口袋裡的手機短短震了一下。

「之後如果有任何需要幫忙的事情……就打給我吧。」Kan微微頷首，示意告別：「我得趕去做下午的病患家訪了。有機會再一起吃飯吧。」

Wasan望著男人離去的高大背影，不禁在心裡罵自己，不知道這樣交出電話號碼是不是對的，但能像他這樣讓自己輕易敞開心扉的人不多，可能是因為對方對母親有恩，或者因為對方接近的時機，又或者是因為對方聰明又富有同理心的口才、長相及其他條件加總在一起，能夠讓他暫時忘記憂傷。

現在可能還不是思考這些事情的時候。年輕警察打算先保持

距離一陣子，待悲傷淡去，再慢慢走進對方敞開的大門，重新開始建立關係。

*

「Tul姊、Mo姊，對不起我來遲了。」Kan醫師趕緊跳進臨停的醫院白色廂型車，裡頭有一名護理師及物理治療師在等候。

「我最帥的醫師是去哪裡了？」首先傳來的，是物理治療師Mo的犀利嗓音。

「去喪禮致哀，結束時都已經過午了，所以我晚了五分鐘。」Kan舉起袖子，抹去額頭上的汗水。四月炎熱的天氣不會放過任何人，即使是氣候最清涼舒適的北部。

「今天有兩個家訪病例對吧？」

「沒錯，兩個都是新案例，但一個是膽道癌末期，醫師要先去看這個病人嗎？」

Tul遞了家訪病歷給Kan，年輕醫師帶著燦爛笑容接下。

「好，走吧。」

家訪團隊第一個來到的是現年五十五歲的Songkran Jomjai先生家，他家位於狹小擁擠的貧民窟，入口街道錯綜複雜，路寬只能供一臺車通行。醫師走下醫院的廂型車，抬頭看到一棟稍微架高的雙層木造房屋，屋子周遭都是龍眼樹和破損的矮木欄。Kan記下所有看見的細節，任何與病患健康相關的東西，他都會盡可能了解。

第一個吸引他目光的，是屋子前方可直上二樓的樓梯。

對於尚能自行移動的高齡病患來說，這是其中一個需要擔心

的環境指標──樓梯是老年人的天敵,他見過好幾個長者摔下樓梯,造成骨折或頭部著地,發生內出血的例子了,最慘的甚至當場死亡。不過,這名患者臥床已久,可以先撇除掉樓梯的這個隱憂。

一名骨瘦如柴的女子朝醫療團隊走來,恭敬地舉手行禮:「您好。」

「您好,我是來自醫院的家訪醫師,您是……」Kan瞥了眼病歷上的名字,「Songkran的家屬嗎?」

「我是他的伴侶。」中年女子說道,「醫師裡面請。」

「家裡有幾個人呢?」

「主要是我們,親戚朋友偶爾會來住,但最常和他在一起的人是我這個伴。孩子去曼谷做工,有給我照顧他阿爸的錢。」

Kan點頭,「真好,有兒子幫忙賺錢。請問您叫什麼名字呢?」

「Ying。」中年女性笑得討好,感覺到眼前這位醫師的語氣比以往見過的醫師更加溫暖細心。

進門後,第一個房間的木地板上鋪著床墊,骨瘦如柴的Songkran先生躺在上頭,他的皮膚呈金黃色,眼白明顯泛黃,表現出膽管阻塞所造成的嚴重黃疸症狀。

Kan跪坐在病患身邊,「您好,Songkran先生。我是Kantapat醫師,是名家訪醫師。」

Songkran舉起顫抖的手行禮,看到眼前穿著制式短白袍的男人,他的眼神一亮,「醫師,您好。」

「你平常都睡在這裡嗎?」

「對，我行動已經不大方便了。」

Tul，專職家庭探訪超過十年的護理師望著Kantapat醫師，眼裡滿是讚賞。如果要問一個完美的家醫科醫師該是什麼模樣，她會拿Kan醫師當作範例，不僅有和藹親切的外表，也是人緣極佳、仔細周全的醫師，對待病患不會只看病，任何與病患健康相關的問題都逃不出這名醫師的眼睛。Kantapat曾經對她說過，用疾病看病患，只會看到疾病本身，但如果將病患視為一個人，就能看見一切，而那些發現有可能讓病人不藥而癒。

Tul量完生命徵象之後退到一旁，讓Kan做徹底的身體檢查。Kan診斷出的異常除了營養不良之外，還有腹部積水及從腹部摸到的大腫塊。

「很不舒服吧，Songkran先生？」

Songkran連忙點頭，這個醫師太懂他了。

「沒錯，醫師。很不舒服，又會痛，肚子痛，背也痛，全身都在痛。」

「Songkran先生能夠忍到現在已經很厲害了。」Kan拿起聽診器，掛在脖子上，「還有其他需要我協助的症狀嗎？」

「就是脹氣跟疼痛了。」Songkran舉起手，輕碰Kan的手臂，用別人幾乎聽不見的細微聲音說：「有時候都痛到我不想活下去了，太折磨人了。」

醫師沉默了一會兒，用難以解讀的表情望著Songkran，低下頭輕聲與病人交談：「倘若能讓Songkran先生不再痛下去，您會想要嗎？」

Songkran緩緩點頭：「要。」

Kan輕輕笑了，刻意用大家都聽得見的音量說：「既然如此，我會幫你舒緩疼痛，重新調整止痛藥，然後請物理治療師Mo教你一些強身健體的動作，如果不痛了，說不定Songkran先生就更有動力和心愛的妻子一起生活了。」

　　Kan的話讓Songkran的妻子露出燦爛的笑容。

　　和病患及家屬談完末期照護計畫後，Kan與家訪團隊走回停在屋前空地的廂型車。Kan將仔細記錄的文件收進資料夾，遞給護理師Tul。「我重新計算了嗎啡的劑量，之後讓他妻子到門診找我拿藥，就明天早上吧。下次家訪，我希望是兩週之後，請幫忙排一下。」

　　「好的，Kan醫師，那我就先把不緊急的病人往後挪了。」

　　「也麻煩連繫保健醫院的職員，請他們派人來評估嗎啡調整後的症狀，有狀況可以打電話來跟我討論。」Kan關上廂型車的車門，「可以去下一個病人家了。」

＊

　　在熱季颶風的疾風迅雷之中，Songkran聽見了開門聲，接著是輕輕的腳步聲。他想知道是誰在深夜打開那扇門，但止痛藥帶來的睡意讓一雙眼皮沉重無比，他沒有力氣睜開眼睛。看顧的妻子應該睡在不遠處，他想呼喚她。

　　腳步聲慢慢走近，直到他聽見那人的呼吸聲。Songkran的心臟開始劇烈跳動，他想睜開眼睛，但此時卻像被鬼壓床一般，無法如願活動身體。

　　Ying！我的Ying在哪裡？

他感覺有人握住他的手,沿著手臂緩緩往上撫摸,然後輕摸他的頭,像在安撫。一聲巨雷再度響起,雨滴隨之落下,Songkran聽見耳邊有人低語。

　　「今後你不用再忍受痛苦了,Songkran。」

　　等等!他這是要死了嗎?

　　雖然痛苦,雖然他痛得想一死百了,但他還想和妻子在一起,想再看一次她的笑容,他還想陪在她身邊,直到這副身體再也承受不住。那個家訪醫師新開的止痛藥緩解了不少的疼痛,他想,他應該可以繼續活下去⋯⋯

　　雨水打在屋頂上的聲響,是他最後聽見的聲音,接著他這六個多月來所承受的痛苦,隨著死亡一起消失了。

第 三 章　安 樂 死

　　Wasan徑直走進地區健康促進醫院的同時，兩名身穿藍色襯衫及黑色褲子的護理師跨下剛停妥的機車。這個地方曾被Wasan稱為「家裡附近的衛生所」，後來被更名為「地區健康促進醫院」，一直沿用至今。

　　「看看是誰來了。」Tay走出辦公室，直直朝身著全套警察制服的男人走去，而中年男子的眼裡滿是驕傲，「有什麼要吩咐的嗎，警長？」

　　「跟小時候一樣，」Wasan吸了吸塞住的鼻子，「請給我一些鼻塞跟流鼻水的藥。」

　　「每次下雨或天氣一有變化，小男孩Wasan都會過敏。」Tay輕笑著，回想起Wasan還是個說話粗魯、渾身髒兮兮的小男生時，幾乎每次變天就會來煩他。

　　「你阿母的事情現在怎麼樣了？剛好過一個星期了。」

　　「我還是很想阿母，但大致上好多了。」

　　「很好，我們這些活著的人要繼續往前走啊。」Tay拍了拍年輕男子的肩膀。

　　「Wasan，你先坐一會兒，我去拿藥來給你。」

　　「麻煩您了。」警察在診療室前的長椅坐下，此時沒有其他醫師或等候的病人，算是運氣不錯，他不需要等太久就能拿到藥。不久前他剛接獲一起傷害事件，去事發現場查案時一直鼻塞、流鼻水可不是什麼好事。

「真是太令人難以置信了，Kantapat醫師上週剛去Songkran家裡訪問而已，他卻馬上就走了。」一名護理師走過來，向忙著開櫃子找藥的Tay說道。

在兩個職員的對話中聽見Kantapat的名字，Wasan立刻抬起頭來。

「也好啦，又一個人離苦得樂了。」

「我正要照Tul姊排的班表去評估藥物調整後的疼痛狀況呢！結果到那裡就來不及了。小Ying說，應該是昨晚在睡夢中安詳過世的，沒有痛苦。」

「打電話跟Kan醫師說了嗎？排好的家訪順序可以挪給其他病人。」

「請Ann打了。」

「麻煩跟Kan醫師說一聲，他的聽診器放在這裡的診療室忘了帶走，避免他在醫院裡找。」

Wasan偷聽著他們的對話，直到Tay拿著兩個裝藥的袋子走回來。Wasan趕緊起身接過藥袋。

「止鼻水的藥會讓你有點想睡覺喔，我們這裡只有這種，但應該可以緩解症狀。」

「謝謝。」Wasan舉手致意後轉身離開，然而心頭的懸念讓他再次回頭來找Tay，「Kantapat醫師是哪幾天會來駐診呢？」

「醫師每週二都在這裡駐診。其實他早上才來過，下午一點多就走了，因為醫院有緊急會議，他匆忙到連聽診器都忘了拿。」Tay笑出聲，「若警長想來看醫師的診，可以週二過來。」

Wasan沉默了一會兒，「要我把聽診器拿去給醫師嗎？」

Tay抬起眉毛，一臉訝異，「你認識醫師？會遇到他嗎？」

　　警察點點頭：「認識。」

　　中年公衛師聳聳肩：「如果不會影響到你工作，就麻煩你拿去吧。」Tay走進診療室，將深紅色的醫師聽診器交給警察，「但你確定要拿去給Kan醫師嗎？讓Kan醫師自己來拿也沒關係的。」

　　「我會拿去給他。」警察再次舉手行禮，匆忙轉身走出大樓。

＊

　　拿著這個要幹嘛啊⋯⋯

　　從走出保健醫院開始，警察就一再問自己這個問題。他說不出當時在想什麼，腦中只一片混亂，他彷彿知道答案，卻籠罩著一層迷霧。Wasan看了一眼放在自己辦公桌上的隨身醫療設備，與一疊案件卷宗和他的警察帽放在一起，看起來十分不搭調。

　　外勤結束之後，Wasan趕回辦公室處理查到一半的案子到超過下班時間，沒有像他原本計劃的那樣去一趟醫院。

　　辦公桌上的手機發出震動，將Wasan的思緒拉回來。他看到來電者的名字，眉頭皺得死緊，然後按下通話：「你好。」

　　『你好，警長。』另一端的聲音聽起來心情不錯，『聽說你把我的東西拿走了？』

　　Wasan靜默了許久，然後大嘆一口氣：「我只是自願拿去還你，反正我本來就會經過你工作的地方。」

　　『非常感謝。其實不用那麼麻煩啦，還是說，你想要⋯⋯』

　　Kantapat留下引人遐想的停頓。

　　「沒有，我並沒有想要什麼。你趕快來把你的東西拿回去，

我現在在分局裡工作。」Wasan說話的聲音又大又急,「沒事的話就先這樣,我還有事情要做。」

『等等,等一下。』Kan連忙出聲制止:『我現在也不大方便過去,先放在你那邊,我們約其他地方拿好嗎?餐廳之類的。』

「一定要約我去吃飯是吧?」

『不只是吃飯,你也要還我東西。』

「我不該好心幫你收起來的。」

『我先跟你道謝了,警長。那我再把有空的時間傳給你挑。』

他什麼時候答應要去了?為什麼要讓歸還東西變得如此麻煩?Wasan想著,「只要你來我工作的地方拿,或者等我明天拿去醫院給你就好了吧?」

『別忘了挑一天喔,我會等你的。』

「你有在聽我說話嗎!」

『是說警長的鼻音聽起來比平時還重,要多喝水、多休息喔。』

Wasan扶著太陽穴,搖搖頭,不管有沒有道別就掛了電話。真是失算,不該把Kantapat的東西拿來的。Wasan能感覺到,許多麻煩即將接踵而至,某個人還準備來擾亂他平靜的生活。

上一次有人追求是他還擔任偵查組副督察的時候,那人是副縣長,長得人模人樣,但母親的事讓Wasan壓力龐大,因此決定結束這段關係,並計劃請調回故鄉工作。當然,Wasan和那位副縣長之間的關係沒有人知曉,從他在警校有所自覺後,他喜歡同性的事一直都是個祕密。Wasan是個外表嚴肅的男人,很難有人能看出他對男生有興趣。

——只有妖孽才能認出妖孽。Kantapat醫師大概也是另一個妖孽。

對方掛掉電話之後，Kan露出燦笑，將他晚上有空的日子傳給Wasan，接著將手機放到自己臥室的書桌上。醫師帶著他開會久坐的痠痛身軀，徑直走向浴室，脫掉長袖襯衫，露出持續運動練成的健壯身材。Kantapat望著鏡子裡的自己，他認為自己看起來不差，或多或少能讓對方留下深刻的印象。而且，他確定那個警察對他也有意思，才會做些奇怪的事情，像是拿走他的聽診器，找機會約他見面之類的。

洗澡清潔身體之後，Kan走回書桌，打開Mac筆電讀起他看到一半的英文文章。明天一早家醫科有部門會議，他打算向與會者介紹一件事情，這是他長久以來一直關心及研究的課題，他希望其他人了解他提出的觀點，說不定這件事能在未來成真。

「Euthanasia。」

Kantapat醫師投影片上的第一個字就吸引了會議室裡每個人的注意力，其中包括公費醫師[3]、在職進修的家醫科醫師，以及另外三個Kantapat的專科醫師同事。

「有人知道這個詞嗎？」

Kan詢問與會者，一位在職進修的女醫師舉起手。

「安樂死。是憑病人自主意識的選擇，協助病人結束生命。」

3　公費醫師：在泰國，政府會補助醫學生的部分學費，故醫學生畢業、考取醫師執照之後，會先受一年的實習醫師訓練（Internship），之後抽籤分發到各地公立醫院服務兩年。

「謝謝。安樂死在泰國尚未合法,但現在已經有可合法施行的國家了,像瑞士、比利時、荷蘭及美國部分的州。」Kantapat切換投影片,「選擇生存或死亡的權利究竟在誰的身上?許多人大概會回答視情況而定,在病患意識清楚的情況下,他或許可以做選擇,但如果病人處於植物人狀態,則以家屬的決定為主。在泰國,最多只能遵循《國民健康安全法草案》對死亡權的規定,個人有權對自身臨終時的醫療方式表達意見,或拒絕延長生命之治療,以獲得善終及人道尊嚴,但裡頭並未提及協助憐殺,還有醫師提供器材,幫助病患自殺的部分。」

螢幕上的圖片是一張外國電影的海報,其中一位主角罹患轉移性骨癌,決定在允許執行安樂死的國家結束自己的生命。

「倘若從字面上拆解,Euthanasia是由『好』和『死亡』兩個字所組成,合在一起的意思是好的死亡、善終,這與『Assisted suicide』或者『協助死亡』是不同的意思。因此,學妹的回答可能並未精準地表達出『Euthanaisa』的涵義。我相信每個人都希望得到善終,我自己也希望安詳地死去,沒有太多痛苦與折磨,無論用任何方式都好。身為擁有相關知識的人,倘若你有能力滿足病患的需求,你願不願意去做?」

「我認為不管怎麼說,那都是殺人。」Anucha醫師發表意見:「我們學的是治療患者,末期病患或許無法治癒,但我們有安寧療護的概念,能讓患者在因病自然死亡之前,盡可能減輕其痛苦。」

「Anucha學長,我們安寧療護的原則是著重於維護生命品質,對吧?」Kan轉頭回答家醫科的前輩。Anucha點點頭。「其

中也包含了醫師不採取治療而對病患帶來的痛苦，也就是經醫師說明後，家屬可以簽署放棄治療文件，將病患帶回家中照顧。這裡的『不治療』是指不做CPR、不戴呼吸器或不給藥等我們現在所做的處置，這不算是間接殺害患者嗎？而且，病人需要花更長的時間才能死去，兩者殊途同歸，卻讓患者比醫師親自出手還痛苦更久。」

會議室裡一陣沉默。

「我會說這些，只是想提出疑問。倘若安樂死可以施行，這也許會是個好選擇，但我們有許多需要討論的事。最大的重點是宗教，做出結束自己生命的決定在多數宗教都是一種罪過。還有，若未來允許安樂死，尋求安樂死的範圍可能會擴大，不只是末期病人，還會有其他疾病的患者，甚至是無病無痛，只是覺得自己活夠了，想求死的人。更可怕的是，它會不會被拿來當作降低公衛體系成本的工具？接下來，是不是就很有可能發生對仍有治癒希望的患者施行安樂死的事情？這就是我們需要規劃支持系統的原因。」

Kantapat花了一個小時演說、播放影片，結束這場他非常滿意的演講。Kan會選擇講述這件事，是希望每個人都認識這個名詞，並無任何支持或反對的意思，他的工作與臨終病患息息相關，因此對關於癌末患者的知識很感興趣，許多年來也一直在閱讀安樂死的相關文章，他只是想和其他人分享他擁有的資訊而已。

演講順利結束後，他也希望今晚他與Wasan警長的初次「約會」能順順利利。

※

　　Wasan選的地點是市中心一家小小的東北小火鍋店——Kan原本想帶Wasan去百貨公司吃美食，但既然Wasan主動提了意見，他就得有所回應——兩人的位置位於沒有頂棚的店門口，而且非常靠近馬路邊，車輛往來的聲音甚至清晰可聞。Wasan身穿T恤配上運動褲，打扮輕鬆自在，而Kan依舊穿著工作用的襯衫，只脫下白袍。

　　「這麼熱的天氣，還要吃熱食嗎？」Kan在湯底沸騰，冒起熱氣時問道。

　　「先嘗看看，然後你就知道什麼天氣才適合吃了。」Wasan舀起煮熟的肉和菜，放入碗中，「要是這讓醫師你感到不悅，我深感抱歉。」

　　Kan笑了，就知道他是故意整他的。

　　「去家訪的時候，我也曾經直接坐在戶外地上，手抓糯米飯，沾著家屬做的辣拌肉吃。這樣已經算豪華的了。」

　　Wasan抬頭看了一眼，沒有表現出任何表情，然後低頭繼續吃飯：「我有事情想問你。」

　　「什麼事？」

　　「你這樣的醫師是什麼醫師呢？」

　　「我這樣的醫師嗎？」Kan往面前的人碗裡添了湯，「家庭醫學科，這個專科的醫師是在基礎醫療層面照顧病患，需要治療疾病、預防疾病以及促進健康，是病患被轉給其他專科醫師之前應該第一個遇到的醫師。我們的特殊專長是溝通及理解病人，教導

病患照顧自己，還有家庭訪問。有些人還會更進一步深入進修，例如：職業衛生、高齡醫學或者末期病患的照護。」

「聽起來工作範圍很廣，跟其他專科醫師不太一樣。」

「是很廣。幸好我是在府立醫院，所以我們可以分配工作，我是負責照顧末期患者。」

「你喜歡嗎？和臨終的人一起工作。」

Kan開始發現Wasan訊問的功力了，他問了一連串簡短的問題卻能引出許多回答，「我知道我不該喜歡死亡，但我喜歡為病人獻上Good death。」

Wasan皺眉：「你的話很危險。」

「別急，不是我讓病人死亡的，是他們本來就會因病去世，我只是幫助他們做好死亡的準備，善終包含了許多好的要素，例如：沒有疼痛、能被心愛之人圍繞、在符合其宗教信仰的適當地點死亡。不光如此，我還必須安撫家屬在親人過世後的悲傷。」

「這就是你來家母喪禮好幾次的原因吧？擔心我和家兄會太難過。」

「你知道不只是那個原因。」Kan笑著說。

Wasan對此氣得牙癢癢，這句話彷彿將所有責任都丟給了他，他還不得否認，因為是他主動開口問醫師是不是故意接近他的。

飽餐一頓之後，Wasan拿起自己的包包，翻找讓他必須坐在這裡和Kantapat吃飯的聽診器。警察將它遞還給主人，「快拿走，我們之間也算有個了結了。」

醫師伸手去接，但不僅抓住了聽診器，醫師的大手更往上一

握，碰觸到Wasan的手：「你今晚還有沒有事情？我們找間飯店喝一杯續攤如何？」

醫師銳利的目光迫使Wasan回頭望向他，那對眼裡滿是欲火。Wasan不想玩火，但有時候，那危險的火焰閃爍著令人無法抗拒的誘人光芒。年輕警長衡量著權衡利弊，他不想被當作一個隨便的人，但機會都這樣來到手裡了，實在很難拒絕。

「我明天一大早就得起床，我和哥哥約好了，上班前要一起布施，替阿母做功德。」Wasan最後給了答案：「改天再說吧，Kantapat醫師。」

醫師挑著眉毛，似乎覺得遺憾，接著拿起聽診器放入自己的包包，「好，下次有機會……」

「因為……」Wasan脫口而出：「我想更深入了解你。我想，我對你是認真的，所以我不想這麼快就跟你上床。我不希望只是你殺時間的床伴，你懂我的意思吧？」

太直白的說法讓Kantapat一愣。他的確想邀警察過夜，同樣也想建立一段長期的關係。看來他得先順著對方的意思，循序漸進地互相認識也很合理。

「我想要的，也不只是警長你的身體。」

Wasan將錢放在托盤上，「這頓我請，下次換你。」

警察的乾脆讓Kantapat心跳加速。

「下次要約什麼時候呢？」

第四章　死者竊盜案

　　年輕女護理師Ann帶著愉悅的心情步出地區健康促進醫院，往機車停車場走去。今天她和丈夫約好一起出門用餐，慶祝兩人的結婚一週年，她當然得化好妝，打扮得漂漂亮亮，等她的好老公開車回家接她。說來幸運，她遇到了一個住在工作地點附近的人生伴侶。Ann的丈夫是修車廠老闆，兩人的相遇是一場巧合，那時他被鐵器劃傷，過來詢問注射破傷風疫苗的事情，但他第二次出現時，卻帶著特別替護理師Ann準備的食物。這些事大約發生在兩年前。

　　女護理師騎著車離開保健醫院，轉向住宅區的方向，她今天決定要走另一條路，在返家前順便去看看她之前剛處理過傷口的患者。當她轉進右手邊的小巷子時，注意到一些不尋常的東西。

　　巷子的中央有某個黑色的物體。她騎近一看，是一具黑毛犬的屍體，牠的頭部碎裂，彷彿被什麼物體砸中一樣，滲出的暗紅色血液染紅了馬路。她伸手摀住嘴巴，試圖壓下聲音，之後連忙轉動油門，逃離那個地點。那隻狗大概是被車撞死的，Ann努力將那可憐的畫面趕出腦海。

　　Ann騎了一百公尺左右，又在路邊發現一具屍體，那是一隻黑羽家雞，看起來像剛被宰殺，頸脖處流出來的血液是鮮紅色的。

　　「這是發生了什麼事……」Ann咕噥著。她放慢車速，試著檢查四周是否有任何異常狀況。她試圖說服自己應該是同一輛車

開得太快，先撞到那隻小狗，又撞上這隻雞。

「小Ann！」女人的叫聲讓女護理師嚇了一大跳，趕緊煞車，轉頭看向聲音來源——是Kameuay阿姨，一個Ann很熟悉的糖尿病患者來到她面前。

「小Ann，妳看到了？」

「什⋯⋯什麼？」Ann的聲音有些顫抖。

「妳想，最近發生了一些怪事，死了一堆家畜，還有生病的人死去，喪事辦都辦不完，讓我們害怕極了。」Kameuay阿姨搖搖頭，「村長先前說我們應該來辦場功德法會，說不定情況會有所好轉。」

「那不錯啊，Euay阿姨。我心裡也不大舒坦。」Euay的問候減少了一些她的恐懼。

「有人跟我說，最近村莊裡有小鬼在作祟。」Euay悄聲說道：「肯定是從Sunton家來的，那家人養小鬼，又放著不管，餓壞了人家，所以現在才出來找活物吃。Aet伯家的雞死了三隻，See阿姨家的小狗也不見了，祂們餓得連生病的人都拖走了。」

土生土長的泰國人多少都有些鬼魂信仰，就連畢業於醫療衛生科系的Ann也相信自小被灌輸的超自然現象信仰。雖然害怕，但她仍努力冷靜下來，試著先找出其他可能的理論或原因。

「可能是動物之間的傳染病啦，阿姨，我晚點請負責人員來看一下。」

「小Ann，這不是生病，動物們是被殺死的——雞被割了喉，狗又被打死，」豐腴的女人一臉肯定地說：「這只會是小鬼啊，小Ann。我們一定要找到被小鬼附身的人。」

Ann不該懼怕這些沒有根據的東西，但中年婦女眼中的自信讓她渾身寒毛直豎，「我等等就連絡負責人員過來看看。」

　　女護理師堅守著原本的說法，然後趕緊發動油門，用最快的速度逃離這條路。

＊

　　「欸，我該掛電話了。」

　　『到事發現場了嗎？』

　　「快到了。」

　　『還是好想你喔。』

　　Wasan對電話嘆了口氣，故意讓對方聽見。他看了正在開車的警員Narong一眼，對方似乎什麼都不知道。「你也快點回去工作了吧。」

　　『好，下班後我再打給你。』

　　「喂，你知道我們不需要像你幫病人開藥一樣，照三餐打電話聊天嗎？」Wasan厲聲說道。

　　電話另一頭的低音笑了，『你也不需要用對付犯人的語氣跟我說話呀。好好工作，也別忘了吃東西。』

　　警察掛了電話，迅速將手機收入包包。當他再次轉頭望向右手邊時，發現警員Narong正笑笑地看著他。

　　「警長不用害羞啦，誰沒有在別人面前跟情人講過電話。」

　　「不是情人。」Wasan拿起警帽戴上，「還不是。」

　　事發現場是一棟半泥造的木屋，該村莊距離主幹道約三公里，是民宅最稠密的地區之一。Wasan接獲報案，指出屋內有被

闖入的痕跡，而且家中有貴重物品遺失，報案者是剛過世的屋主的女兒。Wasan 一跨下車，最先映入眼簾的是用花朵裝飾的棺材，以及豎立在前方的男性死者照片。

聽屋主女兒所述，事情是這樣的：她的父親昨日剛因大腸癌末期過世，第一晚的誦經守靈結束之後，屋主女兒於今天早上發現窗戶有被撬開闖入的痕跡，而且父親留下的金項鍊及錢財等貴重物品都不見了。

「還有其他物品遺失嗎？」Wasan 在身為屋主的父親曾睡過的床鋪四周巡視。

「沒有，主要是阿爸的金子和財物。」面色哀戚的年輕女子一邊說一邊擦眼淚：「昨天來參加喪禮的人很多，有很多人在屋子裡進進出出，說真的，我不知是誰的手筆。」

「能自由進出的話，應該不需要撬開那扇窗戶。」Wasan 指向那扇有被硬物撬開痕跡的木窗，「我想壞人是妳關門後進來的。昨天誦經活動之後，有人留下來喝酒嗎？」

「我有請親戚們別留下來喝酒，大約晚上十一點，人就走光了，我便關上門、準備休息。因為照顧生病的阿爸，我好幾天都沒睡了，一碰到枕頭就睡得不省人事。醒來後就發現有人偷走了財物，我睡前還有打開阿爸的金項鍊吊墜來看。」

Wasan 望著床頭櫃上裝有各種藥袋的籃子，瞥見一瓶藥水，上頭寫著嗎啡，讓他想到 Kantapat 醫師，那人應該非常擅長使用這些藥。「這些是令尊的藥嗎？」

「是，我還捨不得丟掉，我們相依為命很久了。」女子用手背擦去淚水。

Wasan點點頭,「我懂,家母也剛過世。」

他又瞄到藥袋附近有一張署名為「Niphon Kongkam先生」的約診單,其簽發人是Kantapat醫師。年輕的警長眉頭一蹙——不管去哪裡都會看見這個人的名字,尤其是跟臨終病人有關的時候。

「警長!」一個男聲在屋前喊著警察:「知道犯人是誰了!」

「你說什麼?」Wasan連忙走出屋子,發現門口一團混亂,兩個男人正拚命拉著一名身材瘦弱的男子過來找Wasan。一聞到那人身上的酒臭味,Wasan皺起眉頭。呼喚Wasan的男子遞上金項鍊和一捆錢。

「我看見這傢伙在附近的雜貨店裡拿出一捆錢跟金子,這混蛋偷錢買酒,把他抓起來關吧!」

「不是!不是我!!」被指涉的人試圖掙脫束縛,「昨晚我坐在路邊酒吧喝酒時,有個人拿來給我,進屋拿的人不是我!」

「騙人!人贓俱獲,就是你進去拿的!」一個女村民尖聲說。

「請問這是令尊的東西嗎?」Wasan將金項鍊及錢財遞給失主女子。

她點了點頭,流著淚將東西接回去。

「沒有錯。」

「啊!」

抓住嫌犯的男人大叫一聲,年輕警長連忙轉頭看去,醉漢趁所有人望向屋主女兒時一躍而起,飛快地逃離門口。Wasan毫不猶豫,快步奔向試圖逃走的嫌犯。Wasan強壯又跑得飛快,沒多久就追到了人,一把攬住男子滿是酒臭味的瘦弱身軀。奔跑的力

道讓兩人雙雙摔到馬路中央打滾，Wasan趕緊翻過身，坐在另一個人身上，將那男子的一隻手臂扭到背後。

「警察先生！我真的不是進去偷東西的人！」男子被Wasan銬上手銬時哭喊著。

「先去警局再說。」Wasan站起身，讓Narong警員幫忙將犯人拉起。雖然醉漢嘟嚷著他不是進屋偷竊之人，稱是一名身穿黑衣、戴口罩遮住臉部的男人將錢及金項鍊交給他的，不過Wasan仍不大相信這些說法。偵訊和蒐集證據都還需要時間，但至少，剛失去摯愛父親的年輕女子拿回具有情感價值的物品了。

＊

「警長，無論你有多少財富，有多大的權力地位，你都逃不過死亡。」Kantapat的話讓警察感到一股寒意，「死亡只有兩種：善終與非善終，取決於你積了多少功德。你的功德會使你死得安詳，或者，你的業障會讓你遭受無盡的折磨。」

警察轉頭望向悠閒地走在身旁的說話對象。此時兩人正走在市場前方的人行道上，到處都是賣宵夜的店家。年輕醫師身上仍穿著深具個人風格的短版白袍及襯衫，白袍口袋裡插著一支Wasan完全不想問價錢的金筆。

「正常人絕對不會一臉淡然地說這種話。」

「你是要說我不正常嗎？」

「對，你是奇怪的醫師。」

Kan大笑：「其實生命的真相就是生老病死，我學的東西就是這個循環裡的每個過程——出生時需要婦產科，年幼時需要小

兒科，老病時需要各項專科的醫師，至於臨終之前⋯⋯就會需要我這樣的醫師。」

「我這輩子第一次認識著迷於死亡的人⋯⋯我是說，研究這些事情。」

「是著迷於『美好且安詳的死亡』。」在講述他專研已久的事情時，Kantapat顯得容光煥發。Wasan停下腳步，看著Kantapat那張英俊的臉。

「一個三十一歲的人對死亡有興趣，這會是怎樣的人呢？」

「是想讓年長的人覺得我很有趣，也比其他人更醒目的人。」醫師笑得燦爛，「說不定，他就會看見我並願意接受我的愛。」

Wasan感覺到嘴角有些失守，但他極力維持平靜的神情，不讓對方發現。他多久沒有這種感覺了？彷彿是個情竇初開的青少年，對某個人有好感，卻不想表現出來，避免對方太過得意。

「你照顧我阿母的時候，她有沒有跟你講過我？」

「講過很多。」

「她說了什麼？」

「唔⋯⋯」走著走著，Kan用手碰觸Wasan的後背，「她說你是家裡的么子，跟哥哥們差了很多歲，總是令人擔心，但最後你成功考進警校、當上了警察，不再叫人擔心，成了家裡的驕傲。她說，她以你為傲。」

Wasan閉上眼，Kantapat醫師說的都是事實，「阿母應該很信任你，才會把許多事情說給你聽。」

「她還擔心你一直不結婚，也不曾把女友帶回來給她看。」醫師望著Wasan，露出溫柔的微笑。

「要是真的帶回來，我阿母大概會更擔心吧。本以為會有個媳婦，結果我卻帶了個男人回家。」

「你很了解自己呢。」

「我進警官學校之前就知道了。在有了想上學長的念頭時，我就懂了。」

兩名年輕男子同時放聲大笑。此時兩人之間的氣氛極為輕鬆，Kantapat看準時機，摟住對方的肩膀，Wasan對此也沒有抗拒，兩人的一切發展都很自然，從單純碰面、問候彼此、深入了解，現在則進入到親密關係。Wasan看見了能和Kantapat走下去的可能性，至於能走多遠，就交給未來決定。

「我可以去你家嗎？」Wasan問了一個任誰聽了都知道是開綠燈的問題。

但Kantapat的態度卻變了，摟著Wasan肩膀的那隻手垂落在身側，原先輕鬆的氣氛變得有些緊張，「我們去飯店不好嗎？」

Wasan皺起眉頭，然後連忙低下視線，他不知道為什麼一說要去家裡，Kantapat的態度就變了。警察忘了他本就不是可以進出對方家裡的身分，或許還需要更親密一些。

「我也忘記先問方不方便去你家了。」

「那如果換成去你家呢？」

「我現在跟哥哥和大嫂一起住，帶你回去不大方便。」

「那麼飯店應該是最佳解答了。」

Kantapat低下頭，用鼻子磨蹭Wasan的耳際及頸項，警察感覺到一股電流一路從頭頂竄到手心，醫師低沉的嗓音讓Wasan無法繼續邁開步伐，對方的神祕及危險讓Wasan莫名感到興奮，彷

彿腎上腺素被傳送至全身。

「我們走吧？」

Wasan 也不明白他為什麼會把自己置於這樣的境地，對一個才認識不過幾星期的人，一個他依然感到陌生的人有著莫名的好奇心，他想要更認識這個人，想要知道他的想法，想要接近他，想要被他碰觸，想要他的吻，想要挑戰從他的眼神及語氣中散發出來，誘人又無法抗拒的危險光芒。Wasan 很清楚他在玩火，但他知道冒這個險是值得的。

Wasan 在對方眼前展露出健壯的身軀，欣然敞開一切，他望著趴俯在他身上的高大身影。沒錯，兩人正在跨越那條線，不過警察事前要求過這次不要有侵入的行為，Kantapat 也非常配合，光是兩人體外的動作就足以讓 Wasan 全身發燙，而他也感覺到，對方的感受與他一樣。Kantapat 的每一個吻都堅定有力，撫過 Wasan 肌膚的手讓 Wasan 彷彿置身夢境，握著男性象徵的手熱烈地動著，使 Wasan 無法思考任何事情，只能專注於面前這人的碰觸。究竟過了多久，警察自己也想不起來，直到最後兩人感到滿足，這股欲火才平息。

「Wasan，」Kantapat 說著，在年輕警察的頸窩吮吻。兩人此時一絲不掛，躺在床上擁抱著彼此。Kan 捏住 Wasan 的下巴，讓他抬頭看自己，「我覺得我們很合得來。」

「你這麼覺得嗎？」Wasan 閉起眼睛，承受對方溫柔的親吻。

「如果我要求跟你交往的話，會太快嗎？」

Wasan 沉默了許久，「太快了。」

Kantapat 銳利的眼裡帶著一絲哀求，「但我非常喜歡你。」

「不行，太快了。」Wasan用手推開醫師的臉，拉過棉被蓋住身體，然後翻身背向他，「剛才那是我們認識彼此的過程之一。」

「不久後你就會答應的，我確定我們兩個人很合得來。」Kan又親了一下Wasan的臉頰當作結尾，然後翻過身，按掉床頭附近的電燈開關。

「可別太有自信了。」

Kantapat在黑暗中露出笑容，伸手環抱住今晚的床伴，用自己的體溫讓對方一夜好眠，「晚安，Wasan。」

第五章　思覺失調的 Som 先生

　　關上內科男性病房的部分燈光，讓病患好好休息之後，身穿黃色制服的女護佐走回護理站，對正勤奮地處理大夜班醫囑的年輕護理師微微一笑。

　　「學姊，核心區的醫囑也太多了。」名為「Nam」的年輕護理師抬頭看了時鐘。這是她本週最後一個大夜班，真的很想跟其他正常人一樣晚上回去睡覺。

　　「當然啊，每一個插管病患的狀況都不大好，尤其是六床，不知道有沒有拿掉呼吸器的一天。」

　　「我們照顧這類型的患者好久了，對吧學姊？」掃描完要給藥局的醫囑之後，年輕護理師站起身，「那我先去備藥了。」

　　「等妳發完藥，我們再一起吃涼拌芒果青。」

　　「涼拌芒果青不太適合當凌晨一點的宵夜吧，學姊？」Nam 笑著說完，直接走向藥車，上頭有為各床病人準備的口服藥及注射劑。

　　她轉頭看著病房中「核心區」的病床。這處的內科男性病房是綜合病房，為了方便記憶及照護，病患會依照床號排列。核心區是需要密切觀察的重症患者聚集之處，也是最靠近護理站的區域，幾乎每個病人都戴著呼吸器，且需要二十四小時大量給藥，是她這樣的護理師不能犯下任何錯誤的病患。

　　Nam 看到有個影子從隔開外頭陽臺的百葉窗外一閃而過，年輕護理師嚇了一大跳，心臟跳得飛快。女子連忙走過去打開窗戶

附近的燈,緩緩低下頭,從百葉窗的縫隙間窺探,外頭的路燈晦暗不明地照了進來,讓人看不清細節,但也沒有發現什麼異常。Nam深呼吸,試圖平復心情,剛才的影子或許只是她一時眼花。她轉過身走回推車旁,繼續準備藥品。

忽然間,她聽見第六床的監測器大聲作響,女護理師連忙轉頭去看,六床的病人裝著心電圖監測儀,機器大聲作響的原因是病患的心電圖發生異常。Nam趕緊跑過去,按下血壓及血氧測量,準備打電話緊急呼叫值班醫師。

血壓的數字還來不及顯示,病患的心電圖瞬間成了一條直線。

年輕護理師趕緊伸手去摸脈搏,輕罵了一聲,然後大喊:「患者Arrest[4]!」

Bannakij醫師手扠著腰佇立,望向面前不銹鋼解剖臺上那具毫無生氣的蒼白屍體。法醫部的助理Anan從死者的胸腔中精準地拿出一個器官——那是此人從出生開始就不曾停止跳動的器官,直到昨天晚上它撐不下去、停止運作為止。Bannakij接過來,仔細檢查外觀,接著放到解剖盤上,「哥,這心臟擴大了,還薄得像咖啡袋。」

「那樣應該夠明確了,Ban醫師。」矮小的中年男子搖了搖頭,「不明白家屬在懷疑什麼。」

「死者的家屬說,心臟科的醫師告訴他們,心臟本身的收縮功能沒有很差,倘若沒有發生急性心臟衰竭,病人應該可以活一陣子。死者曾說他想活到第二個孫子出生,卻突然過世了,家屬

4　Cardiac arrest:心跳停止。

難以接受，懷疑死亡原因，所以要求驗屍。」Bannakij拿刀切開心血管檢查橫切面，沒有發現任何阻塞的血管，「我不會說往生者家屬的不是，悲傷往往會導致他們去做一些我們認為沒必要的事情，但那是他們需要的心靈支柱。」

「那這個病例，醫師覺得如何？」

「許多器官都有檢驗出心臟衰竭的病徵。」Bannakij切開心臟，露出心肌變薄且像氣球般擴大的特徵，「我看過病歷了，這個人有敗血症又有急性腎衰竭，一切都有可能導致心臟衰竭。」

Anan備妥了大號縫針及縫線，將一切縫合回原處。而Bannakij脫下手套及綠色長袍，徑直走向辦公桌，坐下來將檢驗結果紀錄在資料表上。在這裡的法醫部門工作了三年多，Bannakij從不覺得驗屍是件無聊的事，他喜歡他的工作，事實上，要不是有諸多不得已，讓他決定回故鄉首都工作，他也不想離開這裡。再過幾個月，他就得收拾行李了。

「Ban。」某個人的叫喚聲讓Ban連忙放下筆，轉頭對聲源勾起微笑。

「Kan學長好。」Bannakij起身迎接訪客，那是一位家醫科的前輩，也是嫻熟於臨終病患照護的醫師之一，「有什麼盼咐嗎？」

「Somsak院長讓我來看看這個案子有沒有狀況。」

「其實，院長直接打給我詢問就可以了，不用麻煩學長啦。」Bannakij的嘴巴往遺體的方向努了努，「就我目前所見，應該是因病過世的，沒什麼問題。」

「院長打算替我開闢一間六床的安寧病房，所以我得裝得乖

一點，院長吩咐什麼就幫他做嘍。」Kan愉悅地說完，Bannakij大笑，「沒有啦，我也想來找你聊聊天，想請你替我介紹一些跟基礎屍體解剖有關的書，跟毒物相關更好。」

法醫挑眉，「要做什麼呢？」

「偶爾民眾會問些法醫方面的問題，我擔心會給他們不正確的答案。」

「家庭醫師學得真廣。」Bannakij若有所思，「我晚點傳一份書單給你，比較難找的，我拿來借你。Kan學長方便明天再來找我嗎？不然我可以拿去內科。」

「那我會再過來拿，麻煩你了，Ban學弟。」Kan對Bannakij一笑，那個笑容讓他英俊的臉龐更好看了幾分，「那我先去病人家做家訪了。」

Bannakij點點頭，目送Kantapat高大的身影消失。Ban和Kan沒有特別熟，Ban也只把他當成前輩醫師和同事尊重而已。Ban曾經對自己的直覺很有自信，但自從在上次事件裡，他解剖一名吊死的年輕女屍並匆匆判定某個人是謀殺她的犯人之後，一連串麻煩接踵而來，甚至遇到了死亡威脅、暴力傷害及綁架，這讓Bannakij學到了教訓，做出任何判斷之前都應該更加小心。

但是現在，那種感覺又回來了，和Bannakij過去遇到某人瞞著祕密時的感覺一模一樣，這男人渾身散發著不尋常的氣息。

法醫試著將這個想法趕出腦海，他對過度相信自己的想法心有餘悸，不想再重蹈覆轍了。Ban回到辦公桌坐下，將驗屍報告寫完，半小時後才出門看看約好的案子。

「借過，借過……抱歉！」

Tay，地區健康促進醫院的公衛師匆忙趕向目前被眾人包圍的地方。當中年男子穿過人群時，他看到了令目擊者都非常震驚的一幕。

他的面前是一棟木造平房，已經殘破到幾乎無法住人的地步，屋前寬闊的空地長滿了樹木及無人修剪的雜草，地上散落著被人宰殺並拔毛的家雞屍體，撲面而來的血腥味令人作嘔。除此之外，同個地方還躺著一具狗屍。

「天啊。」Tay皺起眉頭，轉向站在一旁的男人：「哥，屋主在哪裡？」

「Tay醫師，他住在那間屋子裡，沒人敢進去，都在等警察來把他拖出來。」

「他只對動物下手，沒有殺人對吧？」

「是沒有人失蹤啦，不過，死在村裡的病人多了不少。」男村民說得十分肯定，「一定是小鬼啦，Tay醫師。飢餓的小鬼因為主人沒有好好餵養，附身在Som身上控制他，抓了狗啊、雞啊來吃，甚至吸食病人的靈魂，害他們虛弱致死，讓和尚幾乎毫無間斷地替亡者誦經。」

中年公衛師嘆了一口氣。Tay身為當地人，心裡深處也相信鬼神的存在，但他是學科學的人，必須試著思考這棟房子的主人Som先生有沒有可能是基於其他理由，而做出那些對目擊者來說十分可怕的事情。

「他說不定有精神疾病。Som先生曾經吸毒，有可能是產生了幻覺。」

「才不是呢，Tay醫師，一定是養小鬼。」

見到沒什麼助益，Tay便結束交談。他走出圍觀的人群，發現一輛警車正朝案發現場駛近，並停了下來。看到走下那輛車的人是Wasan警長時，Tay露出燦爛的笑容。

「Tay叔。」Wasan打招呼，舉手向長輩行禮，「現場看起來很混亂。」

「在那邊。」Tay指向被村民包圍的房子。

「村民說被小鬼附身的那個Som先生是怎樣的人呢？Tay叔認識嗎？」

「Som先生一個人住在那棟房子裡很久了。大約四五年前，他曾經因為吸毒被捕，被送去治療，回來之後消失在社交圈好一陣子。Som先生曾去保健醫院要過兩三次肚子痛的藥。我對他的了解就這麼多了，警長若去問問看其他村民，說不定能得到什麼有用的資訊。」

「我得先進屋去看看，確認Som先生是否做了什麼危險的事。麻煩請群眾先退開一點。」Wasan回頭朝Narong警員領首，伸手摸了摸腰間的槍套，示意村民讓路，給警方進去。

Tay立刻大喊要大家退後，離房子越遠越好。

Wasan推開布滿灰塵及蜘蛛網的老舊木門，屋裡的氣氛陰森，沒有可供呼吸的新鮮空氣。年輕的警長慢慢地悄聲潛入，盡可能保持警惕，以防萬一。

「Som先生！」Wasan喊著：「別怕，我是警察，出來。」

Wasan的話音一落，兩個警察就聽見另一個房間傳來物品掉落的巨響。Wasan迅速從槍套裡取出槍，用雙手緊握住，轉身看

向右手邊的房門。Wasan 回頭向 Narong 警員比了個手勢，迅速上前打開那扇木門，兩個警察看見的畫面是一個瘦弱的男子蜷縮在房間的角落，他身穿破爛的衣服，留著長髮，鬍子又長又亂，手腳都是深紅色的血跡，抬眼望來的眼神裡滿是恐懼。一看到眼前那人無力抵抗的模樣，Wasan 趕緊放下槍。

「結果是 Som 先生有幻聽啦，Tay 叔。」保健醫院裡，Wasan 坐在 Tay 辦公桌對面的椅子上，「帶去分局錄口供時，他一句話也不肯說，不知道是剛嗑藥還是怎樣，只好帶去醫院做檢查。他沒有喝醉酒，尿也不是紫色的。不過醫師說他有幻聽，據說是聽到地獄使者的聲音，命令他去殺了每一隻他看見的豬狗鴨雞，好像是有什麼精神分裂或者類似的精神疾病。」

Tay 嘆氣，「我就說他一定是病了，你知道嗎？村民們都認為 Som 是被開罐裝水工廠的 Sunthorn 伯養的小鬼附身了。」

「為什麼會扯到 Sunthorn 伯身上？」

「Sunthorn 伯做生意致富，太惹人注意了，所以其他村民就說他壞話，說他養小鬼。」

Wasan 哈哈一笑，「果然如此。不過，還好幻聽沒有害死人。」

Tay 貌似想起了什麼，「說到死人，村民都認為附身在 Som 身上的小鬼就是讓很多人病死的原因。」

警長搖搖頭，認為這些迷信是無稽之談，但隨後似乎想到了什麼，警長 Wasan 抬起頭望著 Tay：「病死的人變多了？」

「這兩三年來，有許多居家治療的臨終病人死亡，都是因病

過世,只不過比起前幾年,數據增加了不少。一般來說,我們大概可以推測癌症末期的病患還能活多久,是幾個月、幾星期或者幾天,但現在是不管評估的時間有多長,就算有人應該還可以多活幾個月,但患者一旦返家,統統會在幾天內死亡。」說完,Tay轉頭整理桌子旁置物架上的文件。

警察聽完Tay的話,皺起了眉頭。

「但我覺得也沒什麼原因啦,死亡就是無法預期的事情,可能是因為天氣,或者任何超出可控範圍的因素,末期病患不需要痛苦太久也是件好事,警長你應該也能理解。」

Wasan沉默了一會兒。他現在的感受難以言喻,他覺得自己遭遇到的所有事件都不大對勁。這陣子,他每一天都跟「末期病患」這個名詞有所牽扯:他的母親過世不到一個月,之前的案子也跟剛過世的末期病患有關,就連他最近在床上發生親密關係的男人,也是專門照顧末期病人的醫師。

「這都是什麼鬼啊?」

Wasan自己嘟嚷說著,Tay似乎對警察的這聲咒罵大吃一驚。

「Tay叔,我可以看看過去三年癌末病患死亡的統計資料嗎?我想看看你說異常的數字。」

「我只有我轄區內的資料喔,之後再送去給你看看,先給我兩三天的時間,好像還有一些剛過世的案例還沒更新上去。警長也要看看其他地區的嗎?我可以幫你連絡。」

「有也不錯,謝謝。」Wasan站起身,「我得回去工作了,不打擾Tay叔了。」

Wasan走出保健醫院,深吸一口氣,努力靜下心來。他不急

著在資料不足時草率地做出任何判斷,也許那只是自然死亡,而他和癌末病患扯上關係可能只是巧合。

第六章　不偷竊的賊

「你在想什麼？」

低沉的嗓音在耳邊響起，接著嘴唇落在Wasan後頸的皮膚，同時還有溫熱的氣息。醫師修長的手摟了過來，撫摸著T恤底下的肌膚，從下腹一路往上摸到胸口的突起後，一下拉開T恤，露出底下的肌膚。

警察感覺到極其敏感的地方傳來一陣電流，Wasan閉上眼睛，喉嚨發出悶哼。此時，兩個男人為了共度一夜，又在同一間飯店開了房間，坐在窗邊椅子上發愣的Wasan被Kantapat煽情的撫摸弄得心癢難耐。

「不知道他人的想法也無所謂吧。」

「但我想知道你的。」Kan依然沒有停手，Wasan腦中的所有想法開始混雜在一起，就像被攪動的水面。「有不順心的事？要不要跟我說？」

「Kan⋯⋯」在忘掉想講的話之前，Wasan輕輕抓住對方調皮的手。「身為一個醫師，你認為有什麼原因會讓同一段時間內瀕死或死亡的病人數量增加呢？」

Kantapat放開Wasan，坐到床沿，「可以想到很多原因，有些疾病可以預測病程，倘若患者在同一段時間發病，就有可能在相近的時間死亡。」Kan思考了一下，「還有什麼呢？空氣狀況也可能會對肺癌或肺氣腫的病人造成影響，或者可能是其他環境因素，像是土壤、水或空氣裡的毒素，導致病人變得虛弱或死亡。」

Wasan交疊起雙腳,將手撐在大腿上,用難以捉摸的眼神盯著Kantapat。「如果這件事發生在我們這裡,你會怎麼解釋?」

　　醫師笑了,「現今仍有許多事情是科學無法解釋的,醫學上沒有什麼絕對,這是我一直以來被教導的觀念。如果你想從一個醫師口中得到答案,也只會得到可能、大概、我猜這種答案,差別取決於那個問題被研究得多深入。」

　　「文不對題呢。」Wasan說道,臉色有些不悅。「我只是想知道你的看法,沒有對或錯,只是私下聊聊,不需要仰賴太多證據。」

　　「我可能會收集數據並進行研究,找出與死亡率增加有關的因素,要找到最佳解答可能得花上不少時間。」

　　話一說完,Kan就站起身,解開襯衫,露出健壯的上半身。

　　醫師邁步朝Wasan走去,彷彿接近獵物時的雄獅。Wasan想要的答案就此高懸,對方的碰觸及氣味分散了他的注意力,他壓下心中的疑問,專注在兩人如今共處一室的目的上。

　　Kantapat拉起Wasan,將警察的身體往後推上後方窗戶,低頭吻上Wasan,就像一頭飢餓的獅子撲食獵物。

　　五分鐘過後,兩個男人渾身赤裸地躺在床上,被褪去的衣物堆在床邊的地板上。

　　「老樣子。」Wasan的語氣堅決。

　　「要是不照做,你會把我銬上手銬嗎?」

　　「想知道會發生什麼事的話,你就試看看。」

　　「但我今天有套子喔。」

　　Wasan抬起手,捏住跨坐在他身上那個人的下巴,「等下輩子吧。」

Kantapat輕笑：「下輩子也沒有很久啊。」醫師握住捏著自己下巴的手腕，將手臂按在床上，低頭親吻躺在身下的人。Wasan閉上眼，承受來自對方的侵略。以Wasan的嘴巴為起點，Kantapat的唇沿著下顎、頸窩、胸口，一路往下延伸。

＊

　　『真的很抱歉，警長！我還卡在酒吧的傷害案裡，等等要去看另一個撞死人的案子，地點滿遠的。』

　　聽到警中尉身後有人在大聲嚷嚷，Wasan嘆了口氣：「今天太混亂了。沒關係，我自己去好了，事發現場離分局不遠。」

　　『謝謝Wasan警長。』今晚與Wasan一同值勤的警中尉Amnat掛掉了電話。Wasan移動椅子，離開堆滿案件檔案的辦公桌，抓過掛在後方的警察制服，套在便服外。Wasan剛接獲巡邏警員的報告，說有人闖入一棟房子，目擊者是那棟房子的鄰居，他說他看見一個人撬開窗戶並爬了進去。而巡邏警員說抵達時沒有發現闖入者，但有發現明顯的撬開痕跡。

　　由於偵查組的其他人員都在查案，而且事發地點不遠，Wasan警長決定自己過去看看。他拿起手機看了一下時間，現在是晚上九點二十分，警察還以為會看見Kantapat的訊息，但年輕的醫師已經安靜好幾個小時了，他沒想太多，醫師也許是去睡了一下，不然就是在某處忙吧。

　　想起Kantapat，他就想到昨晚發生的事情，警察的肌膚上仍留有醫師的觸感。Wasan承認，他喜歡且渴望那樣的誘惑，倘若年輕醫師再一次提出過夜的邀約，他大概也不會拒絕。他和年輕

醫師之間彷彿有一股磁力吸引著彼此，連警察自己都無法理解這股迷戀從何而來，但那還不足以讓他下定決心，將心交給年輕醫師。Wasan還需要更多時間，深入認識那個神祕的人。

　　Wasan停下對對方在哪裡、做什麼的好奇，將手機收入口袋，快步走出警局。由於事發地點很近，Wasan在十分鐘內就走到了那裡。Wasan首先看到一名巡邏警員朝他跑來，臉色驚慌。

　　「怎麼了？」另一名警察的模樣讓Wasan看出事態不對。

　　「屋裡的人狀況不大好，我剛才打電話叫了救護車。」

　　「狀況不大好？」Wasan皺起眉頭，「是指住宅被闖入的那家人嗎？」

　　「是的，我到的時候沒有看到犯人，屋主的女兒也不知道有人撬開窗戶。女兒開門讓我進去時，我看到有一位病人。一開始只是在睡覺，但我檢查完撬開的痕跡，跟女兒聊了一陣子之後，病人的呼吸開始出現異常。警長，你要先進去看看嗎？」

　　Wasan快步走進屋子裡，最先聽見的是年輕女子的哭嚎聲。他穿過門口，走到後方的另一個房間後，看到一名女子低頭抱著老人瘦瘠的身軀，而老人的呼吸粗重，鼻子上有供氧的管線，連結到一旁的氧氣筒。一看到Wasan走近，女子更大聲哭喊，完全忘記自家被人闖入的事情。

　　「警察已經叫救護車了，別怕。」Wasan安撫道，然後趕緊過去檢查床上病人的狀況，「妳阿爸怎麼了？」

　　「癌症……」年輕女子淚流滿面地說：「肺癌末期。」

　　末期。

　　這個詞讓Wasan渾身發麻，彷彿一桶冷水從頭頂倒下。他一

時愣住,直到女子臉上出現疑問的神情。他是受過精實訓練的警察,有強健的身體及心靈,從沒有被嚇得不知該如何是好的時候。病人的喉嚨裡發出粗喘聲,拉回了Wasan的神智。無論發生什麼事,此時都必須先救眼前的人。

「爸……阿爸!!」老人的手腳開始僵直抽搐,年輕女子放聲大叫。

Wasan很久以前受過基本救命術的訓練,他決定讓病人側躺,以防痰液嗆入肺裡,但進一步的處置就不在Wasan的知識範圍了。在等待救護車前來的期間,年輕警察決定打電話詢問那個知識淵博的人,看看他還能做什麼。Wasan從床邊退開,拿出手機,立刻撥號給Kantapat醫師。

他和Kan的關係十分親密,已經跨過感到不好意思的階段了,Wasan確定即使是不合時宜的深夜時分,Kantapat也願意幫助他。

等待接聽的時間十分漫長,讓Wasan的心一路沉到了腳底。在訊號被切斷之後,他又撥了一次,但結果還是一樣,Kantapat沒有接電話。

巡邏員警走進來抓著老人家的身體,左瞧右看,似乎也不知該如何是好,和Wasan一樣。

「該怎麼辦?要拿什麼來撐開他的嘴巴嗎?」

「不需要。」Wasan哑嘴一聲,對另一個人在緊要關頭不接電話有些生氣,他知道Kantapat今天沒加班,晚點再連絡他問清楚。「救護車什麼時候會來?」

過了約莫半分鐘,老人的身體不再抽搐,臉色蒼白,嘴巴開

始發紫。

「警長！爺爺不抽搐了，也沒有呼吸了！」

「靠！」年輕警長咒罵出聲，將手機收回口袋，「做心肺復甦術，現在立刻！」

有人闖進屋內卻沒有財物損失，而且名為Chartchai的肺癌病人出現抽搐、呼吸停止症狀，隨後死在醫院急診室裡。這兩件事情有關連嗎？Wasan不知道，他能做的事是建議進行驗屍。為尋求真正的死因，死者的女兒也希望驗屍。倘若調查完沒有發現任何證據表明有疾病以外的死因，Wasan就能將調查轉往另一個方向。

不過可以肯定的是Wasan遇到太多和末期病患相關的案件了，不會只是巧合。

將屍體託付給醫院保管，等待法醫解剖後，Wasan帶著疲憊在凌晨兩點回到分局。幸好沒有再發生其他狀況，加重他本就萎靡的心情。他呆愣地望著那堆還沒處理完的案卷一會兒，決定今晚不要再浪費時間睡覺了。再過幾個小時就天亮了，Wasan一大早還得去局裡偵訊兩名證人，小瞇一下可能會更困倦，但他也許會在清晨五點多回家洗澡換衣服。Wasan總是問自己，他為什麼要待在這個工作堆積如山，人人想逃走的位置上？而且他得比其他人更了解法律知識！不過既然都要升偵查督察了，他就沒有理由認輸。

＊

「我的手機掉在沙發縫隙裡了，就、沒注意到，我關靜音，也沒聽到震動聲。」Kan從後方緊緊抱住Wasan，努力解釋著昨天發生的事，「然後，我不小心在晚上九點的時候睡著了，醒來時天都要亮了，真的不知道你有打來，不是故意不接的，寶貝不要生氣嘛。」

　　「我沒生氣，只是如果你接到電話，病人也許就不會死。」Wasan離開對方的懷抱，脫去襯衫，準備去洗澡。他知道即使Kantapat接了電話，也未必能增加多少救人的機會，但還是忍不住開口嘲諷對方，想讓膽敢不接電話的人感到內疚。

　　「我們去吃點東西吧？我請客。」

　　「我不吃宵夜。」從Kantapat望著自己勻稱上半身的眼神裡，Wasan看到了滿意兩字，「餓了就自己去吃。」

　　「我要怎麼做，你才會不生氣？」

　　「幫我分析一下情況，我就不生氣了。我不要上次那種模稜兩可的答案。」

　　「好。」Kan走近，輕輕握住Wasan的手，「我認為有兩種可能：一是自然死亡，二是非自然死亡。」

　　「什麼意思？」

　　Kantapat的眼神一變，深棕色的眼睛十分神祕，讓Wasan像被施咒般安靜下來。

　　「我說的非自然死亡是指，可能有人故意讓末期病人……『死亡』也說不定。」

　　一陣令人窒息的沉默降臨。Wasan也這麼認為，但不敢說出口。

「如果是那樣，那就是另一回事了。」

「你可以等最近一次案例的驗屍報告，如果有證據顯示情況是謀殺，就可以往這個方向去思考，但如果什麼也沒發現，那就先收起這些懷疑，慢慢尋找證據。」

「假如你是動手的人，你會怎麼做？」

「我從沒想過，因為我絕不會那麼做。」

Wasan似乎不滿意那個答案，「身為具有醫學知識的人，你肯定會有想法。假設你出於某些原因必須下手，你會怎麼做？」

Kan若有所思地說：「我應該會用藥物過量的方法吧，這類的病人大多需要使用嗎啡止痛，如果用量過多就可能抑制呼吸。或是施打某些藥劑，像是鎮定劑，讓人在睡眠中停止呼吸。不然就是注射鉀離子，使心律異常。」

「這表示，能做到的人勢必是醫護人員。」

「任何人都可以靜脈注射藥物，或者讓人服下過量的嗎啡。當然，也能輕易回頭追蹤醫師開了什麼藥。」醫師走向窗邊，看著外頭深夜的景色。兩人下榻的地方是位於市中心的飯店，雖然路上幾乎沒有車了，還是有路燈亮著。「但要偽裝成自然死亡很難。如果是我，無論多想讓病人死得安詳，我也不敢去做，儘管這類死亡案例很少進行驗屍，因為家屬認定是病死的，但我無論如何都不願意冒險。」

──希望是真的。Wasan在心裡祈禱。

他希望Kan和這種啟人疑竇的事情無關，這樣他才能放心地和這個人一起生活。至少，剛過世的病人不是Kantapat醫師的固定患者，這讓Wasan再度放心下來。現在只剩Bannakij醫師的驗

屍報告了，如此就可以證明這只是癌症末期的自然死亡。雖然這依舊無法解開他為什麼會被捲入這麼多樁同類型的案件中。

第七章　前往謀殺案之門

　　法醫室裡，Anan 站著看 Bannakij 醫師將大號的針頭插入心臟裡，抽取深紅色的血液，裝入採血管。

　　「幾個器官有缺血的情況。身上沒有受傷的痕跡，只有抽血在手肘和腹股溝留下的針孔，以及 CPR[5] 導致的胸口瘀血和肋骨斷裂。」

　　「肺部的腫塊很嚇人呢，醫師。」Anan 朝擴散至整個肺部的腫塊努嘴，癌症讓屍體的肺部變得漆黑又坑坑巴巴。中年男子手裡拿著驗屍時用來拍照的微型相機，「這還不是死因嗎？」

　　「我也認為可能是因病自然死亡的，不過他送到急診室時的抽血結果不太像，血鈉略低，血鉀也不高，血液中沒有任何感染。酸中毒可能是心跳停止時引起的，也試著做 Arterial blood gas[6] 了，但還是很難說，因為患者在家裡就有心跳停止的狀況了。」Bannakij 脫掉手套，「此人在出院時從內科病房拿了嗎啡及 Lorazepam[7]，也必須檢測一下血液裡的藥物含量。依照詢問警察的結果，他也說家屬確認過沒有藥物不見或短缺的異常情況，但我們還是得仔細點，因為警察說有接獲報案，當時有人撬窗潛入屋內。」

　　「事情不對勁，Ban 醫師。」Anan 走過來，在 Bannakij 從屍體

5　Cardiopulmonary Resuscitation(CPR)：在患者沒有呼吸或心跳停止的狀況下，幫助恢復生命跡象的急救術。
6　Arterial Blood Gas：血液氣體分析，藉由分析動脈血的資訊，評估體內的酸鹼值及氧氣交換能力。
7　Lorazepam：有抑制中樞神經功效的藥物，用來作為抗焦慮藥物或安眠藥。

中取出的各項證據上貼好死者名字的標籤。「等等縫合完，我就立刻送去大學附屬醫院的鑑識實驗室。Ban醫師先去喝咖啡休息吧。」

「麻煩Anan哥了。」Bannakij拿起資料板夾，將剛才的驗屍發現記錄下來，之後放回辦公桌上。年輕醫師走出法醫解剖室，左右扭動身體，擺脫長時間連續工作帶來的僵硬感。

Anan抱著一個保麗龍箱，裡頭裝有Ban醫師從遺體取出的血液、尿液及各項證據，直奔醫院的停車場。他和醫院僱用的司機Add先生約好了，要將這個箱子送去離這裡約四十分鐘車程的大學附屬醫院毒理學實驗室，同時還有其他病人的檢體要送去院外的實驗室。

「Add跑去哪裡了？」

Anan走進停車場，卻沒有看到任何人，他嘖了一聲。Anan往回走，望向停車場旁邊的辦公室，發現裡頭空無一人。他將箱子放在辦公室裡的某張桌上，再次打電話給Add先生。

『哥，你再等等！我突然被叫去府衛生局載院長，再等十分鐘！』電話一接通，司機Add就急忙解釋。

「好好好，沒事，我在這附近等。」

『哥，你趕時間嗎？放在運輸處也行，你先去處理其他事。』

「這可不行，要是證據不見就麻煩了。」Anan走出停車場，避開訊號不好的地方，「我現在沒有急事，Ban醫師也在休息，我就在這裡等。」

『好的，哥，再十分鐘啦！』

Anan掛斷通話，走回運輸處。他以為會看到一個空蕩蕩的

辦公室，但他卻看見一個人頭的影子從百葉窗一閃而過，中年法醫助理皺起眉頭，為了看清發生什麼事，他趕緊跑向門口。因為他很確定，裡頭之前沒有人。

這時，Anan迎面撞上一位匆忙從辦公室走出來的人。他抬頭看著面前的高大男子，那名面容白淨、英俊帥氣的年輕藥師身上穿著短版白袍以及黑色褲子，胸前用淺綠色繡了名字——「藥師Chanchai Maneerat」。Anan不曉得究竟是誰比較吃驚，但年輕藥師的眼睛確實瞬間睜大。

「Boss藥師！」Anan喚道。

「Anan哥……」年輕藥師說著，對Anan尷尬一笑，「哥來這裡做什麼呢？」

「我拿鑑識的東西過來，讓Add送過去。」Anan一臉疑惑地望著年輕男子：「你在這裡幹嘛？」

「昨天和Kan醫師一起去家訪時，我把東西掉在車裡了。」Boss燦笑著，不好意思地伸手搔搔後腦杓，「但是這裡沒有任何人在，看來我得明天再來了。」

「Boss藥師那天是跟誰一起去的？如果當天是Add開車的，就再等十分鐘吧。他在路上了。」Anan抬起手臂，看了下時間。

「不是Add哥。沒關係，我改天再來。」男子側身走出門，「我先走了。」

「喔……嗯，之後見。」

Anan轉身望著身穿短版白袍的年輕人快步離開，直到消失在視線範圍內。中年法醫助理走進辦公室，看著放在辦公桌上的保麗龍箱，有一絲奇怪的感覺升起，他馬上走到桌子旁，打開箱

子確認。

　　裝有證物的密封袋仍在裡頭，用膠帶封得嚴嚴實實的，上頭貼著有Bannaji醫師字跡的貼紙，不可能有人拿走裡頭的證據卻不留下任何痕跡。即使不大安心，但Anan還是十分肯定沒有人從裡頭拿走任何東西。

　　十分鐘之後，醫院的司機Add慌慌張張地跑進辦公室找Anan，告訴他車子已經準備好，可以去送鑑識物了。Anan將保麗龍箱交給Add，再三囑咐交送地點後，轉頭往法醫部門走，結束今天下午的任務。

＊

　　任職令下來了，警上尉Wasan Kambhunruang晉升為警少校，正式成為外府警局的偵查督察。

　　警官站在母親的照片前方，照片裡的女人正值花樣年華，是他見過最美的女人，她幹練又堅強，獨自拉拔三個兒子長大，不在乎自己經歷過多少艱辛與困難。雖然家境貧窮，但是Wasan從沒餓過肚子，還能長成一位氣宇軒昂的警官，全都是多虧照片中的這名女子。

　　「讓哥來代替阿母吧。」Tongkam將一枚皇冠星徽別上Wasan的肩膀，不時抬起手背擦拭濕潤的眼睛，「督察是我們家的驕傲，阿母總是開心地向大家提起你。」

　　「有機會照顧阿母的孩子才是應該被讚頌的小孩。」Wasan眼神空洞地望著母親的照片，「該被稱讚的人是Tong哥，不是我。」

「我不像你會念書，身體也不如你健壯，我能做的，最多就是在家幫阿母做事而已。你的未來還很長，像這樣讓自己成為位高權重的人就對了。」Tongkam拍拍Wasan的肩膀，向後退了一步，用十分驕傲的眼神望著自家弟弟：「別好了。」

Wasan轉頭看著肩膀上嶄新的皇冠星徽，胸口揪緊。他好想讓阿母看到這枚徽章，她一定會抱住他許久，親吻他的臉頰，然後說要做Wasan最愛的豬肉咖哩來慶祝，就像他從警官學校畢業時一樣。警官從放有母親照片的桌子旁後退一步，跪在木地板上，雙手合十，低下頭跪拜母親的照片。他強忍著不哭，但他感覺到清澈的液體盈滿眼眶。Wasan噙著淚水抬起頭，舉手朝放在母親照片旁邊的二哥照片一拜，他望著兩位已故的家人，努力平復心情後站起身。

「你今晚要出門嗎？Gai準備了很多菜。」

Gai是Tongkam的妻子、Wasan的大嫂，這兩個人一直照顧母親直到生命盡頭。

「我今晚沒有要出門。」Wasan將襯衫下襬拉出褲子，接著拉開衣服的拉鍊，「我打算在家裡辦公，卷宗多得跟山一樣。」

「是說，你的勤務會不會太多了？都不常看到你回家。」

正拿起衣架要掛上制服上衣的Wasan愣了一下。真正的答案是，他最近經常和一個男人到飯店開房間，但Wasan不該將那個答案宣之於口，他對家人都還沒坦承性取向。「有時是值班，有時是喝了酒醉倒在朋友家裡，紅人剛返鄉，不免會被各方搶來搶去的。」

「我就說了！你們這些警察啊，喝酒喝得真凶。少喝一點，

要是肝壞了，我才不照顧你！」

「呵。」Wasan笑了一下，望著嘀咕抱怨的哥哥像隻想吃蜂蜜的熊走向開始飄出陣陣香味的廚房，「我一找到適合的出租房就會搬出去，到時候可別抱怨說想念這個愛喝酒又肝硬化的弟弟喔。」

「找到房子就快點找個妻子啦，督察！」從廚房傳出來的大吼讓Wasan搖了搖頭，笑容燦爛得像好幾天都不曾笑過一樣。看到兩個還活著的兒子如此相親相愛，母親在天上應該很開心吧。

＊

Kantapat望著眼前空盪盪的房間，視線不時看向一旁雙手抱胸怡然而笑的醫院高層，「Somsak醫師對我太好了，不大對勁喔。」

「不是故意在討好你，這叫做『支持』。」Somsak舉起雙手，朝門口比了一下，「之後，在這裡會有個招牌，上頭寫著『安寧療護處，Kantapat Akaramethee醫師所有』。」

Kan笑道：「不用寫我的名字吧？要是有下一任醫師要用，就不用更換招牌了。」

高大的中年醫師轉頭看著Kan。雖然年紀接近五字頭，但光陰沒有在Somsak醫師的身上留下痕跡，他依舊是個高大英俊、個性和善的人，即使頭髮已經開始斑白，也戴起了老花眼鏡。

「說得好像你不會久待一樣呢，Kan。」

Kan搖著頭輕笑：「我現在沒有搬去別處的計畫，不過未來的事，我們也還看不到呀。」Kan走進曾經是內科會議室的房

間,「這房間只給我跟護理師兩個人用也太大了。」

「再拉個醫師來幫忙啊。」

「家醫科的其他醫師都逃去別的領域了,只剩我一個人還樂在其中。」Kan轉身看向靠在門框上的中年院長。由於經常鍛鍊,他高大的身材依然勻稱,「謝謝醫師給我這個空間,這樣我有個空間,能更有條理地存放文件了。」

「需要什麼櫃子就直接說,我讓人拿過來。」Somsak抬起手錶來看,「我得趕去開會了。你先規劃一下房間的裝潢,需要什麼再傳LINE給我。」

「謝謝。」Kantapat雙手合十,院長則舉起右手致意後快步走了出去。

Kan的盈盈笑臉慢慢恢復平靜,回頭看著將變成辦公室的空曠房間,這空間給醫師及護理師兩個人來用,實在太大了,如果可以隔出一個空間,讓病人家屬來此學習居家照護應該不錯。

Kantapat醫師到這家府立醫院任職之後,過去幾年時好時壞的安寧療護工作終於初具規模,Kan參與了所有新系統的創立以及執行,無論是住院或門診病患的諮詢系統、家訪的合作網絡、照護者的訓練團隊、專門照護末期病人的診所,還是各項資料的收集系統。經歷兩年多的測試之後,既定的各項指標皆有著正向發展,這使其他地方的醫師及護理師不時會來取經,且成果好到Somsak醫師意外給了他一間個人辦公室,這件事應該是件令人開心的事。

「哈囉,我順道來看一下新辦公室。」Ning醫師的聲音從門口傳來。

Kan轉頭看向好友，滿臉笑容：「羨慕嗎？」

　　「我也想要啊，這該怎麼辦呢？」

　　「去問院長嘍，不然就是來幫忙照護末期的患者。」

　　「大概沒什麼末期患者會生小孩，我應該什麼忙也幫不上。」兩人同時笑了出來。女醫師走到Kan身邊，將手揹在背後，扭頭睜著圓圓的大眼睛看著年輕醫師：「不過，有一件事我可以幫忙。」

　　「什麼事？」Kan轉頭問道。

　　「如果你有什麼不舒服或著急的事情，隨時可以找我。」Ning說完就立刻轉身離開，「我先進手術室了。」

　　「什麼啊？只是為了說這句話嗎？」Kan轉頭不解地看向女性友人，但Ning已經走出去了，Kantapat只能長嘆一聲，看向窗戶外頭。他不是不曉得Ning在想些什麼，就是因為知道，他才會到今天都在對Ning裝傻。在漫長的嘗試與失敗後，Kantapat現在很清楚他想要的是什麼，他不想讓Ning傷心，有好男人比Kan更適合她。

　　Kantapat走回距離急診部不遠的大樓，社會醫學部家醫科聯合辦公室位於其一樓。今天下午，他要負責講授照護末期病人的課程，仍有一點資料要加進投影片中。年輕醫師隨意地坐下來，用LINE傳了愛心貼圖給Wasan。只休息幾秒，又有一名客人來訪──他的醫師學弟Bannakij帶著兩本書來找他。

　　「我建議學長看這兩本，它們是最好讀的。然後，這本是學長想找的毒理學相關書籍。」Bannakij靠在Kan的辦公桌旁，笑著將書遞給他。

Kan不否認Bannakij的笑是最迷人的笑容，還有那比例優秀的身材，Bannakij應該和Wasan差不多高，微鬈的深棕色頭髮使他引人注目。Kan覺得自己又遇到圈內人了，他很肯定。

「感謝，什麼時候還？」Kan接下書翻了翻。

「我會在這裡工作到六月，快離開時還我就行了。」

「要是有急用，可以叫我拿去還，不要不好意思。」

Bannakij點點頭：「我先走了，有一個肺癌末期在家裡過世的案子。」

Kantapat的目光從書上挪開，抬頭看著Bannakij，對上法醫靜靜盯著他不放的視線。年輕的家醫科醫師覺得，那是一雙聰明人的眼睛。

Kantapat用平常的聲音回道：「是警察送來急診室的案子吧，我也有聽說。家屬要求驗屍嗎？」

「還好有解剖。」Bannakij語氣平靜地說：「我先告辭了。」

Kan望著Bannakij走出辦公室，接著傳來玻璃門關上的聲音。年輕醫師靠著椅背，緊握的雙手放在腿上，任由自己陷入沉思。

「還好……是嗎？」Kan輕聲喃道。

＊

他好討厭這個粉紅色的愛心，尤其看到是誰傳來後，更加討厭了。Wasan直接將手機收進口袋裡，避免點進去跳出「已讀」，讓傳愛心貼圖來的人太過得意。他抬起頭，看著傳喚來進一步偵訊的證人——坐在桌子另一邊的矮個子是Piam Jindaluang

先生，就是他打電話報警說自己看到有人撬窗闖入肺癌末期病患的家中，隨後那名病患就出現抽搐的症狀，並在醫院死亡。

「告訴我你當時看到了什麼。」Wasan 問道。

「警察先生，當時很昏暗，我看不清楚。我那時剛回到家，正要走進家門，轉頭就看到一個影子閃過去。起初還以為是見鬼了，急忙跑進屋子裡，但我走上二樓後向外望去，看見有個人影在撬窗戶，之後爬了進去。窗戶是在陽臺對面啦，警察先生。我也不懂為什麼要浪費時間撬開窗戶，好像不知道那屋子的後方更好進入一樣。」

「所以不是專業的小偷囉？你能描述一下他的外表特徵嗎？」

Piam 先生閉緊眼睛，努力思考，「我完全沒看到長相，四周都黑漆漆的，但我確定是個男人，穿著黑衣黑褲。我一看到就好害怕，怕他接著來偷我家，所以趕緊打電話報警。」

「當時是幾點？」

「大概九點左右。」

二十分鐘過去，除了確認有人闖入，且應該是個全身黑的男人之外，Wasan 沒有獲得更有用的資訊，於是他向 Piam 先生道謝並囑咐對方，如果有人知道更多資訊，請趕緊告訴他。

警察再次拿起手機來看，這才發現午餐時間都快過了，但他還什麼東西都沒有吃。

『有夠餓！』Wasan 回傳訊息給 Kantapat。不到幾秒，就出現了「已讀」。

『還沒吃飯嗎？』

『還沒，事情做不完。』

『趕快去找東西吃吧，要是瘦太多，抱起來不溫暖。』

『抱不暖就別抱我。』

他們是什麼青少年嗎？淨說些沒營養的話！Wasan這麼想著，嘴角卻浮現一絲笑意。

警察等著Kantapat的回應等了一會兒，期望馬上就能看見回覆或者貼圖，然後Wasan就能趕緊去做其他事情。

不過，接下來他看到的並非訊息或貼圖，而是一通來電，來電者名為「法醫Bannakij」。

Wasan迅速按下接聽，心裡有些不安。年輕的督察只在上週發生非自然死亡案件時連繫過Bannakij醫師一次，當時他向法醫介紹自己是剛調職過來的新督察。

「你好。」

『請問是Wasan督察嗎？』電話另一頭的人說，『我是法醫Bannakij。』

「是，醫師？」

『Chartchai先生的驗屍報告還沒完成，不過我想先讓督察知道初步的結果。』

Wasan皺起眉頭，「說吧。」

『從初步檢驗的結果看來，沒有發現任何外部致死的原因，但我剛剛收到血液藥物殘留檢測的結果……』醫師的聲音停頓了一下，『發現血液中有相當高含量的Benzodiazepine，但在胃裡卻沒有發現藥物。』

Wasan像被施了咒一般愣住，「高到足以致死的程度嗎？」

『是足以致死的高濃度，當時是以靜脈注射的方式注入死者

體內。這種藥物是鎮定劑，如果過量會抑制呼吸，導致其他器官缺氧。』

法醫的聲音變得好遙遠，那是個 Wasan 預計會聽到，心裡卻不想知道的答案。Bannakij 剛才的話打開了一扇新的大門，通往一條起初他以為是自然現象，但卻無法說出古怪之處的路。來自 Bannakij 的答案解釋了一切，將無法連結在一起的片段組合成一個故事。

那扇門名為：謀殺案。

『督察？』Bannakij 在 Wasan 靜默許久之後出聲問道。

「這就是死因對嗎？」

『死因絕對是這個。』

「病人沒有自行吃藥？」

『胃裡沒有發現藥物。』

「可能是其他人將這種藥物注射到死者的血管中，對嗎？」

Wasan 聽見 Bannakij 深呼吸的聲音。

『參考目前屍體解剖的結果，答案是，有可能。』

「爬進死者家中的人可能就是下手的人，不過，這麼做有什麼意義呢？」接著 Wasan 意識到自己正對著 Bannakij 醫師自言自語，「謝謝，我會等驗屍報告來的。如果有什麼進展或需要醫師額外協助的地方，我會通知您。」

Wasan 掛斷電話，雙臂放在桌上，各種情緒如洪水般湧上。

年輕督察閉上沉重的眼皮，試圖釐清思緒──這個案子接下來該怎麼做呢？根據剛才那份非正式的屍檢報告，幾乎可以歸結出確切的死因。Wasan 決定明天從法院回來時，要順路去地區健

康促進醫院找Tay，將癌末病人死亡案例異常增加的數據拿回來研究。

　　桌上的手機稍微震動了一下，Kantapat回覆訊息了，但年輕督察連瞥一眼訊息的心情都沒有了。

第八章　藥師

　　穿著學生制服的男孩拚命往女性內科病房跑去。他撞上一名女護理師，但沒時間轉頭道歉。男孩臉上滿是汗水，雙手手心都濕透了。一抵達目的地，他立刻直奔五號床的位置，躺在病床上的是他的母親。男孩停下腳步，他看見五號床周遭被醫學院的學生和護理師圍著，一名男醫師站在床頭，正努力用金屬棒撬開床上那名女性患者的嘴巴，以便替她插管。床上的病人不停痛苦地掙扎扭動，喉頭發出嘎嘎聲響。男孩看見帶血的痰液從母親的嘴角流了下來。

　　「住手！」剛到達的男孩大喊道，附近的人都帶著異樣的眼光看向他。他喘著粗氣，雙眼發紅，「住手！」

　　正在插管的住院醫師連頭都沒有抬，他成功插入呼吸管後，趕緊拿起放在肩上的聽診器聽了聽，確認管子是插進氣管而非食道。

　　「患者開始出現呼吸困難的症狀了，醫師我也別無選擇。」

　　男孩急忙穿過人群，去看昏迷不醒的母親。護理師正透過呼吸管抽痰，管子裡有大量帶血的痰液流出，每一次抽痰管進入氣管，他母親就會露出痛苦的神情，這也讓身為人子的他內心非常痛苦。

　　「媽……」男孩眼裡噙著淚水，一名女護理師走過來，想將他帶離那裡，「媽已經痛苦很久了……不要再傷害她了。」

　　護理師望向他，露出理解的表情，「醫師正在努力救媽媽，

你先去前面坐著等。」

「我媽的病、已經不可能好了⋯⋯」男孩流下眼淚，眼神陰暗而空洞，「為什麼醫師還要讓我媽受苦⋯⋯」

女護理師頓時無話可說，趕緊將他帶到病房門口的椅子坐著，「你坐在這裡等。」

當年輕護理師走回去繼續做自己的工作，男孩站起身，走到病房門口，試著找到一個看得見母親的位置。在看見剛才負責插管的醫師爬到床上跪著，雙手有節奏地按壓母親胸口時，男孩泣不成聲。

「媽⋯⋯」穿著制服的男孩跪在地上，一手扶著牆，努力撐住自己的身體。「醫師⋯⋯我媽不想再痛苦了，醫師不要傷害她⋯⋯」

男孩的抽泣聲撕心裂肺，讓路過的人無不心生憐憫。

他想起母親在醫院接受治療的畫面。他可憐的母親被診斷出移轉性卵巢癌，正受到化療的副作用折磨，她美麗的臉龐開始消瘦，烏黑飄逸的長髮只剩幾縷。

「如果我考上醫科就能把媽治好，媽，妳要等我成為醫師喔。」男孩握著她的手說。

母親看著他，溫柔地笑著說：「別只治療我一個，如果我的孩子成為醫師，也要治好別人。」她日漸消瘦的手緊緊握著兒子的手，「如果當上醫師，你不只要治療疾病，也必須讓病患擺脫媽媽現在受到的痛苦，幫助像媽媽一樣生病的患者接受疾病，接受生老病死，讓這些病人安然離世。」

經過漫長的搶救後，男孩母親過世的當下嘴裡含著呼吸管，

身上接著混合抗生素和強心劑的點滴，以及錯綜複雜的顯示儀器管線。床單上沾黏著氣切留下的痰液和血跡，急救過程中使用的藥瓶堆滿護理師的藥車，她的床邊有人員來回收拾清掃。一名護理師走了過來，從她身上拔掉呼吸管及各種管線，然後拉起白布，蓋住死者的臉。

——既然結果都是死亡，為什麼母親的臨終會是這樣的呢？

為人子者，心中描繪的畫面是在乾淨、明亮又寧靜的地方，他能夠帶著母親最愛的玫瑰，坐在床邊握著她的手，望著他心中最美麗的女人安詳地睡去，一切美好祥和，沒有痛苦。

但他的母親過世之前卻是在這裡痛苦掙扎，這是他一輩子都不可能忘記的畫面，一秒都不會。

*

Kantapat 在手機鬧鈴聲響起時睜開眼睛——這鈴聲聽起來有些陌生，因為那響亮的鈴聲是從睡在他身旁的另一個人的手機傳出來的——醫師轉頭看向 Wasan，他仍一動也不動地躺著，彷彿完全沒有聽見鬧鈴聲。Kan 伸手拿過 Wasan 放在床頭櫃上的手機，螢幕上顯示的時間是早上六點。

他關掉鬧鐘，然後回頭望著依舊熟睡的警察——Wasan。Wasan 一夜未眠工作之後的疲憊，Kan 很能理解，因為當他還是公費醫師時，年輕的醫師同樣得熬夜值班，所以 Wasan 在完事後幾乎立刻昏睡過去也很正常。

「Wasan。」Kan 伸手搖了搖警察的身體，「我想讓你繼續睡，可是你跟我說你必須一早就去上班。」

Wasan的喉嚨裡發出輕輕的悶哼，然後那雙看著Kan時總是固執的眼睛慢慢睜開。醫師以笑容代替早安後，俯身親吻年紀稍長的男人額頭。Kan從昨晚就感覺Wasan心裡有些困擾或不悅，即使睡了一覺起來，依舊感受得到那種緊繃。

　　「你什麼時候才能不皺眉呢，親愛的？」Kantapat用拇指沿著警察的眉骨滑過，按壓糾結的眉心。

　　「我有很多事要煩惱。」Wasan閉上眼，翻身躲開。

　　他安靜地躺了一陣子，似乎在調適心情，接著才坐起身來。

　　白色棉被從Wasan身上滑落，露出底下一路到臀部的肉體。事實上，Wasan跟北方人一樣是白種人，大概是因為常風吹日曬，經常暴露在陽光下的皮膚才變成了Kan覺得很迷人的古銅色。

　　「你還有什麼事還沒跟我說嗎？」Kan的視線跟著起身去拿浴巾的Wasan。

　　「沒有。」Wasan答得俐落。

　　「你看起來壓力很大，有什麼煩惱嗎？」Kan開始運用與病人溝通的同理心技巧：「有什麼需要幫忙的可以跟我說。」

　　警察轉過身，神情嚴肅地望著Kan，一雙眼睛凝視著他，彷彿想看透他的內心。

　　「現在沒有，如果有什麼需要，我會跟你說，不用逼問我。」

　　Kantapat舉起雙手投降，儘管兩人熟識到一有機會就會一起過夜，但難接近的人還是一樣不好靠近。

　　現在，他們兩人就像站在玻璃牆的兩端，看得見彼此，卻無法真的伸手觸摸對方。

　　「好吧好吧，不問了。」

警察一言不發地走進浴室，Kan則雙手放在後腦杓，望著他和Wasan選來共度夜晚的飯店天花板——他想帶Wasan去他家睡，只是有些不方便，無法帶Wasan回去過夜。還是說，他應該找其他的方法？或許去租間房子是個好主意，或者買一間公寓之類的，讓對方搬進來一起住。

Kan對這個人是認真的，是他追求對象時最認真的一次，兩人契合的程度十分罕見，沒有多少人能讓他從第一次見面就被吸引。他看見了那位警察藏在勇敢外表下的可愛，那是種不靠近就永遠不可能發現到的可愛。Kan已經擘劃好自己跟這個人的未來了，寶物既然到手了，不管發生什麼事，醫師都絕對不會輕易放走Wasan。

謀殺——

「你想太多了，Wasan。」這是Wasan去徵詢建議時，偵查副局長說的話，「這可能有關，也可能無關，你不需要將其他人的死亡牽扯進來。先專注在這個案件上，把案子查出結果。」

是，或許是他想太多了，但自從看了過去三年死於癌症的案例數據之後，這兩個字就一直在Wasan的腦海裡縈繞。

公衛師Tay將自己負責的區域及另外兩個鄰近區域的末期病人數據送來給Wasan，從表面上看可能只是因病自然死亡，但過去三年死亡人數的快速增加，與治療團隊的預估期限不符，尤其是過去這一年的數字突出到無法忽視。過去都沒有人對死因有所疑慮而要求驗屍，直到最新的那一例才檢查出異常。

「到底要從哪裡著手才好？」Wasan抬手摸著自己短到看得見

頭皮的頭髮，望向堆滿桌上的卷宗。或許，去跟專業人士聊聊會更有幫助，但那個人不能是Kantapat醫師，因為那傢伙除了給沒什麼幫助的答案外，還喜歡分散他原有的注意力。

將毒品嫌疑犯送往法醫檢驗室接受檢查之後，年輕督察請Bannakij醫師撥出一些時間，進一步詢問關於屍體的資訊，據說血液中含有高濃度的鎮定劑就是死因。

Bannakij帶Wasan來到急診室後方的醫師休息室談。

「Bannakij醫師，你確定是謀殺嗎？」

醫師抿著嘴，面露思索，「依據病人的狀況，我認為他應該無法自行將那種藥物注射到血管裡。」

「當時有目擊者看到有人闖進屋內，卻沒有財物上的損失，醫師，你對此有什麼看法？」

「如果那個人真的是犯人，肯定是醫護人員，他的注射技巧不只是為了故布疑陣而已。只是，如果這個人不是業界人士，那麼藥是從哪裡取得的？」醫師的目光移到Wasan臉上，「督察要試著去藥庫或藥劑部詢問嗎？看看藥品的訂購或領出是否有異常。一般來說，藥局會有系統紀錄藥物進出的數量以及開藥的醫師，倘若藥物真的是從這間醫院被偷拿出去的，說不定可以發現什麼資訊。」

Wasan很感謝這位法醫給了一個有趣的起點。

「倘若沒發現異常，藥物就肯定是從其他地方來的，對嗎？」

「有可能，但事發地點在這間醫院的服務區域內，而且這種藥不是常見的靜脈注射藥物，大概只有這裡是最有可能的地方了。」

「好,非常謝謝醫師,後續有什麼狀況,我再來麻煩醫師。」年輕的督察稍稍頷首,作為道別。

「不客氣,督察。在這裡的任期結束前,我會全力配合的。」

「你只會再待幾個月吧?真可惜,我沒有機會能和像你一樣厲害的法醫共事。」Wasan 又對醫師道謝幾次後離開急診室。

警察毫不猶豫地直接走向服務中心,詢問前往藥局的路線,想趁現在收集到最多的資料。Wasan 的警察制服讓他在人群中格外顯眼,在他抵達目的地前,必然會成為工作人員和患者的目光焦點。

Wasan 決定走向一名高大白淨、正忙著替小籃子裡的藥品貼上標籤的男子,他身上的短袍用淺綠色的線繡著「Chanchai 藥師」。

「您好,我有件事想要請教。」

年輕藥師抬頭望向 Wasan,空洞的眼睛瞬間睜大,萬分驚恐。他手裡的藥籃掉到地上,藥包散落一地。這讓 Wasan 皺起眉頭。

「對不起,我是個有點容易受驚嚇的人。」年輕藥師尷尬地笑了笑,連忙彎下身撿起弄掉的東西。

Wasan 蹲下去幫忙將藥包放回原處。

「謝謝你。」

「我正在調查一個病人遭注射過量 Benzodiazepine 致死的案子。」Wasan 銳利的目光盯著藥師的臉,「我想詢問藥局這類藥物的使用上是否有異常的狀況。」

Chanchai 藥師搖了搖頭,Wasan 發現他的太陽穴附近冒出豆

大的汗粒。

兩人都站起來。

「就我所知沒有。偶爾會有超額領用，但那是因為護理師摔破藥瓶或者醫師開錯藥，看起來沒有任何異常。」男子舉起袖子，擦了擦額頭，彷彿在試圖躲避警察的視線。

「好的，謝謝你。」Wasan覺得這件事得多問幾個人才能確認了，而且這人回答問題的反應值得深究。「要去哪裡才能跟負責藥庫的人聊聊呢？」

「請沿著這房間左側的走廊，直接走到三十號房去詢問，藥庫主管叫做Somkiat。」

「Boss藥師，好了嗎？」一名工作人員透過玻璃窗喊著年輕藥師，男子扭頭一看，又神情緊張地轉頭望著Wasan。

「我先去工作了。」

男藥師稍微躬身致意之後，走向等著藥物的工作人員。Wasan望著被喊作「Boss藥師」的人，觀察了對方的行為一會兒，記下他的長相、名字及職位。雖然情報顯示沒有異常，但有一件事絕對不對勁，那就是這名藥師看到他時奇怪的態度。

Wasan走出住院藥局，按照Boss藥師所說的方向走去。一走到病人等待看診的座位區，就發現了那個讓他不得不立刻轉過身的人——Kantapat醫師走出診間，一臉詫異地看著引人注目的年輕督察，這身打扮讓Kantapat即使距離一百公尺遠，也能一眼看出那是名叫Wasan的警察——警察閉起眼睛，調適了一下心情之後轉身面向走過來的年輕醫師。

「想我想到來這裡找我嗎？」

那可惡的笑容讓他握緊了拳頭,甚至有了「就算警察在醫院裡毆打醫師也沒人會說什麼」的想法。

「自戀狂,我是來工作,不是來找你的。」Wasan 忽然想起了什麼,「既然來了,就給你機會發揮一下。你認識名叫 Boss 的藥師嗎?」

「認識。」Kantapat 立刻回道。

「有任何與他相關的消息嗎?」

「我沒什麼與 Boss 藥師有關的消息,我跟他沒那麼熟,有一起去家訪過,但也沒幾次。我只知道 Boss 是個十分害羞的人,大部分時間都待在藥局,不大常看到他。他長得很好看,我也曾想追過他。」

儘管沒什麼理由該有這種感覺,但 Kan 的回答還是讓 Wasan 感覺心臟被扯了一下。警察用眼角餘光看著 Kantapat。

「果不其然,問你也是浪費口水。」

「不繼續問我為什麼放棄追他嗎?」

Wasan 轉過身要繼續去工作,「不要,因為你的答案對我一點幫助也沒有。」

「我放棄追他是因為我的眼睛就快瞎掉了,除了你,我看不見任何人。」

Wasan 停下腳步。

醫師的目光盯著那顆理得極短的平頭,身著卡其色制服的寬大背影一動也不動,不久後才邁著堅定的步伐,不發一語地往前走。

兩個男人的距離越來越遠,直到 Wasan 轉彎消失在 Kantapat

的視線裡。

＊

「警察知道了,怎麼辦?怎麼辦?怎麼辦⋯⋯」

整整半小時過去,Boss什麼事都做不了,只能在員工宿舍的房間裡繞來繞去,像瘋子一樣重複說著同一句話。男子雙手緊握著,試圖壓抑不由自主的顫抖,外頭呼嘯的熱季颶風根本比不上他此時的腦內風暴,窗外閃現的閃電更是讓他發狂。

「啊!!」

男子結實的手臂朝一只木箱揮去,裡頭裝滿了備用的透明藥劑安瓿,木箱落地,安瓿也如雨滴般落下。高大男子走向床鋪,一屁股坐到床邊,雙手抱著頭,一雙眼睛睜得老大,眼底滿是恐慌。

「該怎麼辦才好⋯⋯」

只有短暫的雷聲能止住他腦袋裡的聲音,讓年輕藥師的手腳暫時停止顫抖。年輕人慢慢抬起頭,雙眼逐漸布滿血絲,看了一眼彷彿被暴風雨襲擊過的房裡,架上的書被粗暴地掃落在地,紙張和文件也四散在各處。

他不得不這麼做,因為暴力是唯一可以壓抑住恐懼的東西。

警察那雙銳利得彷彿能割傷血肉的眼睛,不時糾纏著他。在那雙眼睛的主人回來奪走他的人生之前,他必須找到方法,讓那個人消失在他的生活之中。

「殺掉⋯⋯警察。」

沒有人聽見這句話,除了他自己,因為他說出口的話隱沒在

同時響起的雷聲裡。藥師的眼淚也一樣，跟著外頭的天空一起哭泣落淚，滂沱大雨敲在員工宿舍的屋頂上，掩蓋掉男子所有的聲音。

第九章　偷襲

　　藥局主管說，藥品的消耗狀況沒有任何異常，許多人的說法也是如此。

　　Wasan 負手而立，一隻手拿著紙張，上頭寫有死亡的末期病人人數，而他望著打在自己辦公桌後方玻璃窗上的雨。此時快晚上八點了，負責值班的 Wasan 還有漫長的夜晚等著他，年輕的督察決定利用沒事的這段時間處理積壓的卷宗，運氣好的話，他或許有時間回去休息一會兒，而那種機會在 Wasan 值勤時可不常有。

　　『我放棄追他是因為我的眼睛就快瞎掉了，除了你，我看不見任何人。』

　　Kantapat 的話聲讓 Wasan 心臟一顫，不得不閉上眼睛。光是想起那句話就這樣了，更不用說要是他轉過身，直接聽到醫師說出這句話時會有什麼反應了。Wasan 只能快步逃離，因為他的臉頰實在燙到沒臉見人。警察知道這種感覺是迷戀，他被那個男人迷得昏頭轉向，這就是為什麼他應該保持距離，不然他的心在查案時會有所偏頗，儘管他深深地祈禱這件事和 Kantapat 無關，但 Kan 的職業和擁有的專業知識，的確有可能牽涉於其中。

　　『二四一案件，爵士酒吧，持刀，完畢。』

　　思緒戛然而止。他接獲無線電通報，一家酒吧發生刺死人的案子，雖然場面已經被巡邏員警控制住，不過冒著熱季颱風外出對他還有今晚負責驗屍的法醫來說，不是一件令人愉快的事情。

＊

「患者一天內會服藥緩解疼痛症狀超過三次，且疼痛指數依舊很高，如果有這種狀況，就應該調整用藥。像這名患者一天的嗎啡用量是六十毫克，我們應該把用藥調整成around the clock[8]，每十二小時增加三十毫克的嗎啡，並在有疼痛症狀時注射五毫升的液態嗎啡。」Kantapat為安寧療護部門的護理師Ornanong計算著嗎啡的劑量。中年的護理師點點頭，表示理解。

「好，藥我開完了，還有其他要看的患者嗎？」

Ornanong低頭看著手裡的資料，「這是最後一個患者了，因為住在內科第二女性病房的患者昨晚過世了。」

「是Malee阿姨嗎？」Kan望著面前的病人，「那麼，阿姨去世前有見到她的小女兒嗎？」

「見到了，她女兒剛好在最後一刻飛回來。」女護理師笑著說。

「太幸運了，還好我們有連絡上她。」Kan轉頭對Ornanong點點頭，「妳先去休息吧。我中午要去辦點事。」

「好，那我等等去買咖啡回來囤在我們新的躲藏室。」

「哈哈，我好喜歡『躲藏室』這個詞。下午一點OPD[9]見啦。」

Kantapat所謂的辦事是幫男友調查Boss藥師，避免又被罵說淨給些沒用的情報。Wasan說他去詢問Boss藥師時，對方的態度

8　Around the clock（日夜連續型）：給藥方式是依照醫囑定時給藥，藉此長時間抑制疼痛。
9　Out Patient Department：門診。

很可疑，所以想知道這個人是否有所隱瞞。年輕醫師走向住院藥局，也就是Boss藥師工作的地方。

「Boss藥師臨時請了病假。」女藥師透過配藥櫃檯的玻璃窗對Kan說：「醫師有什麼急事嗎？」

「喔，這樣啊。」Kan退後一步，表情吃驚，「沒什麼，那我之後再來好了，謝謝妳。」

在Wasan面前露出破綻，然後又臨時請假嗎？Kantapat抬手摩娑下巴，面露思索。可惜他對這個人的認識太少了，無法提供什麼情報，他只知道Boss藥師到這裡工作還不到一年，偶爾會來幫忙做家訪。醫師記得他曾經看過Boss藥師從醫院後方的員工宿舍走出來，或許去那附近調查看看，或多或少可以發現一些東西。

Kantapat瞇起眼睛，對抗中午的陽光。他抬頭看向面前這間兩層樓的員工宿舍，外觀非常老舊殘破，門窗緊閉著，有兩三輛汽車停在門口。Kantapat無法判斷這是Boss藥師的車，還是醫院的其他職員暫時把車停在這裡。Kan左顧右盼之後，悄悄走向門口。醫師抬手敲了三下門，然後停下來等候回應。

一陣靜默。

醫師小心翼翼地東張西望，接著開始調查屋子的周遭。他仔細檢查了每一扇門窗，還有房子後方。Kan看著緊閉的後門，從口袋拿出手帕，用它握住門把，試著左右轉動，發現門被鎖住了。

「你藏著什麼祕密呢，Boss藥師？」Kan雙手扠腰，抬頭望向二樓的窗戶。醫師將手帕收回口袋，盯著門把，記下最後一些細

節,然後轉身走回門口。他看見兩個男護理師走過門口,醫師趕緊側身,悄聲躲進視線死角,等那兩人經過,才連忙離開。

*

當夏季的艷陽西落,穿著黑色長袖T恤及褲子的年輕男子開始行動。他戴著緊貼在頭上的黑色毛帽,以黑布口罩蒙面,熟練地戴上皮製手套。他一直望著屋子,直到確定裡頭的電燈沒有打開,這表示裡頭沒有人在,這才走向屋子的後門。他蹲下身,拿出小型手電筒咬在嘴裡,照亮鑰匙孔,然後拿出扳手及末端是小勾子的工具,把門鎖撬開。他只用了一分鐘就打開門鎖,輕鬆進到屋內。

男子看了看四周。他第一個進入的房間是廚房,接下來是一間空房,裡頭只有一張摺疊桌和椅子。大致看了一下,一樓沒有發現任何可疑之處。屋子中間有一座通往二樓的木樓梯,他用手電筒照亮上頭,然後慢慢地悄聲踏上樓梯。樓梯的左右兩側各有一個房間,一身黑的男子選擇走進右手邊開著門的房間,接著他發現,這間二樓的臥室裡放了居住者大部分的物品。

嚇人的是物品散落一地——塑膠椅翻倒,一些文件也亂七八糟地散落在地上。男子用手電筒照亮房內,檢視各項物品的細節,接著在電腦辦公桌底下發現一個木盒。他拿起木盒,裡頭裝的是小瓶安瓿,有些已經摔破了。他不禁瞪大眼睛,看著手裡的東西,這是可以用於肌肉注射及靜脈注射的Benzodiazepine類鎮定劑,還有氯化鉀——注射後會導致心律不整、心臟驟停的藥物。

「搞什麼啊，Boss藥師？」

全身黑的男子將裝有藥物的安瓿放回原處，拿著手電筒繼續四處探查，翻找抽屜及床鋪。引起他注意的是一個抽屜，裡頭裝了大量的針筒、吸取及注射藥品用的針頭、潤滑液和保險套的盒子。

有男朋友了啊……黑衣男關上最後一個打開來檢查的抽屜，走回辦公桌，就著手電筒仔仔細細地逐一檢視桌上的物品，直到他看見筆記型電腦。他打開桌上闔著休眠的電腦，筆電的主人並沒有設密碼，讓他得以看見Boss最後用電腦做的事情。

一個瀏覽器頁面開著，搜尋欄裡的詞是——

『Wasan Kambhunruang 警察』

黑衣男子愣了片刻，彷彿被下了咒，試著弄清楚眼前看到的東西。他伸手拉開口罩，露出Kantapat那張大名鼎鼎的深邃臉孔，年輕醫師此時面露驚愕，踉蹌地倒退幾步，「Wasan！」

Wasan才問起Boss藥師不過一天，警察的名字就出現在搜尋頁面上，同時還發現了藏有致死藥物的證據，這肯定不是什麼好事。醫師毫不猶豫地衝下一樓，從後門離開，還不忘將門鎖上。他脫下手套及帽子，直奔向停在外科大樓後方的車子。Kan在副駕駛座上摸到手機，著急地撥號給Wasan。

「我跟Gai要去Big C，你要買什麼嗎？」

廚房裡的Tongkam對正在書桌前列印文件的Wasan喊道。警察看了看手機的時間，這才發現已經晚上了。頭不沾枕超過三十小時的男子疲憊地伸伸懶腰，拉著長音回答哥哥：「有啥就買啥——」

Tongkam探頭過來查看弟弟的狀況後，嘆了口氣：「你啊，快去洗澡睡覺啦，都快變成鬼了。」

　　「不是也快要是了，昨晚都沒睡，還淋雨！我沒生病就是福氣了。」Wasan趴到桌子上，「幫我買烤酸肉。」

　　「喂，我是去Big C，不是市場！想吃烤酸肉就自己去市場買！」

　　「說笑的，幫我買蛇牌爽身粉。」

　　「好。Gai，Wasan要蛇牌爽身粉，幫我記一下。我們快走吧。」

　　Wasan聽到前門關上的聲音，接著是汽車發動聲。車聲消失後，Wasan又在電腦前工作了約半小時，直到他開始覺得頭暈眼花——Tongkam說得對，他應該放下工作，在真的變成鬼前，先去休息睡覺。年輕警察起身走進廚房，打開冰箱，拿冰水來喝。他今天完全沒跟Kantapat聊天，醫師說他整天都有工作，約好傍晚會打來，但是到現在都還沒打來。不過Wasan沒有太在意，他知道每個人都有自己的事，而且他也累到無法跟別人聊太久。

　　在寧靜的夜裡，有個影子慢慢爬過來，悄悄覆上警察的身軀，就在Wasan的眼角餘光瞥見那抹影子的瞬間，他被人從後方勒住脖子，左臀同時傳來如針刺一般的劇痛。Wasan沒有浪費太多時間驚訝，他立刻冷靜下來，確定歹徒沒有持槍。警察舉起右手，抓住那名男子手肘上方的袖子，左手緊抓住襲擊者的手並向後靠去，以臀部撞擊對方的身體，接著右臂猛地一拉，同時彎腰前傾，將那名男子往前拋摔出去。那人翻倒在地時，Wasan看見了對方的外表，那是個高大的男性，身穿藍色T恤及黑色褲子，

戴著露眼頭套，遮住臉和脖子，又注意到有個注射針筒掉在不遠處。

Wasan需要槍，就放在隔壁房間的書桌抽屜裡！

警察轉身就跑，但被一隻大手抓住腳踝，整個人失去平衡，跌倒在地。兩人都試圖站起來，但不幸的是，先站穩的是歹徒。他衝向警察，將人按倒在地上。Wasan的喉嚨裡發出嘶吼，掄起拳頭猛打身上男人的頭部，試圖把露眼帽套扯下來。

「你是誰！」

Wasan咬緊牙關，奮力抵抗掐著他脖子的手。Wasan的力氣逐漸消失，視線模糊，腦袋也變得混沌，讓他彷彿飄在空中。警察用盡最後一絲力氣，努力拉開掐著脖子的手，然後用頭撞向襲擊者，讓對方頓時退縮。他趁機翻身壓制，準備一拳將人打暈。

「啊！」

Wasan的這一拳讓頭套男一陣暈眩，但沒有昏過去。

警察趁機逃向另一個房間的書桌──那裡有槍，只要拿到槍，情況就會好轉──不過警察感覺到腳下不穩，無法如願迅速跑過去。Wasan的身體搖搖晃晃，讓歹徒得以及時撲倒他，兩人糾纏在一起翻滾，完全居於下風的Wasan仰躺在地，雙眼沉重得像快要睡著了，身體如癱瘓般無法動彈，他的意識斷斷續續的，就像快壞掉的燈泡。他最後看見的是身穿黑衣的男子站起身，將自己拖往某處，而手機在書桌上的震動聲，是他聽見的最後聲響。

第 十 章　嫌 疑 人

『Wasan⋯⋯阿母再活也不久了。』

Wasan警長抬頭望著天空，耳邊握著手機的手完全麻木了，他努力忍著湧上眼眶的淚水，視線一片模糊。「不要說那種話，阿母等我回去，我下個月就要調回家鄉工作了。」

『阿母也不曉得能不能活到那時⋯⋯』Rawiwan的聲音顫抖，『兒子，阿母現在好痛。』

「阿母，止痛藥呢？」

『開始沒什麼效果了。』

警察閉起眼睛，一滴淚珠從臉頰上滑落，「讓Tong哥請醫師調整一下藥吧。」

『Wasan⋯⋯』她停頓了一會兒，『要是阿母先走了，你也不要難過，如果我走了，那也是我自己的決定，希望你接受這個決定。』

Wasan首先聽到的，是頭頂儀器穩定發出的嗶嗶聲，然後是有人來來去去的腳步聲，警察的眼睫毛微微顫動，接著慢慢睜開眼睛。Wasan覺得渾身沉重，模糊的意識逐漸清醒，他用了幾秒鐘的時間才意識到自己身處何處，又為什麼會陷入這個狀況。答案或許還不明朗，但他能清楚感覺到有一隻溫暖的手正緊緊握著他的右手。警察低頭看向那隻手，然後抬眼看到臉上洋溢著欣喜笑容的年輕男子。

「Wasan！」Kantapat用雙手緊緊握住Wasan的手，並拉到嘴

邊親吻他的手背，接著輕輕貼在自己的臉頰上，彷彿珍寶失而復得。「你終於醒了，我快擔心死了。」

Wasan閉上眼睛，避開天花板的刺眼燈光，感官逐漸開始正常運作。他察覺到周遭忙亂的情況，一直有病床被推進推出的聲音，Wasan的左手肘窩被接上了點滴管，不僅如此，他還感覺到鼻子裡插著供氧管線，讓Wasan意識到自己可能遇到了什麼大事。

「我在哪裡？」Wasan偏頭問床邊的人，他知道這個問題聽起來有點可笑，但身為一個剛甦醒的人，過多的困惑讓他無法自己得出答案。

「醫院，你現在在急診室裡。」Kan伸出手溫柔地撫摸著警察的頭。「你等我一下，我去叫值班醫師來。」

雖然還是迷迷糊糊的，但Wasan努力集中精神，試著回想導致他陷入這個狀況的原因——也許，比起詢問他在哪裡，更該問的是到底發生了什麼事。

Kantapat帶著一位女醫師走回來，她先看了看生命徵象，然後走到床邊問：「現在感覺如何？」

「沒什麼真實感，有點奇怪。」Wasan望著女醫師，「醫師，我到底發生什麼事了？」

「你哥回到家時發現你昏倒在家裡的地上。」Kantapat代替女醫師答道：「你的意識模糊，雖然能做出短暫的反應，但沒多久又昏睡過去，所以你哥叫了救護車，把你送過來。你還記得在那之前發生了什麼事嗎？」

「我……」Wasan緊閉上眼睛，抬手按了按沉重的眼頭，「有人闖進我家，試圖傷害我，我只記得這些。」

Wasan聽見Kantapat低罵一聲，滿臉怒容，而女醫師對Wasan提供的新消息十分詫異。Kantapat此時的反應讓Wasan莫名地鬆了口氣，因為警察感覺到有人願意站在他身邊，陪他一起面對這件事。

「我懷疑得果然沒錯，我男朋友肯定被打了藥。」Kantapat回頭看向Wasan：「闖進去傷害你的人有沒有逼你吃下或注射什麼藥物？」

等等，誰是你男朋友？Wasan心裡想反駁，卻沒有力氣。

女醫師望著Kantapat，一臉錯愕，不過Wasan對此並不意外。警察努力回想事情的經過，他記得Tongkam哥和Gai嫂嫂去Big C超市購物，他則又工作了一陣子後，起身走進廚房。有人從他的背後靠近，勒住他的脖子，然後臀部上傳來一股刺痛。之後，他的記憶就像沉進了迷霧之中，唯一有印象的是遲來的疼痛，彷彿左邊臀部遭到重擊了一樣。

「我想，我可能被人從臀部注射了藥物。」Wasan的回答讓兩位醫師瞪大眼睛，互看了一眼。

「學長，這肯定是IM[10]。」

「我也這樣認為。」Kan指向護理站，「我們打電話報警比較好，跟他們說Wasan督察在家裡被襲擊，現在在急診室觀察。」

「好，學長，我馬上去打。」女子快步走到護理站打電話。

Kantapat回過頭來，毫不猶豫地再次握住Wasan的手，完全不在意周遭的眼光。

「我哥在哪裡？」

---

10 Intramuscular injection (IM)：肌肉注射。

「你哥跟嫂嫂正在急診室外等著。」Kan回答,「幸好他們及時回來,否則歹徒可能會進一步傷害你。你的衣服好好地穿在身上,沒有明顯的外傷。」

「竟然提起衣服,你是擔心我被強暴嗎?」

「當然擔心啊,你是我的,要是有人敢對你做不好的事,我肯定饒不了他。」

「我才不屬於任何人。」

Kantapat淡淡地笑了,然後換上認真的表情,「你記得歹徒的長相嗎?」

Wasan盡可能從記憶中擠出最後一點資訊:「除了有人闖進來從後面勒住我,應該還有扭打之外,其他的事我都不記得了。」

醫師一臉若有所思,「這可能是歹徒注射的藥所致,不知道他是打算搶劫還是殺掉你,如果是後者,歹徒可能是打算先弄昏你,再用某個方式偽裝成意外死亡,但因為你哥及時回家而沒得逞。」

Wasan從Kantapat的眼裡察覺到一些異樣,「你似乎知道一些什麼。」

醫師一如既往地用難以捉摸的眼神望著Wasan,「我知道的和你一樣。你好好休息,不用擔心其他事情,我會處理好的。」

儘管Wasan很高興有人堅定地為他付出,但心裡卻湧現一絲不安,讓他無法由衷感到開心。Kantapat始終充滿祕密,讓Wasan覺得他至今仍無法完全了解這個人,這也是警察仍無法對他完全敞開心房的原因——因為他害怕會有無法預期的事情橫亙

在兩人之間,也害怕 Kantapat 沒說出口的祕密會讓他痛徹心扉。

──是 Boss 藥師,絕對不會錯。

Kantapat 十分篤定。他潛進 Boss 宿舍調查時看到的藥物,肯定與打進 Wasan 體內的藥物是同一種。Wasan 被轉入內科男性病房觀察之後,年輕醫師再次走回醫院後方的員工宿舍,站在黑暗中凝望著 Boss 藥師的住處,那裡仍舊一片漆黑。儘管 Kan 很想告訴警察 Boss 藥師很可能就是嫌犯,但他無法這麼做,因為他一旦透漏這件事,接著會被問:你是怎麼得到這些資訊的?而「擅自闖入 Boss 藥師家裡並發現了證據」這種答案顯然不適合在警察面前說出口。

如果歹徒沒留下足夠的證據,讓警察循線逮到 Boss 藥師的話,Kantapat 可能得想個辦法,讓警察注意到 Boss 藥師,如此才能查明 Wasan 的案子。末期病人的案子也是,Kantapat 不清楚年輕藥師持有注射用鎮定劑一事是否與病人的死亡有關,但如果警察循著這條線索調查下去,或許就會有答案。

隔天一早,Kantapat 帶著一大束誇張的紅玫瑰花去探望 Wasan,穿著綠色病人服的警察看到時明顯一臉震驚,因為內科男性病房裡所有的目光都被這束花搶走了,那束花被放在 Wasan 的床頭櫃上,隔壁床的病人甚至轉過頭來直盯著看。

「拿走。」Wasan 低聲威脅道,但醫師毫不在乎,反倒面色如常地握住 Wasan 的手。

警察趕緊抽回手,瞥向周遭開始竊竊私語的護理師們。

「你現在感覺怎樣?還昏昏沉沉的嗎?你不用戴氧氣管了,表示沒問題了吧。」Kan 問道。

Wasan瞪著他，像隻炸毛的虎斑貓。「你來幹嘛！我要叫我哥進來把你趕走！」

　　「我來探望我男朋友。況且我在這裡工作，沒人能趕我走。」Kan平靜地回答。

　　穿著病患服的年輕督察長嘆一聲，無奈地別過頭，要是床邊有護欄，他大概就跳下床逃走了。醫師看到Wasan的反應忍不住輕笑出聲，那模樣既可愛又惹人憐愛，和強悍的外表形成鮮明的對比。

　　「我會這麼做是有理由的，因為說我們在交往是可以解釋我在事發時打給你的唯一說法，畢竟能讓我在深夜打電話給一個警察的理由可不多。」

　　「你可以說是好朋友。」Wasan反駁道。

　　「好朋友才不會從早到晚傳愛心貼圖給對方。」

　　「只有你在傳那種東西。」

　　「你都病成這樣了，嘴上還是不留情呢。」Kan轉頭看著點滴瓶，「有想起更多細節嗎？」

　　「我想起那個人穿了一身黑，戴著頭罩，身高比我高，也許還比你高一些。」Wasan看了床頭的花一眼，「你去工作吧，這個案子讓我同事去處理，今天幾乎整個警局的人都來探望我了，負責這個案子的警員也是。」

　　「好，希望你今天能出院，我帶你去吃飯壓壓驚。」Kantapat溫柔地笑著，「別忘了跟其他警察說我是你男朋友喔。」

　　「我才不是你男朋友，要滾快滾。」雖然嘴上罵著，但Wasan的眼睛一直看著花。

安樂死 SAMMON

　　Kan 輕捏了一下警察的手臂，在病房護理師們的注視下離開病房，他今天還得去保健醫院看診，下午如果沒有家訪的病人，他打算快點看完病人，回醫院藥劑室蒐集 Boss 藥師的相關情報。

　　倘若運氣好，Wasan 下手夠重的話，應該可以在 Boss 身上發現一些打鬥痕跡，而 Kantapat 相信像 Wasan 這麼年輕力壯的男人應該能留下不小的傷害才是。

＊

　　「Boss 藥師沒來上班，也連絡不上，大概是病還沒好吧。」女藥師在 Kan 一連兩天去找 Boss 藥師時說。醫師帶著疑問走出藥劑室，心裡更不安——連續消失兩天，要人不起疑都難。Kantapat 盤算著應該再次潛入 Boss 的家裡，看看是否有新的證據，或許能找到蛛絲馬跡說明他現在人在何處。

　　「來了好多警察呢。」三個身穿黃色制服的護佐聚在精神科病房前的走廊聊天。

　　「當然啊，聽說 Wasan 督察住院了。」

　　他果然是地方上的名人呢。Kantapat 微微一笑，若無其事地走了過去。

　　「不不，不是病房裡來了很多人，警察都在後面宿舍的門口。」

　　Kan 頓時停下腳步。

　　「好像要進去搜索。」

　　「那是誰家啊？」

　　「聽說是 Boss 藥師的住處。」

Kantapat深吸了一口氣，然後慢慢呼出，掛在臉上的笑容變得燦爛。之前或許是Kan擔心太多了，Wasan是個厲害的警員，能查到這裡沒什麼好意外的，他肯定像Kan一樣對Boss藥師有所懷疑。醫師很高興自己不用太過干涉，警察就能懷疑到Boss藥師的身上，因為一發現證據，不只可以了結Wasan的案子，甚至可以回頭影響末期病人的案子。

　　Kan只希望自己潛入屋內時沒有留下任何證據，而他也很確定自己什麼都沒留下。

＊

　　「白衣死神、白衣死神，這間醫院裡有穿白衣的死神。」

　　患者在諮商室裡一遍又一遍地說著，讓帶人過來的護理師感到害怕。儘管她知道這位Som先生——被警察送來治療的病人被診斷出濫用藥物而產生思覺失調症，但這名患者胡言亂語的內容總是與死亡有關，讓人聽了不免毛骨悚然。

　　「Som，好好坐著，不然會摔下椅子喔。」身穿病患服的男子不停搖晃著身體，彷彿無法控制自己，中年的身心科護理師拍著他的背，祈禱醫師快點出現。

　　「這裡、有死神。」Som先生轉頭看著護理師：「要把生病的人帶走。」

　　護理師冷靜地微笑著，「有人在這裡生病、死亡是很正常的事喔。」

　　「我看過死神。」Som先生不再搖晃身體，望向遠方，「死神在晚上穿著黑衣，但白天是穿白色的，我看見了，我親眼看過，

他穿黑衣進入房子裡，吸食垂死之人的靈魂，然後離開。之後，我聽到他的聲音，叫我殺狗、殺雞，供奉給死神。」

Som 先生聽似毫無來由的話讓女護理師稍微搖了搖頭，她聽過太多沒有根據的話了，許多身心科的病人都會產生幻覺，如果辨別不出來，他們就會相信自己看見的東西。

「Som 看見穿著白衣的人只有醫師和護理師，每個人來這裡都是為了幫助病人，Som 不用害怕。」

「白衣死神、白衣死神……」Som 又開始複誦。

與此同時，Kanokporn 醫師打開門，走進個人諮商室。

「Pla 姊，他還是不停說著死神嗎？」

「是啊，醫師。」護理師回答：「說到我都有點害怕了。」

「沒關係，為了提升治療效果，我等等會試著和他談談產生死神幻覺的原因，也許是跟過去發生的事情有關。Pla 姊，謝謝妳帶他過來。」

Pla 稍稍領首，「有事就叫我。」接著，她走出諮商室，將門稍微關上。

「不是幻覺，白衣死神，我真的看到祂了。」

女醫師溫柔地笑著，「我相信 Som 先生是真的看到了，因為您的身體狀況不太好，腦中化學物質的運作方式跟平常人不一樣。我們今天來聊聊死神的事情好嗎？」

*

「後門的鎖似乎壞了，Ball 巡官，我們可以從這裡進去。」

其中一名警察握著房子後門的門把，發現它無法從裡頭鎖

上，可以輕鬆地開門進入。

「各位，這邊！」

Ball巡官大聲呼喚參與行動的同事繞到Chanchai先生，亦即Boss藥師居住的員工宿舍後方。受害人Wasan督察懷疑Boss藥師有攻擊他的嫌疑，而警方一直無法連絡上這名年輕藥師，且對方在事發後剛好連續請假，種種跡象都十分可疑，因此他們準備依搜索票進入住處搜查，希望獲得更多證據，例如用來犯案的藥物。

為確保搜查過程的公正性，警方請了兩位證人——醫院院長Somsak醫師以及執業護理師Pranee女士一同前來。

「後門的鎖壞了？」院長露出驚訝的神情後，連忙跟上警察的腳步。兩名警察及見證人繞到屋後，發現後門的確輕鬆就被推開了。

Somsak醫師搖搖頭，望著眼前的情景，彷彿不敢相信地轉頭對Pranee女士說：「我在這裡二十年了，這還是第一次看到警察來搜索職員的住處。」

「那也是不得已的，院長。如果沒搜到任何證據，那Boss藥師也許就不是壞人。」

「不過，Wasan督察都指名道姓了，Boss藥師還失蹤，人也連絡不到，這真的太可疑了。」

「院長，如果真的是Boss藥師，我實在想不通他為什麼要這麼做，對警察下這麼重的手⋯⋯」

中年醫師嘆了口氣，「沒人知道，只能等他現身、親口說明了。」

兩名警察已經走進屋內了，Somsak 和 Pranee 猶豫了一下，最後決定跟上去。然而，Somsak 的腳剛踏進屋內，就聽到先進來的警察驚恐地爆了一句粗口。

　　「靠！」

　　醫師猛地瞪大眼睛，心跳加速，一時之間不知道該立刻衝過去查看還是先退後。另一名警察則搶在他前面，立刻循聲衝向聲源——廚房旁邊的廳堂，接著傳來一陣騷動，警察立刻透過無線電向同事報告現場狀況。

　　Somsak 深吸一口氣，慢慢走過去查看，當他看見眼前的景象時，血液彷彿瞬間凝結——在門窗緊閉、光線昏暗的房子裡，一個人影懸掛在中央廳堂的樓梯旁，雙腳懸浮於空中，輕輕晃動，地板上有張塑膠椅傾倒，看似被人踢翻的。

　　Somsak 壓下心裡的恐懼，鼓起勇氣，抬頭望向那個懸掛著的人影長相——屍體的面色蒼白，嘴唇發青，舌頭外吐，但仍能依稀辨認出身分。

　　「嘔……嘔……」

　　跟著走進來的女護理師見狀忍不住乾嘔，雙腿發軟，差點站不穩。Somsak 醫師連忙轉頭攙扶住她，帶她快步離開令人窒息的案發現場。

第十一章　偽　裝

　　Bannakij醫師以沉穩優雅的動作戴上檢驗手套，抬頭望著眼前的屍體，目光犀利，不帶一點恐懼。那雙深棕色的眼睛掃視每一處，將所見的每個細節一一牢牢記入腦中，迅速分析出警方需要的重要資訊。

　　死者是誰？

　　這已經確認了，從認識死者的人、身分證、員工證及住處，都清楚指出此人就是從昨晚就連絡不上的藥師Chanchai Maneerat，是被Wasan督察懷疑闖入家中並襲擊自己的嫌疑人。

　　死亡地點？

　　Bannakij在屍體上尋找被移動的痕跡，但現場地面沒有任何血跡或分泌物殘留，加上其手腳自然下垂，是受到地心引力影響沒錯，因此他推測死亡地點就是發現的現場，或者屍體在僵硬前就被吊在這裡了。

　　死亡時間？

　　Bannakij向助手Anan點點頭，示意對方幫忙固定住屍體，而他輕輕活動起人體上最大的關節——髖關節，結果發現那裡已經完全僵硬了。醫師接著蹲下身，伸手按壓屍體的腳背，重力使血液累積於此，因此皮膚呈現紫紅色。經過綜合判斷，他冷靜地得出結論：死者的死亡時間是六到八小時前，大概是今天的凌晨四點到六點。

　　死因為何？

目前從現場跡象來見，死因肯定是上吊，但他要尋找的答案是死者是上吊前就過世了，還是上吊後才死亡？若是在上吊前死亡，事情將會往另一個方向發展，只有將大體送到法醫部門進一步解剖，看看身體是否有遭受攻擊或下藥才能回答這個問題了。

死亡方式……

來到這步時，Bannakij深深吸了一口氣，他拉過一把沒有倒在地上的椅子，然後站了上去，以便看清繩結及屍體脖子上的痕跡。而眼前的景象讓醫師幾乎屏住呼吸，因為這不是他第一次看到如此相似的案子——他發現在上吊的繩子底下，頸部有其他材料造成的勒痕，比他至今看過的任何案件都清晰，讓他足以清楚地想像到事發時的暴力場景。

「Bird副座，我在樓上發現了遺書。」上樓搜索的警察說，讓所有人都抬頭看去，「是用電腦打的，放在書桌上。」

這次親自來出外勤的偵查副局長轉頭看向Bannakij：「Ban醫師，我先上去看一下，有什麼要幫忙的再跟我們說。」

Bannakij點點頭，從椅子下來，脫掉雙手的檢驗手套，轉頭對等著檢驗結果的警員說，「我還無法確定死因，要進一步送解剖。」

警察點點頭，「還無法判定是自殺對嗎？」

Bannakij從過去的教訓學到，他該做的事情是無論如何都不要輕舉妄動，以免打草驚蛇，因為他不知道凶手是否就在這個房間裡。「看來是自殺，但我想解剖屍體，才能做最後確認。」

副局長Bird帶著手機走下樓，裡頭存著他剛剛從螢幕上拍下來的照片。警官走到Bannakij面前，低頭念出信上的內容：

「我無法再和這種內疚共處了,我犯下了無法原諒的重罪,或許結束自己的生命是最好的選擇。我以為我是幫助那些臨終的患者獲得解脫,但到頭來,更痛苦的人是我。我對不起每一個因我而從所愛之人身邊離開的靈魂;我對不起因為我的愚蠢而受到攻擊的Wasan督察;還有,我對不起Kantapat醫師,我無法依照您的期望,將您過去的教導付諸實踐——Boss。」

　　警官說完後抬起頭,看著Bannakij,「這封遺書中出現了兩個名字,有Wasan的名字我不意外,但這個Kantapat醫師是誰?」

　　Bannakij知道Kantapat是誰,但他沉默了一下,因為家庭醫學科的醫師名字怎麼會出現在這裡——有可能是死者生前就打好的遺書上頭?還有,Kantapat醫師到底曾經教過Boss藥師什麼?

　　「他是家庭醫學科的醫師,跟我差不多時間到職。」Bannakij趕緊說出自己的想法:「不過,要是這些訊息並非Boss藥師自己打的就毫無意義吧?」

　　警官皺起眉頭,「什麼意思?」

　　Bannakij極力嚥下自己最想說的話,他的意思是,Boss藥師說不定無法活著寫下遺書,因此,打字的人可以寫下任何東西或者陷害任何人。「沒什麼,我會在解剖室再次勘驗,確認死因。」

　　「醫師現在不像以前一樣有冒險精神了呢。」副局長Bird拍了拍Bannakij的肩膀,「既然如此,我就去跟門口的記者說可能是引咎自殺,但還須等待進一步的解剖相驗好了。」

　　「好。」Bannakij目送副局長Bird離開後,退後讓Anan替屍體拍照。

有個念頭浮現在Bannakij的腦中，他喜歡和自己玩遊戲，每當有謀殺案發生，他總愛在心裡猜測是誰做的。他過去都猜得很準，直到Jenjira的祕密謀殺案發生。

　　Bannakij閉上眼睛，試著抹去突然出現在腦海裡的名字。他不會再妄下定論了，再也不會，警察才是負責調查的人，他唯一的責任就是驗屍。

　　另一方面，從警察學弟口中聽到剛發生的事情時，Wasan的臉色十分難看。這位年輕的督察立刻坐起身，目光四下搜尋後朝距離最近的護理師舉手喊道：「不好意思。」

　　年輕的女護理師Nam走過來，「有什麼需要幫忙嗎？」

　　「醫師說我可以回家了，請問我什麼時候可以出院呢？現在醫院裡發生了案子，我得趕過去看看。」

　　護理師溫柔地回答：「您可以先換好衣服等候，現在護理師正在替您辦理出院手續及預約單，快好了。」

　　「那麻煩你幫我拿一下預約單，我得快點過去。」Wasan轉頭向身旁穿著制服的警察說完，立刻請人放下護欄，下床離開。年輕督察直奔病房裡的共用浴室，迅速換下淺綠色的病患服，穿上來醫院時穿的T恤及卡其色制服褲。

　　當他打開浴室門，走出浴室時，發現一名身穿短白袍的高大男子站在那裡等他。Wasan愣了一下，一時之間有些恍惚。

　　「你聽到消息了是嗎？」Kantapat輕聲問。

　　「我正要趕去事發現場。」

　　「屍體已經被放下來了，正要送去法醫部。」Kan望著警察，

眼裡滿是擔心:「你確定身體都已經復原了?」

「我沒事了。」Wasan繞過年輕醫師,走向一名護理師:「麻煩將預約單和花交給那個警察,我先去工作了。」他說完就轉身快步走向病房門口。

Kantapat趕緊追上去,跟著Wasan坐電梯下樓。

「你為什麼告訴警察Boss藥師是嫌疑人?」當兩人待在電梯裡時,Kantapat問。

「因為我去問他藥品不見的事情時,他破綻百出。這是我的疏忽,我不該就那樣跑去問他的。」Wasan抬手揉了揉皺起的眉心,「你不用去工作嗎?」

「一點半要去家訪。我聽說你要出院了,所以先來看一下。」Kan伸手捧著Wasan的臉頰,以大拇指撫過那柔軟的肌膚。「我真的很擔心你,別再冒險了,明白嗎?」

Kantapat的觸碰就像一股微弱的電流,帶來一股麻癢感。不光是被碰觸的地方,還蔓延到全身,傳到胸口。在這安靜的電梯裡只有兩個人,Wasan的心跳加速,連自己都聽得一清二楚。醫師的手不僅撫過他的臉頰,也握住了他的心,緊緊揪著,讓他無法逃離。

Wasan把這不曉得會令人欽羨還是害怕的感覺稱為「沉淪」。

警察閉上眼,側頭倒向那隻手。Kan的手往下扶住Wasan的肩膀,高大的身影逼得警察往後退,猛然撞上電梯牆,然後低頭吻上Wasan的唇。

警察被桎梏在懷中,雙唇被對方啃咬著,那個吻一路延續至頸窩。Kan一手往下滑到Wasan的臀部上,揉捏著那團柔軟。臀

部被注射藥物的部位傳來一陣刺痛，Wasan從恍惚中驚醒，連忙推開醫師。與此同時，電梯抵達最下層，兩人又站回電梯中央，將身上有些皺掉的衣服整理好。

「我們到底在做什麼啊！」Wasan低聲咕噥著，然後趕緊跨出電梯，強裝鎮定。

「別擔心，這部電梯沒有裝監視器。」Kantapat語氣平靜又若無其事地調侃道。

「那就叫人來裝一臺！」Wasan咬牙低吼，立刻加速逃離醫師。

「可是如果裝了，我們就不能做剛剛那種事了耶。」

「你給我閉嘴！」

Kantapat笑了笑，慵懶地問：「你現在要去哪裡？」

「案發現場，醫院後面的員工宿舍。我有事情要做，不像你一樣有空跟來跟去。」

「走得這麼急，你是知道路嗎？」

Wasan腳步一頓。Kantapat輕笑一聲，走在前方帶路，從容地說：「跟我來。」

Wasan跟著Kantapat一路走到Boss藥師的宿舍前方，屋前停著一輛警車，有三名警察站在那裡，還有應該是地方記者的人。

Wasan一走近，一位警察便徑直走來，「督察，你還好嗎？」

「沒事了。」Wasan著急地探向屋內。

「遺體被送去法醫部門了，現在鑑識組還在裡頭採集指紋。」巡佐快步上前攔住正準備衝進去的Wasan，「督察，局長說如果你出院了，要你儘快去見他。」

Wasan看著巡佐一會兒後，放棄了進去一探究竟的想法。「局長在哪裡？」

　　「在分局。督察上車吧，我送你過去。」巡佐指向停在一旁，紅白相間的皮卡。

　　Wasan頷首，轉頭看著始終不離開的Kantapat：「謝謝你帶我過來，去忙你的工作吧。」

　　巡佐看著他們兩個的眼神似乎察覺到了什麼，Wasan努力不去猜想同事們是否察覺到了他和醫師的關係。事發時放在書桌上的手機肯定已經被同事拿去仔細檢查了，Wasan只能希望每一個看過的人都認為那是私事，不會對工作造成任何影響。

　　但他徹底錯了。

　　一名癌末患者在家中被注射鎮定劑致死的案件卷宗被扔到辦公桌上，橫亙在分局長Tienchai及負手而立的Wasan之間，年輕的督察眼神空洞地望著那個卷宗，不必分局長開口，就知道接下來會發生什麼事。

　　「藥師的遺書中有提到Kantapat醫師的名字，今天之內會傳他來訊問。」

　　Wasan銳利的雙眼閉上，努力壓抑湧上心頭的種種情緒。

　　「那我去發傳票……」

　　「Wasan督察，你很清楚除了發傳票之外，你應該做什麼。」Tienchai靠在椅背上，眼神嚴厲地看著Wasan。

　　Wasan握緊著雙拳，抿著雙唇，心裡十分想要抗命，但年輕的督察最終只能無可奈何地低下頭，「我……我會退出這起案子。」

安樂死 SAMMON

中年分局長領首：「後續就交給 Bird 副座去處理。如果你對這個人有更詳細的了解，也請統統告訴 Bird 副座，倘若知情不報，你說不定會被指控與『情人』串通。」

Wasan 深吸一口氣，舒緩胸口彷彿被皮鞋前端踢到的感覺。那個詞裡充滿了輕蔑、厭惡、諷刺及踐踏人格，明明白白地顯露在語氣及表情之中。高階警官站起身，踏著重重的腳步離開，留下 Wasan 一個人揹著手，一動也不動地站在安靜的房間裡。

＊

「我曾經對醫院的每個人講授過末期患者的安寧療護原則。」Kantapat 醫師以堅定的語氣對面前的警察陳述：「而且講了不只一次，醫院至少正式安排我講授善終的講座五次，我還被請去其他機關演講過無數次。所以若是有人拿我的名字當藉口，我一點也不意外。」

「意思是，藥師可能是在您不知情的狀況下引用了您的想法？」

「我絕對不知情，我講述的內容也並非我的想法，而是世界各地向我這樣的專科醫師都採用的普遍原則，有許多西方文獻在談這個議題，我只是研讀並參考了許多地方的文獻，用來講課罷了，幾乎沒有我的個人意見。」Kan 緊握著雙手放到桌上，驚慌地望著周遭，「突然冒出我的名字，我也嚇了一跳。我很確定我跟 Boss 藥師不大熟，一起外出家訪也是久久一次，但幾乎不曾交談。」

副局長 Bird 盯著 Kantapat 醫師深邃俊美的臉龐，試圖想找到

一些破綻，但聊到目前為止，他仍然沒在醫師的話裡發現任何疑點。

「Boss 藥師曾經聽過您的講座嗎？」

「有，他曾聽過我的講座，還是家訪團隊合作的藥師之一。」

「那您認為 Boss 藥師在遺書中所寫的『無法依照您的期望，將您過去的教導付諸實踐』是指什麼？」

「據我猜測，」醫師冷靜地回答：「他應該是要做所謂的『安樂死』。」

警官挑起一邊眉毛，「您是指，醫師結束病人的生命嗎？」

「字面上的意思是『好的死亡』，但實際意涵是病人選擇在具有醫學知識的人員幫助下結束生命。這個主題我演講過幾次，用基本知識去分析世界各地的宗教及法律，我講述的事情都是事實。」Kantapat 若有所思地說，「說不定是他用了錯誤的方法嘗試我講述的東西，結果沒有成功，導致病人無法像我教的理論那樣安詳地死去，所以才會跟我道歉吧。」

「那麼，您自己曾經做過類似藥師所做的事情嗎？」

Kantapat 輕笑著，顯得十分坦然：「絕對沒有。」

「今天凌晨四點到六點，您在做什麼？」

「我在自己家中睡覺。」Kan 靠上椅背，一臉無奈，「我住在一個社區裡，如果警方需要我進出家門的時間資料，社區門口的監視器應該有紀錄。昨晚凌晨一點送 Wasan 督察去醫院之後我就回家了，大概是半小時之後，然後在早上七點出門工作。」

因為沒有足夠的證據指控他，Bird 不得不釋放 Kantapat。在漫長的訊問裡，年輕醫師沒有表現出任何可疑之處，雖然沒有

任何證人可以證實他在事發期間真的在家裡，但警方已經派人去Kantapat所住的社區調取監視器畫面，當作補充證據了。加上致電法醫問到的初步驗屍結果，死者的脖子上有被勒過的痕跡，是死後才被偽裝成上吊的，綜合評估之後，警官無法確定遺書是Boss自己打的。況且即使Kantapat是殺人凶手，他也不會蠢到在遺書中寫下自己的名字。

「Kong巡官，」Bird望向窗外，看著醫師走向警局前方的停車場，之後轉頭對身後穿著黑色長袖皮衣及牛仔褲的年輕男子說：「去調查一下那個醫師，然後跟好他，不要讓他離開視線。」

男子輕笑一聲，語氣輕鬆地說：「跟蹤一個普通的醫師應該比佯裝成毒蟲買藥簡單吧。」Kong雙手插在口袋，漫不經心地補道，「我派人去跟著他。」

「可別打壞了你偵查鳳梨[11]的名聲。」

「鳳梨不過幾十隻眼睛，我的耳目比那還要多。」年輕的臥底刑警抬手摸了摸自己的平頭，「話說，那個醫師就是我們偵查督察Wasan傳說中的情人？」

「沒錯。」

Kong興奮地揚起眉毛，「嗯哼，這下有趣了。」

副局長嚴肅地說：「收集有用的資訊就好，床上的事情就不用報告了，除非發現Wasan有參與其中，就盡快來向我報告。」

「遵命。」一點都不像警察的男子回應道。

他拿起黑色棒球帽戴上，然後悄悄地從房間裡消失。

---

[11] 因鳳梨的外型有許多芽眼，故泰國人會以「眼睛像鳳梨一樣多」形容有許多消息管道，可以時時盯著周遭環境的人。

Kong是個資深的臥底探員，就像道無形的影子，四處偵查並收集關鍵資訊，還得到了「千眼刑警」的綽號。Bird不清楚Kong巡官的手下是誰，也不想知道，只要能取得足以起訴嫌疑人的證據就夠了。

第十二章　關係的定位

　　Kantapat需要一個講師，替他照顧的社區民眾講授憂鬱症的知識，最適合的人是身心科的女醫師Kanokporn，或稱Pang醫師。

　　Kantapat打開門，對坐在病房護理站內的護理師們露出微笑，「Kanokporn醫師在嗎？」

　　「是，她剛看完病人，應該等一下就出來了。」女護理師連忙站起身，「我去請她過來。」

　　「謝謝妳。」Kan沒等太久，就看見穿著淺桃色雪紡裙的長髮女醫師打開玻璃門，走進護理站。Kan恭敬地舉手行禮，「Pang學姊，好久不見了。」

　　「看到Kan，就知道一定是要使喚我了。」Pang醫師大笑，「這次要我去哪裡講課呢？」

　　「學姊，這是講給社區公衛志工聽的講座，地點訂在行政中心的會議室，還附午餐喔。」

　　Pang舉起手比了OK，「若是Kan學弟開口，學姊我當然沒問題！」她眨了眨眼，開玩笑地補道：「要是邀請的人沒你帥，我可能就要考慮一下了。」

　　Kan和一旁的護理師都笑了。

　　Pang醫師一直是個很有幽默感的人，是個把自己的心理健康照顧得很好的身心科醫師，並將這份善意傳播給其他人。

　　「Pang學姊最近工作忙嗎……」

「啊！」

某人的悲鳴聲吸引了Kantapat的注意力，往聲源看去。隔著護理站與病房之間的玻璃，他看見一名消瘦的男性患者跌坐在地上，男護理師正努力想扶起那名患者，但沒有任何效果。男子異常驚恐，瞪著Kantapat的眼睛都快掉出來了，他連滾帶爬地往後退，手腳和嘴唇都在顫抖。

「死神⋯⋯」那名男子顫抖的手指向Kantapat，「是死神！」

男病患說的話讓房裡的所有人看向Kantapat，而年輕醫師望向患者，臉上平靜得猶如不受一絲風吹拂的水面。另外兩個護理師趕緊過去，幫忙抓住似乎越來越失控的患者。Pang醫師大嘆了一口氣。

「剛才明明還聊得好好的。」女醫師拍了拍Kan的肩膀。「我先去看看患者，Kan，你把時間地點等詳細資訊LINE給我吧，我會去演講的。」

「非常感謝Pang學姊。」Kan對身心科醫師笑了笑，「希望病房能儘快平靜下來。」

「只有這個病例比較麻煩啦。」Pang點頭告辭。

Kan轉身朝門口走去，病人的哀鳴聲仍不斷傳來，又哭又叫，不時交雜著「死神！死神！」的大吼聲。沒有人可以向他解釋發生在這名患者身上的事情，而他也很清楚，這個部門在保護患者隱私上十分嚴格，Kantapat也只能誠心祈禱患者儘快冷靜下來，因為突然被指著臉說是死神，也讓他驚嚇不已。

穿著半套警察制服及白色T恤的修長身影站在河邊的步道

上，他茫然地望向逐漸被夕陽染成金色的天空，再過不久夜幕就要降臨，其思緒一直圍繞著一件末期病人的案子打轉，他為了蒐集資料花費許多心力，但案子卻在他眼前活生生被別人奪走了。

這或許不是壞事，年輕的督察仍有許多積壓的案件需要他逐一處理，但想起來還是覺得心痛。Wasan將石塊拋入河中，望著石頭激起的水波逐漸淡去，他得像那水波一樣，即使有事情擾亂內心，也必須回到嚴肅平靜的模樣。

後方傳來逐步接近的腳步聲讓Wasan回頭去看，身穿深藍色襯衫的男子回望著他，眼裡的暖意猶如夕陽。警察向後靠在護欄上，望著站在他身旁一同欣賞夕陽的新訪客。

「我們兩個是這美麗世界的罪人，」Wasan轉頭迎向從另一側吹來的暖風，「在這遵守正道卻無法改變的世上，是個罪人。」

「我不知道你還是個文豪。」

「我不是作家，只是試圖把『我是男同志到底關你屁事』這句話修飾得更漂亮罷了。」

Kantapat大笑起來，「這跟你一開始說的意思完全不同啊。」

警察搖搖頭，「別理我，我現在的腦子就像被砸成碎片一樣，可能連我自己都不曉得在說什麼。」Wasan沉默了一會兒。「Kan，我要認真地問你。」

「什麼？」

「你到底是倒楣的局外人，還是正在隱藏自我的罪犯？」Wasan犀利的目光掃視著醫師。

Kan盯著發問者的眼睛，毫不退縮地回答：「倒楣的局外人。」

「我想百分百信任你,想相信你講的每句話,但我是警察,我不能那樣做,直到一切真相大白,證實你真的沒有參與在其中。」Wasan 盯著對方深邃的臉龐:「我之所以叫你來這裡,就是為了和你談談我們現在究竟是什麼關係。」

「那我先說我的想法。」Kan 立刻回道:「我不知道我們現在處於怎樣的關係,這取決於你的答案,但我想要占據你人生伴侶的位子,早晨一起醒來,晚上一同入睡,能與你相愛、擁抱你、照顧你;我生命中每一個重要時刻都有你,讓你成為我重要的動力,成為⋯⋯我最重要的人。」

警察沉默了一會兒,連忙低下頭,避開對方的視線,「你知道我沒辦法說出那樣的話。」

「但我理解你,只要這複雜的案子沒有解決,你就不會完全相信我。」Kan 的手滑動,握住 Wasan 放在圍欄上的手,「告訴我你想要什麼吧。」

「我⋯⋯」Wasan 從醫師手中抽回手,轉身面對 Kantapat:「我想做最正確的事情。身為一個執法者,如果你是無辜的,我會屬於你,但如果你就是凶手⋯⋯」一陣風吹拂而過,讓樹葉沙沙作響,乾枯的樹葉飄落下來,落在兩名男子的腳邊,「我會將你逮捕上銬,送你去坐牢,並親眼看著你被判死刑。」

醫師的表情沒有一絲變化,他依然鎮定,毫無恐懼。醫師的嘴角慢慢綻放出笑容,如陽光般溫暖,「那你肯定會屬於我。」

「這就是我們現在的立場。在真相水落石出之前,我們應該先暫停連絡。」Wasan 說完就揚起頭,努力壓抑住心底的洶湧情感,連忙離開,遠離被他拋在背後的男子。他不想聽見那個人的

聲音，也不想再多看Kantapat一眼，因為Wasan會渴望對方的擁抱，渴望醫師的吻，渴望被他碰觸。警察的愛意越來越深，深得讓他盲目，分不清是非對錯，他得讓一切就此結束，在一切為時已晚之前，在他的心墜入迷戀深淵，無法逃脫之前。

*

「督察，我在你身上發現了多處瘀傷。」Bannakij將所見的傷痕記錄在表格中。此時，兩人正在一間狹小的檢查室裡，這個臨時從急診室隔出來的小空間是Bannakij醫師的法醫檢驗室，有案子在身的當事人才會知道這個房間，因為法醫會在這裡驗傷並詳細記錄，作為案件證據。「你下顎的抓痕應該是指甲造成的，脖子上也有。」

「如果我記得整個案發經過就好了。」Wasan在法醫檢查完身體後穿回T恤，「醫師，藥師的驗屍結果怎麼樣了？」

「事情沒有表面上看到的那麼單純。」Ban將表格放到桌上，瞥了一眼檢驗室門口，「上吊和遺書只是讓一切合理完美的演出。」

Wasan瞪大眼睛：「什麼意思？」

「還是等正式的驗屍報告出來吧，Wasan督察。」Bannakij脫下手套，「還有，你或許該接電話。」

Bannakij指著Wasan褲子口袋中不停震動的手機。警察嘆了口氣，拿出手機，毫不猶豫地掛斷電話。「我晚點再找個方法封鎖這支電話，抱歉讓醫師分心了。」

「如果你真的想封鎖那個號碼，早就找到方法了。」Bannakij

的話讓Wasan沉默了，因為醫師說的是事實。「我寫個診斷書，督察稍等我一下。」

Bannakij在辦公桌前坐下，從抽屜裡拿出診斷書。Wasan望著面前的醫師一會兒，然後開口問：

「醫師，您對Kantapat醫師了解多少？」

正在寫字的手停了下來，法醫師靠上椅背，轉頭望著年輕的督察，若有所思：「Kan醫師是家庭醫學科的醫師，目前的專長是安寧療護，也就是照顧無法治癒、在等死的病人。在這期間，Kan醫師會盡力照顧他們的身體和心理健康。」

「他是怎樣的人？」

Bannakij感覺到語氣中的異樣，Wasan通常不是那種敏感脆弱的人，但他現在看起來卻像一座隨時會崩塌的沙堡。

「很神祕的人，這或許是最好的解讀了，認識這三年來，我對他幾乎一無所知，連他是怎樣的人都不清楚，是那種你永遠無法知道他在想什麼的人。」醫師睿智的目光盯著Wasan的臉，「督察應該比我更清楚才對。」

「看來大家都知道我跟他之間的事情了。」Wasan嘆氣。

「別擔心，我不會評論你的，因為我現在也和一個男人有複雜的關係。」Ban的話是為了讓Wasan安心，而Wasan確實也得到了安慰。明明職業相同，Bannakij感覺卻比Kantapat平易近人許多。「但大致上Kan醫師是個好人，大家都很欣賞他，還拿過傑出醫師獎，對醫院有許多貢獻，高層也非常喜歡他。」

手機再次震動起來，讓Wasan不得不趕緊拿出來，不知道第幾次按下切斷通話。

「有什麼關於他的負面消息嗎？」

「如果有啟人疑竇的事情，一切會簡單許多，但很不幸的，什麼也沒有。關於 Kan 醫師，我聽到最奇怪的事就是他的名字出現在 Boss 藥師的遺書裡，還有他跟你在一起的事情了。」

「我沒有⋯⋯」Wasan 都否認到累了，「如果醫師有聽到什麼關於他的負面消息，再麻煩告訴我。」

「好。」Bannakij 在右下角的方框內簽名，「好了，外表看起來沒嚴重的傷口，但從驗血結果來看，體內 Benzodiazepine 類的藥物濃度達到了會導致困倦的程度。」

「謝謝。」Wasan 收下診斷書後站起身，「Ban 醫師，我先去忙了。」

＊

Kantapat 將手機丟到診療桌上，眉頭深鎖。醫師嘆了口氣，茫然地望向診間外頭，此時只剩下幾個在等藥的患者。中年公衛師 Tay 走進來，同時拉過椅子，在 Kan 的桌子對面坐下。

「我從來沒看過醫師你這麼煩躁啊。」Tay 轉頭朝後方的門口大喊，「Lek！倒杯冰水來給醫師！」

Kan 閉上雙眼片刻，讓自己冷靜下來，然後帶著眾人熟悉的笑容睜開眼，「我最近工作有點多，Tay 叔。」

「是醫院的工作吧？聽說醫師的安寧療護很有名，很多人都來觀摩呢。」

「這是多虧 Somsak 院長的大力支持，幸好院長也很看重這件事。」Kan 的目光落在手機上，上頭某人的未接聽通話數已來到

二位數。「我下午要回去開會,如果有病人,隨時打電話給我。」

「好的,醫師。」Tay看著醫師匆忙地將物品收入側背包,之後快步離開,將金光閃閃的昂貴鋼筆及聽診器遺留在桌上,「Kan醫師,等等!你又忘記東西了。」

Kan轉過身,對自己有些氣惱地搖了搖頭,從Tay手上接過他忘記的東西,「我的大腦年齡大概比Tay叔還要老了。」

「也許問題不在於像老人家一樣健忘,只是醫師你無法集中精神而已。」Tay拍了拍醫師的背,「找點時間休息吧。」

「謝謝。」Kan笑著回應後,快步走出位於地區健康促進醫院的診療室,他固定每週二出診,看些糖尿病、高血脂或高血壓之類的慢性病患者。年輕醫師拿出手機,再次打給Wasan,對方仍舊掛斷電話。

「Wasan,別這樣。」Kan這輩子從來沒有這麼不安過,他告訴自己不能輕易放開Wasan的手,但事情為何會演變成這樣呢?醫師駕車前往距離保健醫院約莫五公里的醫院,他開完會之後要趕緊看完安寧療護的病人,然後去Wasan家,若Wasan在值班,他就去分局找他。Kan今天一定要見到Wasan,否則這種焦慮的情緒會壓垮他,使他無法過正常的生活。

Kantapat將車停在醫師停車場,打算穿過急診室前面,直接走往大樓之間的連通道。而穿著卡其色制服的男子從急診室門口走出來,手上拿著一只文件袋。警察轉頭對上Kantapat的眼睛,兩人都停下腳步,沒想到會發生這種巧合。

「Wasan。」Kan開口。

警察轉身就要逃,但醫師高大的身影衝上去擋住他的去路。

「你為什麼不接我電話？」

「走開，我要趕回去工作。」警察回答，看也不看他。

Kan抓住Wasan的手腕，握得死緊，毫不理會路人的目光。Wasan抬頭看著Kan，瞪大雙眼。

「不要就這樣消失，拜託你。」這是Wasan第一次看見醫師憤怒的眼神，「你想等一切真相大白就繼續等，但別從我身邊消失。」

「你有什麼權利命令我是走是留？」Wasan努力想抽回手，但Kan將警察的手腕握得更緊。

「為什麼我們不合作，一起解決問題呢？」

「自從你到這裡工作，末期病患的死亡率就越來越高，最近一起死亡案例已被證實是遭人注射藥物致死。一發生案件，你的名字就出現在事發地點，每件案子的關係人都是你、你、你，都和你有關，你要我怎麼面對這麼可疑的人！」Wasan壓低音量，「要我怎麼⋯⋯信任一個可能跟我阿母死亡有關的人？」

醫師的力道頓時減弱，Wasan這時才成功抽回手。警察連忙拉開距離，指著Kantapat說：「你下次如果再這麼做，我會把你摔到地上並戴上手銬，指控你襲擊執勤中的員警。」

Kantapat低著頭，一動也不動，「如果我能證明自己無罪，你會回到我身邊嗎？」

Wasan不發一語，Kan抬頭望著他，年輕醫師曾經溫暖的眼神顯得空洞，「我對自己發過誓，不會輕易放開你。所以倘若我唯一的機會是證明自己與這些案子無關，無論風險多大，我都會去做。」

Wasan 抿著嘴，決定不再與 Kantapat 爭論，但走了幾步之後，警察停下腳步回過頭，但不正眼看向他，「如果你是無辜的，發現任何線索就告訴警察，不要自己藏著，那對你來說很危險。」說完，警察就離開了。

　　Kantapat 站在原地望著 Wasan，直到他消失在眼前。

　　雖然 Wasan 現在離開了他的身邊，但對方說的最後一句透漏出了擔心，那沖淡了 Kan 憂鬱的情緒，希望開始發出光芒。儘管很微弱，但 Kan 看到了讓 Wasan 永遠屬於他一個人的機會。

　　Wasan 走到他到警局附近處理私事時常騎的機車旁，發現有名身穿黑色皮衣及牛仔褲的男子正坐在他的機車上，看見那人吊兒郎當的面孔，年輕的督察長嘆了一口氣，「天氣那麼熱，幹嘛穿成那樣？」

　　「為了防曬也為了耍帥啊，督察。」男子站起身走向 Wasan。

　　「你來附近幹什麼，Kong 巡官？」

　　局裡看起來最不像警察的警察雙手一攤——看在外人的眼裡，Kong 巡官更像遊手好閒的愛玩少年，而非維護治安者。「調查這間醫院的異樣嘍。」

　　「那有發現什麼嗎？」

　　「一點點，但副座不想聽那些帳裡床上的事情。」Kong 巡官對 Wasan 眨了眨眼，動作令人惱火。

　　「你是在監視我？」Wasan 蹙眉。

　　「不是督察，而是『他』，但一扯上他，就難免會扯到督察身上。」Kong 巡官朝醫院大樓努了努嘴，「我底下的人只找到雞

毛蒜皮的情報，一點用處都沒有，所以我想來和督察聊聊。」

「什麼！」

「利用你和 Kan 醫師的親密關係，為我們撈點情報吧。」Kong 環顧四周，確認沒有駐足的人聽見這場對話，「他說了什麼？」

「我知道的不比你們多，因為我跟他什麼也不是，只是認識的人罷了。」Wasan 推開 Kong，讓他離開，「我得走了，十五分鐘後約了證人來偵訊。」

「督察，」Kong 連忙在 Wasan 跨上車前說：「那些雞毛蒜皮的情報沒辦法用，我想推薦一個我用過有效的方法——黃湯入喉，然後藏個錄音器材——我想，沒有人比督察更適合這個任務了。兩人獨處，加上讓人敢吐露真心的酒精，應該可以弄到什麼好情報。」

不只嘴上說說，Kong 巡官甚至將小型竊聽器遞給 Wasan。年輕督察望著巡官遞來的東西，一臉不滿，「我不負責找證據。」

「但用最好的方法找到證據是我的工作。」Kong 巡官晃了晃手中的竊聽器，「如果你不願意做就太可惜了，讓底下的人或我自己去做大概也不會成功，若是督察不做，Bird 副座會更加懷疑……」

Wasan 抽走 Kong 巡官手上的小型竊聽器，「我自己來，沒什麼好懷疑的。」

「非常感謝。很多人盯著這個案子，我們得用盡一切手段。」Kong 巡官拿起棒球帽戴上，碰了一下帽簷致意後轉身離去。

年輕督察握緊竊聽器。Wasan 很清楚，Kong 巡官不只是想要找到證據，還想試探他究竟站在哪一邊。年輕的督察為自己選

好了答案：他要當個堅守正義的警察，但其他人似乎還不相信他的答案。

這樣也好，這或許是個機會，讓 Wasan 更了解那位神秘人士，是為了案子，也是為了他自己。

第十三章　竊聽

「Nong 姊，妳有看到我的金色鋼筆嗎？」醫師在辦公桌旁翻找了好一陣子之後，終於開口詢問也在抽屜裡翻找末期患者病歷的護理師。

「別說是醫師的筆了，我連病人病歷都不知道放到哪裡了。」Ornanong 轉頭大笑，「我這個年紀健忘不奇怪，但醫師還年輕，記性可不該這麼差啊。」

「我總是這樣，常常忘記拿聽診器跟鋼筆，連保健醫院的前輩都知道了。」Kan 知道自己翻過好幾次了，還是再次打開同一個抽屜，然後關上，「我記得我放在桌上啊。」

「我也以為我將病歷放在這個抽屜裡，但它跑去哪裡了？」醫師和護理師各自找著弄丟的東西，「醫師有看到 CA Ovary[12] 那個 Urai 的病歷嗎？」

「啊！病歷在我桌上。」醫師將桌上的病歷拿給 Ornanong，「一定是姊放到這裡後忘記了。」

「我不記得有拿出抽屜啊，唉，人老了就是這樣。」女護理師接下病歷後自嘲：「醫師，你應該是把筆忘在我們剛才去過的 ICU 了，要不要回家前過去看看？應該有人幫醫師收起來了。」

「好啊，我等等順道去看看。」Kan 拿起包包揹到肩上，「那我先走嘍，Nong 姊。」

不久前，Kantapat 才在 ICU 替進行造口手術後引發併發症的

12　CA Ovary：卵巢癌。

晚期大腸癌患者進行會診，但那支筆的高昂價格讓他願意走回外科ICU。醫師走到正在照顧患者的護理師面前：「不好意思，請問有看到我的金筆掉在附近嗎？」

女護理師搖搖頭：「沒有耶，Kan醫師。」然後她的表情似乎想起了什麼，「醫師，Manop先生的家屬都到了，您想要現在和家屬們聊聊嗎？」

Kan抬手看了一下錶，現在是下班時間的四點，他不想加班，但最近可能不容易有機會和家屬商量並確定治療計畫。

「好啊，那麻煩叫家屬進來，然後準備一下會議室。」

結論是Manop先生的家屬希望帶病患回家、讓他在家中過世，因此Kantapat開了止痛藥及舒緩呼吸困難的藥給他，等到能走出醫院的時候，時間已來到傍晚六點了。醫師坐上車，開車離開醫院。

此時他的心思都在Wasan身上，他打算去Wasan家裡找人，但如果找不到，Kan就會到警局去，他必須在自己失去理智到無法工作之前見到他。

停等紅燈時，他的手機震動起來，Kantapat拿起手機查看。

『晚上十點這裡見。』

『Wasan傳送了地址』

Kantapat長嘆了一口氣，望著Wasan那比起邀約，更像命令的句子，既無奈又高興。

「真是壞心啊，這個人。」

Wasan選擇的地點是城裡的一家知名餐酒館，是一家露天餐

廳，空氣流通，現場還有樂團演奏輕快的歌曲，適合晚上來聚會放鬆，但這不適用於 Wasan，他會來這裡是為了不得不完成的任務，不是自願來的。警察穿著一身 T 恤和牛仔褲走到吧檯，舉手喚來正忙著擦吧檯的男服務生，點了一小瓶酒、氣泡水和冰塊。服務生神情拘謹地趕緊去為他準備，儘管沒穿制服，從他的外顯性格與髮型來看，任誰都可以看出他是個公務員，不是警察就是軍人。

「Wasan。」Kantapat 的聲音像鬧鐘一樣準時在十點響起。Wasan 回頭看著聲音的主人，那人穿著貼身的海軍藍襯衫及淺棕色褲子，烏黑的髮抓得很時髦。Kantapat 太帥了，好看到 Wasan 一瞬間忘了呼吸，而後頭那桌的女生應該也有一樣的想法。

警察撇開臉，拿起杯子喝酒，Kantapat 則坐上他身旁的椅子。

「今天是什麼日子，要一起喝酒？」

Wasan 沉默了一會兒，儘可能想出最合理的藉口：「你想成為我重要的人，卻沒發現我身上有什麼值得慶祝的改變嗎？」

「是你肩上的星星只剩下皇冠下的那一顆[13]了嗎？」

警察斜睨了 Kan 一眼，「明明都看到了，為什麼不一開始就恭喜我？」

「你真是會挑我毛病⋯⋯加冰塊。」Kan 抬手讓服務生幫他倒一杯酒，「別拿晉升的事當藉口了，我知道你不是會對這種事斤斤計較的人。你在威脅要把我摔在地上、銬上手銬之後又約我見面，還裝得像什麼都沒發生過，我也會起疑的。」

---

[13] 意指從警上尉（三顆星）升為警少校（單掛一顆皇冠星徽）。

Wasan望著醫師拿起加冰的純酒啜飲,試圖讓自己冷靜下來,專注在公事上。他得讓Kantapat放下心防,盡可能從醫師口中挖出情報,無論用哪種方式。

　　「我想更深入了解你。」

　　「你明明已經了解我了,這要看你想了解什麼細節。」Kan轉頭淺淺地笑著,「儘管問。」

　　「為什麼要到離家這麼遠的地方來工作?」

　　「我很久以前就不在家鄉了,念書是一直都在曼谷,醫學系畢業後就申請到清邁來當實習醫師,一直到專科醫師訓練結束。我愛死北部了,所以申請來這裡服務。」Kantapat拿起菜單看了看。

　　「沒有家累嗎?父母或妻兒?」

　　醫師忍不住笑了,「如果有妻有子了,我怎麼還會來糾纏你?我爸有姊姊跟姊夫照顧,至於我孤身一人,想住哪裡就住哪裡,但如果我在這裡找到終生伴侶,大概就不會再離開了。」

　　「別對終生伴侶抱著太高的期待。」

　　「我很確定會在這裡找到伴喔。」Kantapat把臉湊近道,「你認同我的想法嗎?」

　　「你再靠過來一點,我就把酒潑在你臉上。」

　　「你啊,老是像隻炸毛的貓。」醫師坐回原處,「你呢?為什麼當警察?」

　　「我出生在貧困的家庭,我阿母必須擔起阿爸留下的債務,還要養三個孩子,所以我選了一個可以成為家裡穩定的支柱、保護家人不被欺負的職業。」警察深吸一口氣,轉頭看著樂團演奏

輕鬆的西洋老歌。「別關心我的過去了。再多說一點，我想聽你的事情，越多越好。」

「說什麼好呢……說我為什麼選擇念這個科別好了。」Kan拿起杯子一乾而盡，見狀，Wasan立刻拿起酒瓶替他斟上。「我喜歡去做家訪。你能想像病人住在醫院的時間不多，大部分的時間都住在家裡嗎？所以居家照護很重要，不僅如此，我必須了解病人的家庭背景、社會地位及精神狀態，才能提供我的照護計畫。學著學著，我就認識了病患的安寧療護，我意識到在人生的最後一段時光能有品質地度過是多麼寶貴的事。」

Wasan除了得知Kan的過往之外，還學到醫師在酒精進入血液後會變得非常多話。Wasan幾乎沒碰過自己的酒杯，只替Kantapat斟上大量的酒，而醫師似乎也是個善飲之人。年輕督察努力維持著這輕鬆的氛圍，不讓Kantapat起疑心。

兩個小時過去，音樂節奏變得歡快，三盤食物都空了，同時也消滅了幾瓶酒。Kantapat喝個不停，此時他緊貼著Wasan而坐，一手摟著警察的腰不放。有幾次醫師太過毛手毛腳，Wasan也暫時先假意周旋。

「如果有癌末病人來求你替他打針，讓他死去，你會做嗎？」

Wasan的問題像一記重拳，打上喝下不少酒的醫師，就要看他會直接被擊中，還是立即躲開來了。警察希望是前者。

Kantapat沒有立刻回答，茫然地看著排排站的酒瓶好一會兒才說：「我會。」

彷彿天要崩塌了，Wasan睜大眼睛，心臟幾乎停止跳動，差點就要站起身，但Kantapat接下來的話讓他停下動作。

「我會做,如果可以的話,但現在泰國的法律不允許,我做了就是違法行為,會坐牢的。現在我能做的最多就是安寧療護,盡可能在病人因病自然死亡前少受折磨。」醫師轉頭看著Wasan,「喔,我也講過安樂死的議題,如果下次有演講,我會邀請你來聽,讓你把警察們都帶來聽,這樣你們就會知道我不是在教人這麼做,我只是感興趣而收集相關資料,討論它在泰國的可行性。然後,我壓力很大,我會喝這麼多是因為我焦慮,因為會突然被傳去訊問而焦慮,因為你疏遠我而焦慮,那又不是我的錯,我只是運氣不好而已。」

Wasan 鬆了口氣,彷彿卸下了重擔。Kantapat 現在喝醉了,話很多,眼神呆滯,頭也開始左右搖晃。繼續把他留在這裡毫無意義,Wasan 望向店門口,回頭問:「你是開車來的?我送你回去吧。」

「對。」Kan 拍拍褲子口袋,「抱歉,我沒想到我會喝醉。」

警察喟然,將餐費交給服務生之後,手伸進 Kantapat 的褲子裡,掏出汽車鑰匙,「回去吧。」

「今晚你願意跟我一起睡嗎?」Kan 捉住 Wasan 的衣襬。

Wasan 拉起 Kantapat,攙扶著他走,幸好醫師還能維持身體的平衡。兩人走到 Kan 的金屬銀色轎車旁,打開車門後讓 Kan 坐進副駕駛座。醫師一坐下來旋即閉眼睡去,像昏睡過去了。

Wasan 發動車子,替 Kan 開了空調後,讓醫師獨自在車上睡了一會兒。接著警察走回店門口,找到一名穿著黑色皮衣,從一開始就在那裡望著他們的男子。

在黑暗中,看似喝醉的人突然睜開眼睛。醫師坐直身體,轉

頭望向店門口，發現Wasan站在那裡與一名他不曾見過的男子講話，他就在黑漆漆的車裡默默注視著。

「沒用的。」Wasan將竊聽器交還給Kong巡官，「他不是壞人。」

Wasan之所以說Kantapat不是壞人，是因為Kong巡官徹底惹火了他。Kong一臉失望地對Wasan點點頭，看著他手中的機器。

「你拿去繼續用吧，說不定醫師等等會說些什麼。」

「不，那傢伙睡著了，再醒來就天亮了。」

「我之前說過了，我不在乎床笫之間的聲音，所以督察不用害羞，我只想聽那些有內容的對話⋯⋯」

Wasan的怒氣在這時突破極限，他抓住Kong的領子，一把拉向自己，「你別再惹老子生氣了！巡官，你重新思考一下，是要把這東西拿回去？還是想要命喪於此？」

Kong舉起雙手投降，但臉上沒有一絲歉疚，「督察，抱歉。」

Wasan放開Kong的衣領，將人推開，同時把竊聽器再次砸上對方的胸口。Kong趕在機器落地之前接住了它。

年輕督察快步走回Kantapat的車──他先把自己的機車放在這裡，等之後有空再回來牽──警察坐上駕駛座，轉頭看向睡得東倒西歪的高大男人。Wasan伸手將醫師的頭部扶正，此時，Kantapat的大手抓住Wasan來不及抽回的手。

「我愛你，Wasan。」年輕醫師說著，眼睛完全沒有睜開，抓著警察的手放在自己的臉頰上，「你知道嗎？人在酒後⋯⋯說的

都是實話。」

Wasan的心臟怦通直跳，聲音大到穿透衣服，發麻的手完全沒有力氣抽回，Kantapat的碰觸慢慢吞噬了他的身體，從手到胸口、心臟，再一路下到腳尖──癱瘓的人大概就是這種感覺吧。年輕的督察甚至無法如願活動身體。

「但睡醒後……」過了好幾秒，Wasan終於能開口說話：「喝醉的人就會忘記他說過的話。」

警察終於抽回手，深吸了一口氣，「你家在哪裡？」

Kantapat沒有回答，因為他又睡著了，警察有些惱火地哼了一聲，接著他換檔將車子駛出，無奈地駛向自家。到家後，Wasan帶著高大的男人跟跟蹌蹌地走去自己房間，他讓Kan躺到床上，而醫師也乖乖照做。警察站在床邊望著喝醉的人，這時的Kantapat看起來溫馴許多、很好控制，唯一的缺點就是話太多了。

此時是凌晨一點，哥哥和嫂嫂應該已經睡熟了，Wasan決定等Tongkam醒來後再告訴他自己帶了喝醉的男人回家過夜。警察轉身準備去拿浴巾，卻被Kantapat抓住手，將他拉到床邊坐著。醫師用長長的手臂緊摟住警察的腰，眼睛都沒有睜開。

「放開，我要去洗澡。」Wasan試著掙脫Kantapat的手，但接下來的事情發生得太快，Wasan來不及反應──醫師抓住Wasan的肩膀逼他躺下，同時翻身跨坐到Wasan的身上，將人困在身下及他的懷抱中。

「Kan！」Wasan試圖推開龐大的身軀，但他的力氣彷彿被帶著酒味的碰觸及親吻吸食殆盡了，兩具身體對彼此的渴望難以否

認，再加上血液中酒精微弱的作用，警察感覺到渾身發燙。大腦命令他抬起雙腳，纏上醫師的腰。Wasan雙手捧著Kantapat的臉頰，而醫師獻上炙熱的親吻。

當Kan結束這一吻時，Wasan的手摸上對方襯衫的鈕釦，誘惑對方解開鈕釦。不久後，兩人的衣服統統褪去，全數堆在床尾。

接下來發生的事情讓Wasan覺得，那時將竊聽器還給Kong巡官是對的。

「Wasan，去叫醫師今天再住一晚吧。我老婆要做辣拌雞肉，大家可以一起吃。」Wasan在鏡子前著裝時，Tongkam探頭進來問。

警察回頭看著特別興奮的哥哥，那位因病人過世而不再有理由來訪的前家訪醫師，這次醉醺醺地跟Wasan回家確實讓Tongkam和他的妻子很驚訝。

「Tong哥自己去邀他啊。」Wasan朝浴室門口努嘴。

「你去邀他嘛。嘿，沒想到你會跟醫師變成好朋友，真不錯，以後有事就可以互相幫助了。」Wasan的哥哥滔滔不絕地說著，接著消失在廚房裡。警察搖搖頭，等哥哥知道他和Kan醫師是什麼關係之後，大概就笑不出來了。

浴室門打開，穿著和昨晚同一套服裝的Kantapat走出來，他的頭髮亂翹，緊皺的眉頭說明了醫師目前的狀態。

「頭痛嗎？」

年輕醫師伸手按了按眉心，「你有阿斯匹靈嗎？」

「有，等我一下。」Wasan打理好制服衣領後走出房間，到藥櫃拿藥並帶了一杯水給Kan。醫師道了謝，將一顆藥扔進嘴裡，喝光整杯水。

「我得趕快回家換衣服了，不然來不及去查房。」Kan舉起手錶一看，已經七點半了。「昨晚的事，我之後再報答你，謝謝你沒有把喝醉的我丟在店裡，晚點我再替你把車牽回來。」

「怎麼能把你放在店裡，等等被搶匪抓去殺了。至於車，我自己處理就好。」

Kan壓低音量，避免被家裡其他成員聽見：「謝謝你讓我有機會再次醒來就看到你睡在身邊。」

「謝什麼謝，快去工作！」Wasan遞上車鑰匙，然後拍了拍醫師的上手臂，像在趕他走。Kantapat還不願意離開，面不改色地俯首親吻Wasan的臉頰，然後才慢慢走出臥室。

「我快瘋了。」警察伸手搗住嘴巴，他還要輸給這個人幾次？

＊

夜晚來臨，Urai Daensom家也陷入一片黑暗，Urai望向房門，想起身去開燈，但她的身體已經無法這麼做了，她得了卵巢癌末期，癌細胞入侵至她的腹腔、肺部還有脊椎，她腹部腫大，四肢及臉頰消瘦，身體疼痛劇烈難耐，幸好Urai是Kantapat醫師負責的患者，他幫忙減緩了疼痛，同時也與她談論如何為生命的最後一刻做準備，醫師說好再過兩天會來家裡拜訪。

Urai知道她終將一死，只是她想再等等，她第三個孫子再幾個月就要出生了，只要能見到孫子一面，她就不會再害怕死亡。

「Eed，替阿母開個燈。」Urai喊著兒媳婦，「家裡有人嗎？」

回答她的是一片沉默，Urai知道Eed應該去市場買菜了，但她平常都會在天黑前回來的。五分鐘後，老婦人聽見緩緩踏過木板地的腳步聲，聲音越來越大，Urai一開始以為是Eed，但站在門口的高大黑衣人讓她嚇了一跳。躺在床上的老婦人用力呼救，但她的聲音十分無力。

黑影用一針奪走老婦人的最後一口氣。他站起身，同時聽見開門的聲音，房間外的燈光也亮了，因此黑影迅速無聲地從窗戶離開。

就在那個人影從窗戶跳出去時，一個金色的細長物體從口袋掉到下方的草地上，那物體反射著屋子裡的光線，閃閃發光，但屋外一片漆黑，沒有人發現這個異狀。沒多久，屋子裡傳出女子的驚呼聲，緊接著是男子哭喊著「阿母」的悲痛呼喚。

第十四章　名字出現在各案件中的男子

「副座,我認為我們應該請求地方政府合作,只要有癌末病人在家過世的案子就通知警方。」

「我們已經知道是藥師下手的了吧?」偵查副局長無奈地望著 Wasan,「你啊,還不願意乖乖放手是嗎?」

「您確定嗎?我們只解剖了一個案子而已。」Wasan 堅定地看著 Bird。

「一般自然病死的人不應該交到我們手上。」

副局長低頭讀起手上的文件,結束這段對話。

Wasan 離開副局長的辦公室,他很清楚 Bird 是在敷衍自己,因此 Wasan 必須像股暗流,靜靜地在檯面下自行做些調查。就先透過 Tay 開始調查好了,和當地民眾合作,若有癌末病人在家中死亡的病例就通知警方。這麼做勢必會增加警察的工作量,或許會引起一些人不滿,但 Wasan 別無選擇。

在處理完關押嫌疑人的事情後,Wasan 利用執勤前的時間,來到 Tay 工作的地區健康促進醫院。

「我不知道能提供多少幫助,不過我會請照顧癌末患者的家屬及村長幫忙的。」Tay 似乎想起了什麼,「最近有個病例,是因卵巢癌過世的 Urai 阿姨,目前遺體安放在廟裡,督察要去問問家屬嗎?說不定他們有觀察到什麼異狀。」

「好啊,謝謝。」

Wasan 知道自己這麼做逾越了職務範圍,跑去調查一件不在

安樂死 SAMMON

自己手上且即將結案的案子,但 Wasan 仍對 Boss 藥師來此工作未滿一年這一點感到不解,因為這無法解釋過去三年在家死去的癌末病患人數增加一事,尤其看到 Bird 副座一點也不著急的模樣,他就更煩躁。Wasan 騎著機車直奔當地作為佛教信仰中心的廟宇,Urai 女士的喪禮辦在大殿旁的涼亭裡。此時是下午三點,來參加喪禮的人稀稀落落的,估計傍晚才會變多,準備進行第二個晚上的誦經。Wasan 徑直朝正在禮堂前整理椅子的年輕女人走去。

「失禮了,這是 Urai 婆婆的喪禮嗎?」

女子抬起頭,「沒有錯。」

「我想和與 Urai 婆婆同住的兒子及兒媳婦談談,方便替我帶路嗎?」

女子帶著 Wasan 去和 Urai 女士的兒子和媳婦碰面,這才知道他的兒時玩伴 Eed 嫁給了這家人。聊完之後,這對夫妻當晚並沒有發現任何異常,兩人出門逛市場到晚上,一回家就發現 Urai 女士永眠了,也不感到意外,因為他們很了解這個疾病及病程,醫師也說過,以目前的狀況,病人估計活不過三個月。

一整天東奔西跑、問過不同人之後,今天的他空手而歸,但 Wasan 相信他像這樣勤奮地自己尋找線索,應該能找到一些可以解開整起事件的碎片。Wasan 想盡快結束這個案子,因為他也對必須遠離 Kantapat 一事感到非常痛苦,他想和這個人共度一生的心意不亞於對方,但在抵達那個階段前,Wasan 必須先確定醫師真的不是披著醫師面具的殺手。

＊

　　兩名年輕男子面對面在病房前的走廊上，其中一方表情驚慌，另一方則用潛伏在黑色鴨舌帽下，那雙凶狠如狼的眼睛盯著他。穿著護理師服的男子揹著鼓鼓的包包，連忙轉身離開。

　　「喂。」戴著黑帽的男子喊道，讓男護理師頓了一下。

　　「你又要幹嘛？」男護理師語帶顫抖。

　　「我們找個沒人的地方單獨聊聊怎樣？」那男子咧嘴一笑，「我還有點事情想問你。」

　　男護理師閉緊起雙眼，低下頭，「老⋯⋯老地方見。」

　　「好。」

　　聽到回應，男護理師鼓起勇氣轉頭去看，發現那名男子已經像風一樣消失了。這不奇怪，因為那個名叫Kong的男子，或者該說是警少尉Archa總是如此。男護理師一點也不想和這個人扯上關係，但因為某些緣故，他被迫像隻雛鳥一樣，受到這位像影子一樣潛伏在各處的刑警操控。

　　「Tum，多吃點。」Kong巡官將一盤炒青菜推到對面的男子前面，「怎麼一副食不下嚥的表情？是因為我嗎？」

　　「說吧，巡官想要什麼？」Tum不理會面前的食物。此時兩人坐在一家離醫院不遠的熱炒店露臺，這家店的客人不多，很適合偷偷私下見面交談。

　　「你為什麼認為我來找你就是想跟你要東西呢？嗯？」Kong夾了一口菜放進另一個人的盤裡，「我說不定只是想跟你吃飯而已。」

　　「剛才你說有事情要問我，想問什麼就問吧。」

「就不能給我一點快樂的時光嗎?」Kong 將叉子和湯匙扔到盤子上,發出匡啷聲響,讓對方微微一愣。「那我就進入正題了。你去偷翻過 Kan 醫師的辦公室了嗎?」

「我⋯⋯」Tum 別開臉,一臉為難,「還沒有。」

「這可不是我想要的答案。」Kong 靠在椅背上,用脅迫的眼神望著對方:「大概是你姊想進牢裡蹲了吧?販毒可以蹲好幾年呢。」

男護理師睜大了圓眼,接著垂下眼瞼,因為再也承受不了警察的目光。「等我找到適合的時機。病房裡有癌末病人需要 Kan 醫師會診的話,我會自願拿會診單到 Kan 醫師的辦公室,但目前還沒有那種機會。」

「別讓我等太久。」警察替 Tum 的杯子倒滿水,「下次,不要跟我說些我們都知道的瑣碎小事,說些更勁爆的,關於別人隱私的消息更好。」

「為什麼巡官不找 Wasan 督察幫忙蒐集情報呢?他應該比誰都能找到更多隱私吧。」Tum 立刻回嘴。

「找了,但沒有用,交往中的情侶本來就會保護彼此,誰會希望自己的男朋友坐牢啊?能幫上忙的人勢必是在同一個圈子卻沒有利益衝突的人,就像你,最適合了。」Kong 咧嘴一笑,「我們下次什麼時候見面好呢?嗯?」

*

藥師 Chanchai 的驗屍報告正式出來了,偵查副局長仔細研讀著結果——Bannakij 醫師指出勒痕有兩道,第一道痕跡是吊掛時

繩子壓力造成的，第二道則是用力勒頸所導致的頸部肌肉嚴重瘀傷及喉軟骨骨折，除此之外，手臂及頸部也發現零星瘀傷。尿液及血液檢驗的結果均未發現任何毒物、藥物或毒品物質。

針對驗屍結果，他曾在報告送達前與Bannakij醫師做過一次非正式的討論，法醫表示，此案極有可能是謀殺，是勒斃之後將屍體偽裝成上吊自殺。

是何人所為，又為何而做，這是警方接下來必須調查的事情。Bird發出傳票，傳喚死者住處附近的居民來錄口供，收到傳票的人都非常配合，大家一致表示當時正在睡覺，沒有發現任何異狀。但有一個資訊使他特別感興趣。

護理師Savika住在外科醫師丈夫的宿舍裡，就位於Boss藥師宿舍的斜對面，她提供的資訊如下：

「事發當天我在家裡，丈夫去值班。凌晨四點，我丈夫接到一通電話，我也跟著醒來便起身去上廁所。等我要回去睡時，大概是五分鐘之後，半夢半醒間聽到門口有人的腳步聲，起初我以為是丈夫回來了，便沒有多在意，但沒有聽到開門聲，因此我疑惑地看向窗外，看到有人打開Boss藥師家的前門要進去。我不確定是Boss藥師本人還是其他人，那時候天色太暗了……」

「走進Boss藥師家的那個人是很正常地開門進去嗎？還是有看到他撬開門呢？」Bird問道，Savika搖搖頭。

「很正常地開門，就像用鑰匙開門一樣，因此我以為是Boss藥師值班時抽空回家，沒特別放在心上，就回去一路睡到了六點。」

門把上只有死者的指紋，因此護理師看到的人很有可能是

Boss藥師,他襲擊Wasan督察後過了一陣子才回到家中。Wasan在家發生事情的時間是晚上九點,Boss藥師在凌晨四點時返家,那麼中間這段時間,他去哪裡了?還有,凶手是什麼時候進屋的?警官想不通。

「在那之後,就沒有聽到任何不對勁的聲音了對嗎?」

「沒有。」

「那妳丈夫呢?」

「在手術室。他從四點待到早上七點,在走去醫院的路上,他說沒有看見什麼。手術室裡的每個護理師都可以證實我丈夫一直在手術室裡。」

「那妳和Chanchai藥師有私底下的交流嗎?」

Savika點點頭:「我跟Boss藥師一起去做過家訪,聊過一些。」

「他有交往對象嗎?」

女護理師努力回想:「我沒聽他說過交往對象的事,不過別人一直在傳一件事⋯⋯」她頓了一下,「聽說Boss藥師是同性戀。」

另一個沒在事發地點找到的東西是死者的手機,預計是被凶手帶走了。雖然無法證實,但死者應該跟某個人有發生關係,因為鑑識人員在房裡發現了保險套,不過沒有發現使用過的,很可能已經丟到垃圾集中區去了,不過至少可以確定Boss藥師或許有個能自由進出他家的床伴,而那個人在他死亡之後就不曾現身過,嫌疑十分重大。

因此警方傳喚了女藥師Pimpa來補充說明,她是眾人口中

Boss藥師最要好的朋友。

「警察先生,就我們認識及共事一年來所知,Boss藥師的確是和我最要好沒錯。」談起過世的好友,女子仍一臉哀戚,「雖然很要好,但Boss從來沒有跟我講過私事,唯一可以確定的是Boss喜歡男生。有一次曾聽說他跟圈外的男生在交往,但他不願意公開,而且似乎分手好幾個月了。」

「那妳有看過或知道有誰最近和Chanchai藥師牽扯不清嗎?」

「沒有耶……」女藥師倏地瞪大眼睛,「對了,警察先生,在Boss消失的那兩天,有個男人一連兩天來藥劑室找Boss,我還覺得奇怪呢。」

警官眉頭一緊「是誰?」

「是個醫師,Kantapat醫師。」

*

上週,Wasan又回到之前不接電話、不回訊息的狀態,但不一樣的是,Kantapat這次不再感到氣憤,因為Wasan的表現讓他感受到善意與關心。Kan知道他是被人騙去灌酒,目的是讓他吐露出祕密,但Wasan似乎不太願意這麼做,甚至幫他,憤怒地將竊聽器還給另一個看似也是警察的人。Wasan看他的眼神,還有那些在醫師喝醉時提供的幫助,都充滿了真心和善意。

Wasan已經準備對他敞開心房了,只差Kan證明自己不是壞人而已。

醫師來到一間位於醫院附近的大廟,參加Chanchai藥師的火葬儀式。醫院裡各單位的同事都來了,數量不少,Kan打算觀

察他們的表情、行為及反應等細節，看看是否有人露出馬腳，Kantapat會先記下來再去調查。醫師在涼亭裡選了一個方便觀察進出者的位子。

「嘿，Kan！」Somsak醫師的聲音從後方傳來，Kantapat趕緊回頭抬手行禮。

「Somsak醫師好，要一起坐嗎？」

「我就是來跟你一起坐的。」穿著黑色襯衫的中年醫師在Kan旁邊的塑膠椅上落坐。Somsak院長有個綽號，叫做「不受時間損害的男人」，因為鮮少有五十出頭的男人把體態維持得像他一樣好。院長是個勤奮鍛鍊的典範，他身材高大、體格健壯，狀態依然維持得非常好，許多剩女寡婦都迷他迷得暈頭轉向。「真不敢相信，我們醫院會發生這種事情。」

「就是說啊，太難以置信了。」Kan轉頭望著火化亭，「我們一起去做家訪時他幫了我很多忙，我從沒想到他的狀況不大好，甚至會尋短。」

Somsak轉頭看著Kantapat，「你還不知道吧？」

Kan一臉疑惑，「嗯？」

「驗屍報告說，Boss藥師應該是被謀殺的。」

Kantapat瞪大了眼，「那⋯⋯是誰做的？」

「警方正在查。」Somsak深吸了一口氣，停頓一會兒後繼續說：「Boss藥師似乎是從你這裡得到靈感的。」

院長的話讓Kan瞇起眼睛，「什麼意思？」

「他私下執行安樂死，從藥庫偷藥回去，注射在癌末病人身上，導致他們死亡一事，應該是從你這裡得到想法的。」

兩個醫師之間的空氣突然變得凝重，Kan移動身體，稍微遠離Somsak一些，身為晚輩的他表情不安，「是因為Boss藥師留下的遺書，醫師才會這樣說對嗎？警察已經針對這件事問過我的證詞了，我保證我沒有參與他的這個行動，還有，誰都有可能在電腦裡打出那封信，然後嫁禍給我。」

Somsak似乎從Kan背後看到了什麼，望向另一個方向，「但警察好像要再問你一些事情。」

Kantapat趕緊轉過頭，發現有兩名警察直直朝他們兩個醫師走過來，這件事讓整個儀式現場頓時安靜下來，尤其是亡者的父母親，一臉驚恐地看向他，所有人的目光都集中在警察及Kantapat身上。

年輕醫師站了起來，因為他很清楚警察的目標就是他。

「請Kantapat醫師跟我們到局裡補充一些證詞。」偵查員面無表情地說。Kan皺起眉頭。

「現在就得去嗎？」

中年醫師站起身，輕輕摟住Kantapat的肩膀，並安慰似的拍了拍，「好好配合吧。若你是無辜的，就沒什麼好擔心的。有需要幫忙就跟我說。」

為什麼事情會變成這樣？Kantapat站著不動一會兒，努力冷靜下來後乖乖跟著警察走。他的手緊緊握著，因為內心的焦慮感隨時都會爆發。醫師深呼吸，努力冷靜下來。為什麼解開所有事情的希望似乎越來越遙遠？還有，為什麼Kantapat會成為警方關注的對象？

是他做了什麼可疑的事情，還是哪裡做錯了？

第 十 五 章　遺 失 的 筆

「Wasan，先別進去。」

督察 Em 抬手攔住要進入偵訊室的 Wasan。

現在待在裡頭的人是 Kantapat 和偵查副局長 Bird。Wasan 退後一步，一臉為難。Em 以理解的目光看著 Wasan，「你先回去座位坐著等吧，有消息我會跟你說。」

Kantapat 坐在椅子上，隔著桌子面對偵查副局長，房間裡的氣氛凝重，充滿了壓迫感，既沉重又令人窒息。醫師直挺挺地坐著，神情平靜，沒有表現出驚慌，也沒有任何異常的表情。

「聽說醫師有去找過 Chanchai 藥師，就在 Chanchai 藥師死亡的前一天和事發當日，這是不是真的？」警察語氣嚴厲地問道。

「是真的。」醫師毫不猶豫地回答。

「可以說明一下原因嗎？你為什麼去找他？」

「我跟他沒有私交，就像我之前說的一樣。」Kan 回答，「那天我是去和 Boss 藥師討論家訪患者的降血壓藥物劑量的，因為我發現醫院開的藥跟病人吃的不一樣，也擔心副作用的事情。由於他之前曾和我一起去做過家訪，是唯一一個可能解釋這件事的人。」醫師頓了一下，「我沒有他私人的電話或 LINE，所以去藥局詢問。女藥師第一天告訴我 Boss 藥師休假，另一天則是說 Boss 藥師不見了，連絡不到人。沒找到他，我也沒想太多，就打算自己找資料解決問題，不然就是去諮詢其他藥師。」

副局長望著他，試圖看穿他的內心，「你知不知道Chanchai藥師是個同性戀？」

　　Kantapat挑眉，「同性戀偶爾也會認不出彼此。副局長，我不曉得這件事。」

　　「那你知道現在和死者發生關係的人是誰嗎？」

　　年輕醫師搖搖頭，「我們兩個不熟，Boss藥師從來沒有跟我講過私事。」

　　「你保證你跟Chanchai先生沒有更進一步的關係？」

　　「沒有，如果我和人交往，會專情地對待一個人。」Kantapat微笑，「我愛的人只有一個，他在這裡工作，大家應該都知道。」

　　Bird沒有任何表情，但是Kan知道這個答案聽在不喜歡同性戀的人耳裡可能會引來反感。「那是我想問的另一件事，你跟Wasan督察真的在交往嗎？」

　　Kantapat沉默了一會兒，似乎在思索合適的答案。

　　「要說我們在交往也不算，但關係的確比普通朋友更特別。對Wasan來說，正義總是第一順位，他才剛跟我說過，如果我真的是凶手，他會親自替我戴上手銬。」醫師的眼神充滿了欽佩，「請你們不要誤會他是我的同夥或對我有所包庇，他只是在盡力完成自己的工作，Wasan督察……是個好警察。」

　　時間過了約莫一個小時後，Em督察走過來找在自己座位上愁眉苦臉的Wasan。年輕督察在桌邊的椅子上坐下。

　　「Bird副座讓Kantapat醫師回去了。」Em看著Wasan，「你還好嗎？」

　　「不太好，Em哥。」Wasan長嘆一聲，「為什麼所有線索都指

向Kan呢？」

「但到目前為止，醫師的供詞沒有與其他證人的說法或證據有所矛盾，也許他真的是清白的。」

「我認為不管怎樣，Kan一定跟這件事有關。」Wasan抬頭看著面前的Em，這名警察是局裡最能理解Wasan的人，「雖然我是他……特別的人，但是他仍有事情瞞著我，我既想知道又害怕知道真相，害怕這次背叛會讓我感到非常失望和痛苦。」

「那醫師是怎麼跟你說的？」

「他向我保證他是無辜的，而且他會證明給我看。」年輕督察低頭望著自己放在桌上的手，「我不知道該相信Kantapat還是自己的直覺。」

「除了等，我也沒辦法給出更多建議。」警察前輩輕輕握住Wasan的手，給予鼓勵，「你先抽離出來，別讓自己介入這件事情太多，專心做好自己的工作，等到一切真相大白，再決定你要怎麼做吧。這樣你可能比較不會遺憾。」

「謝謝。」

Em對Wasan點點頭，起身回去做自己的工作。Wasan獨處了一會兒，檢視Kantapat每天照三餐傳來的訊息，既煩躁又困惑。Kan最新傳來的訊息是：『我第二次被警察傳去問口供了，你知道為什麼嗎？』

他非常想幫助Kantapat，但他做不到，因為他的懷疑就像一面玻璃牆，橫亙在兩人之間。

他們隔著一道玻璃牆看著彼此，看得見，卻無法真實地碰觸到對方。

＊

「Jon！不要跑太遠！」Eed對拿著玩具飛機跑出家門的小男孩大喊：「快進來，要下雨了。」

「我去和Met哥玩一下！」Eed七歲的兒子回道。

年輕的媽媽無奈地搖搖頭，婆婆的喪禮就讓她夠累了，還有兩個正頑皮的兒子要照顧。Eed將手上摺好的衣服放入籃子，走到門前的院子看兩個兒子在家門口奔跑嬉戲，嘻嘻哈哈的歡笑聲稍微緩解了這一週哀傷的氣氛。Eed很高興Urai婆婆總算脫離痛苦了，她輕輕摸著自己日漸隆起的肚子，可惜的是，Urai來不及看見家中最小的孫女來到這個世界上。

「這是什麼啊？」Jon稚嫩的聲音傳來。

「不知道，我們拿去給阿母看看吧。」Met回答。

Eed轉頭看著來找她的Jon，他手裡拿著某樣東西，那個物體閃爍著金色光芒，表面沾上了許多汙泥，Eed接下它，仔細端詳，轉身拿來晾在一旁的抹布擦去泥土。

「這是……」女子滿臉疑惑，她打開筆蓋，看到看起來很昂貴的鷹嘴筆尖。兩個兒子非常興奮。「Jon，你是在哪裡找到的？」

「屋子旁，阿婆房間的窗戶那裡。」Jon指向後方，「阿母，那是鋼筆嗎？」

「是誰把鋼筆丟在那裡……」Eed思索著。

「阿母，我們可以收起來嗎？」Met問道。

「不行，它看起來很貴，我們必須讓它物歸原主。」母親的

回答讓兩個小男孩有些失望。女子抬頭看了看，天空開始被飄來的烏雲遮住了。「孩子們快進屋，要下雨了。」

*

　　Wasan冒雨前往發生槍擊，導致一人受重傷的金飾店槍擊案現場。從監視器看來是歹徒持槍恐嚇店家，意圖搶劫，但一名見義勇為的人從背後襲擊歹徒，打算奪槍卻失手，導致槍枝走火，擊中金飾店店員的胸口，傷勢嚴重。

　　年輕督察一直在偵訊事發現場的目擊者，直到過了下班時間，他才回警局拿文件及未結案的卷宗，準備回家繼續工作。等Wasan踏出警局時，時間已經傍晚六點了，肚子餓得咕嚕作響，抗議他從中午就不曾進食了。

　　警察回到家時雨剛好停了，他帶了一袋芭蕉葉烤酸豬肉和一大包糯米飯，還覺得自己餓得可以再吃下一盒椰奶煎糕。除此之外，Tongkam的太太還為他做了燉嫩雞及重口味的蟹醬拌辣筍。

　　才吃到一半，Tongkam就探頭至廚房，「Wasan，吃飽了嗎？」

　　「還沒呢。」警察嘴裡塞滿了飯，伸手舀碗公裡的拌辣筍，「有什麼事嗎？」

　　「Eed來找你，說撿到了很昂貴的東西。」Tongkam朝門口點了點頭，「吃飽就出來幫她看一下。」

　　「我不加班啦！」Wasan抱怨道，「叫Eed送去警局。」

　　「我也是那樣跟她說的，但Eed堅持要跟你談。吃飽就快來家門口！」說完，Tongkam就走出去。

「唉！我的快樂時光被打斷了。」Wasan不爽地放下湯匙，吞下口中的食物後起身去處理這件事。

Eed是Wasan自小認識的女生，是Wasan的兒時玩伴，她在這裡出生長大、和丈夫結婚後有兩個小孩，一直住在當地。

女子快步走向Wasan：「Wasan，我有事情想跟你談。」

「怎麼了？」

「你曾經問我家裡有沒有什麼不尋常的地方，剛才我兒子在房子外面撿到這個，就在Urai阿婆房間窗戶的外頭，不知道它怎麼會掉在那裡。」女子低頭在揹來的布包裡翻找。

「第三個孩子嗎？」注意到Eed隆起的肚子，Wasan問。

「對啊，可惜Urai阿婆來不及見孫女一面……啊，找到了！」

女子拿出一樣東西給Wasan。警察一開始還不確定那是什麼，但當他碰到那個東西並仔細端詳之後，頓時感覺到一陣寒意，彷彿颳起了暴風雪。

年輕督察抬起頭，眼神驚慌地望著Eed，讓女子感到非常詫異。

「Eed！這是怎麼找到的？」

「是我兒子小Jon發現的，這支筆掉在阿婆房間窗戶附近的泥堆中，也不知道是誰、什麼時候弄掉的。我覺得它應該很貴，可能有人在找它，督察，你幫忙找一下失主吧。」

「那……在阿婆過世前，有醫師去家訪過嗎？」

「醫師有打來預約，說會過來看看，但沒趕上，阿婆在醫師來拜訪前兩天就過世了。」

「阿婆是哪時過世的？」

「上星期三。」

上星期三正是 Kan 和 Wasan 最後一次過夜的隔天！Wasan 感覺腳下的地面頓時消失，他的耳朵接收不到任何聲音，拿著金色鋼筆的手顫抖著。警察看向一臉疑惑的女子，努力平復心情，試圖用最正常的語氣說：

「我⋯⋯會處理的。」

「嗯，謝啦。」

Eed 轉身走向停在門口的機車。在女子騎車離開後，Wasan 一陣腳軟，往後跌坐在門前的木長椅上，望著手裡的東西，想大吼大叫宣洩內心的鬱悶。

Wasan 知道這東西，也知道它的主人是誰。他試著說服自己，誰都有可能擁有這東西，但會用這種奢華鋼筆的人不多，這支漂亮的鋼筆設計跟某人經常插在白袍左胸口袋的鋼筆一模一樣，而穿著那件白袍的人說過愛他，那個人⋯⋯是他正打算獻上付出身心的人。

Wasan 的大腦一片空白，年輕督察完全不知道之後該怎麼辦。

*

看到穿著警察制服的男子走進販賣地方酒的彩券店時，Tar 頓時嚇得從椅子上跳起，踉蹌地退到房間角落。他清楚記得這名警察，因為這就是上次他被指控在喪禮竊取財物和黃金時，無情地將他上銬的警察。幸好失主的女兒因為拿回了大部分的貴重物品，決定不追究此事，也有證人碰巧看到是別人在雜貨店裡把財物拿給 Tar 的，不然 Tar 現在可能就在牢裡吃牢飯了。

「督⋯⋯督⋯⋯督察。」乾瘦的男子抬手，弱弱地行禮。

「我有事情想問你。」Wasan走進店裡，拉來一張椅子坐下。

都已經退到角落了，但Tar還是試圖退得更遠。

「沒事的，你坐近一點。」

乾瘦的男子戰戰兢兢地坐回來。Wasan拿出手機，打開他從醫師Facebook存下來的照片後，轉過去給Tar看，「那天拿金子和錢給你的，是這個人嗎？」

Tar皺緊眉頭，專注地看了看，「我沒有看見他的臉，而且他戴著口罩和帽子，天色又暗。」

「只看外型、身材跟高度的話像嗎？」

「那個人看起來很高，不像我們村裡的人那麼矮。說像嗎？可能有點像，但我真的沒有看到臉啊，督察。」Tar感覺這個答案可能會惹怒Wasan，於是趕緊換一個說法：「要說像也可以，但我不敢確定，長官。」

Wasan嘆了口氣，將手機收回口袋，心想應該問不出更多的資訊了。「下次別再隨便收人家東西了。」

「好的好的，我不會收了，長官，絕對不會。」Tar恭敬地向Wasan躬身行禮。警察站起身，走出店裡。

Wasan心裡滿是疑問——為什麼要偷錢來給Tar？為什麼要在病人過世後進到屋子裡呢？目的是什麼？還是說，潛進屋子、把錢拿給Tar的那個人，跟殺害癌末病患的人不是同一人？又或者，那人跑進去偷東西出來嫁禍給Tar，是為了讓一切看起來像一起竊盜案件，藉此掩蓋真正的目的？

Wasan伸手摸了摸胸口左邊的口袋，裡頭放著那支Eed拿來

的金色鋼筆。這個東西就像毒藥，不停侵蝕著他的內心。Wasan知道最好的方法是直接去問Kantapat，問這個東西是不是他的，但作為警察，他決定在靜下心、調適好心情之前，先仔細收集證據，不能讓Kantapat發現現在在Wasan的眼中，他已經是頭號嫌疑人了。

第十六章　設局

　　Tum拿著病房的住院醫師寫給Kan醫師的會診申請，事關於第二床的腎臟癌末期患者該如何進行安寧療護。瘦小的男護理師躊躇不安地站在Kantapat醫師的辦公室門外，他知道他應該將這張紙放進標著「會診單」的籃子裡，但他的任務不只是送這張會診單，還要進去辦公室裡翻找Kantapat醫師是否有任何可疑的東西，並拍照給他的冤親債主看。

　　男護理師伸手推門——完了，門鎖著。

　　要是Kong巡官今天又來向他索討情報，恐怕會像之前一樣沒任何消息可以提供，而他對此無能為力，只能祈禱Kong巡官不會做出之前威脅的事。Tum作為護理師是為了幫助別人，但他姊姊卻是毒品的受害者，她的確吸了毒，但未曾參與販毒，而Kong巡官曾用調查來的證據，讓他姊姊免於牢獄之災，但代價是Tum必須負責償還這巨大的人情債。

　　「咦？小Tum？」護理師Ornanong的聲音傳來，Tum大吃一驚，趕緊轉頭看向聲源。青年舉起手，向資深的前輩行禮。

　　「Nong姊好。」

　　「你來這裡做什麼？」Ornanong拿出鑰匙打開辦公室門，Tum的目光被掛在鑰匙上的褐色長尾貓咪鑰匙圈吸引住。

　　「呃……喔喔，我是來送會診單的。」Tum趕緊將紙張放入籃子中，「病人的狀況不大好，病房醫師想請Kan醫師盡快去會診，而我剛好要下大夜班，就自告奮勇拿來了。」

「原來是這樣。」Nong 推開玻璃門,準備要進去,「快回去睡覺吧。你下個班是什麼時候?」

「一樣是大夜。對了……Nong 姊!」男子在護理師關上門前連忙喊道:「這裡有廁所嗎?我想借用一下。」

Nong 露出笑容,「我就在想你怎麼想開門呢。當然可以,進來吧,廁所在右手邊,你可以用。」

「謝謝。」Tum 跟著 Nong 走進辦公室。

眼前是一間只放了兩張辦公桌和三個文件櫃的偌大辦公室,地上擺滿了亂七八糟的箱子,像在搬家一樣。他看向放了「Kantapat Akaramethee 醫師」牌子的辦公桌,桌上擺滿了書籍和文件,但打理得非常整齊。Tum 無法在 Nong 面前翻找,但他心裡有了打算。

上完廁所之後,Tum 將自己的手機放在洗手槽上,然後故意留下手機,走出廁所。他出來就看到 Ornanong 搔著頭,站在文件櫃前面。

「又是誰動了我的病歷啊?還是我搬了但忘記了?最近我的記性越來越差了,小 Tum。」

年輕護理師尷尬地笑著,「需要我幫忙嗎?」

「沒關係,我自己來就好,很快就會找到了。」

「好的。謝謝 Nong 姊借我用洗手間,我先走了。」青年向女護理師行禮後快步走出辦公室,他決定用休息時間把這件事徹底解決。

年輕男護理師走出醫院,回到自己位於宿舍大樓的住處,等待合適的時機。一個小時之後,他換上一身便裝回到工作的病

房，直接走向他的護理師同事。

「Joy，Kan教授來看患者了嗎？」

Joy轉頭驚訝地看著他，「還沒，但應該快來了，怎麼了嗎？」

「我把手機忘在安寧療護辦公室的廁所裡了。」Tum露出懊惱的表情，「所以想來跟Nong姊借鑰匙，去拿手機。」

「哎呀！你怎麼會忘記那麼重要的東西？你上大夜班到昏頭了吧！」Joy望著病房門口，「應該等一下就來了，先坐在旁邊等吧。」

「好。」Tum拉過一張椅子，坐到正在認真核對醫囑的護理師身旁。經過多方探聽，Tum知道Kan醫師通常會從早上九點左右開始查房，他會先去內科女性病房，之後才來Tum所屬的內科男性病房。現在是十點整，Kantapat醫師及護理師Ornanong應該再過不久就到了。

病房的門被打開，一群人同時走了進來，帶頭的高大男子穿了一件深藍色的襯衫，外頭搭配短版白袍，後面跟著護理師Ornanong及一名女性公費醫師。如果要比醫院裡誰是最好看的醫師，每個人應該都會投給Kantapat，就連Tum自己也在那雙穿著深灰色褲子的長腿走過來時，被醫師從容沉著的帥氣震懾了。男護理師趕緊把目光從Kan醫師身上移向Ornanong，他站起身，朝女護理師走去。

「醫師好，我可以跟Nong姊借一步說話嗎？」Tum一再鞠躬為打擾人家的工作致歉。

Kan點頭後微笑，沒有多說什麼，只是低頭看了病歷，轉頭

和女公費醫師說話。

「Nong姊，我早上把手機忘在廁所了。」

「哎呀！真糟糕，你走之後我也沒有去廁所，所以沒發現。不然我先收起來，再拿給你吧？」

「沒關係，Nong姊，我自己去拿也可以，可以借我辦公室的鑰匙嗎？我等等拿回來還。」

女護理師將手伸進口袋，乾脆地拿出鑰匙給他。「拿去吧，孩子。我們應該會待在這裡，如果沒看到我，就交給家訪的護理師。」

「好的，不好意思，給妳添麻煩了。」Tum立刻離開人群，偷看了看似沒有疑點的Kantapat一眼，露出鬆一口氣的表情。

個頭矮小的男子快步走出病房，直奔Kan醫師的辦公室，輕鬆地用鑰匙打開辦公室的門。一進到辦公室裡，青年深吸一口氣，沉思後讓自己專注，他拿走廁所裡的手機，然後直接走向Kantapat的辦公桌，開始瀏覽桌上的文件。打開翻閱後，一切看起來都很正常，沒有Kong想要的。

年輕的護理師開始打開抽屜，他看見筆盒、擔任講師邀請函、成癮性藥物醫療使用保證書與兩本和患者安寧照護相關的書籍，還有一張照片，上頭是一個十歲左右的小男生及一名女子，應該是Kan醫師小時候和他母親的合照。Tum打開最後一個抽屜，有法醫毒理學及屍體解剖這兩本書。

「毒理學嗎？」Tum打開那本書，翻閱了一下，發現第一頁有Bannakij的屬名，除此之外，書裡沒有夾任何東西。Tum將他看到的一切用手機拍下來，盡量將一切恢復原狀。他已經花了超

過十五分鐘，得在大家起疑心前趕緊歸還鑰匙。

※

「幹得好，親愛的。」Kong巡出手，「手機給我一下。」

Tum睜大眼睛，「你要幹嘛？」

「刪掉我們所有的連繫，因為我以後不會再打擾你了，從今以後，我們不認識彼此。」警察催促：「快拿來。」

Tum不情願地遞出手機，男護理師往後靠在椅背上，環顧這間人煙稀少的熱炒店，「巡官真的不會再來打擾我了，是嗎？」

Kong不再咬著牙籤，抬起眼，「你想繼續被打擾也可以。」

「不要！」Tum毫不猶豫地回答。

Kong哼笑一聲，從Tum的手機刪除自己的電話及LINE之後將手機還回去。

「那我們就此別過，這餐我請，找的錢你就拿去吧。」Kong巡官將一張百元鈔放在桌上後起身，雙手插在口袋裡走出店裡。

Tum呆愣地望著空盤一會兒，放下心中大石般呼出一口氣。

這個名叫「Kong」的冤親債主終於走了，希望這輩子和下輩子都別再見面了。

※

「那個帶著Syringe drive[14]被送回家的Case，麻煩連絡保健醫院的護理師，請他今天來跟我談談。然後，腎臟癌的患者，請確

---

14 Syringe Driver（注射幫浦）：用於持續皮下給藥的輔助裝置，可以讓返家的患者在家繼續施打控制症狀的藥物。

認一下Family meeting[15]的時間，這樣我才好安排OPD的時間。」在Ornanong要開鎖進入尚未裝潢好的辦公室時，Kan向她總結今日還沒完成的工作。今天他巡房會診到十二點半，必須在一點整去看他約診的病人。醫師趕緊走到辦公桌前找到講師邀請函，把時間記進手機，用所剩不多的時間盡快吃些東西。

「不久前，我找到Maen阿姨的病歷了，竟然找了十分鐘，但其實病歷就在那裡，只是換了字母而已。」女護理師轉頭和Kan說。

「工作太多了，會忘記搞錯都很正常。」Kan打開抽屜拿出邀請函，當他正要把抽屜推回去的時候，眼角餘光發現了某些異樣。

他和母親的合照不應該放在其他文件底下。

無論往抽屜裡放了什麼，Kantapat永遠會將這張照片放在最上頭。

年輕醫師深邃的臉龐瞬間沉下來，冰冷得令人害怕。他抬頭看著正在將資料輸入電腦的Ornanong。

「Nong姊，妳有翻找過我桌子的抽屜嗎？」醫師問。

「我有時候會去桌上找病歷，但那些抽屜都沒有碰過，因為我肯定不會把東西忘在醫師的抽屜裡。」Nong轉頭看向Kan，「又有東西不見了嗎？」

「沒有東西不見。」Kantapat輕嘆了一口氣，有些不解地望著抽屜，「剛才有年輕的護理師來借鑰匙，他是誰啊？」

---

[15] Family Meeting（家庭會議）：為了提供醫療資訊及共同制定照護目標，醫療團隊與病人及其家屬所開的會議。

「是個叫 Tum 的護理師，在我們去看的腎臟癌患者所住的內科第二男性病房工作。早上他來送會診單，順便借了廁所，結果把手機忘在我們廁所裡了。他剛下大夜，頭暈恍惚也很正常。」

「喔，好。」Kan 拿起照片，照舊放到所有文件的上方後，關上抽屜。他打開其他抽屜看了一下，一切正常，沒有東西不見。

時間一路來到表定的下班時間，Kantapat 走出安寧照護門診的診療室，這才有時間回想現在生活中發生了什麼事。

第一，Wasan 似乎暫時和 Kan 斷絕連絡了，這他可以接受，沒怎麼放在心上。第二，警方將他列為頭號嫌疑人，Kan 發現他的一舉一動都受到了密切監視，他該做的是繼續過平常的生活，絕對不能做出任何會讓警方懷疑的行動。

第三，辦公室裡發生的事不大對勁。

這件事他必須找出真相，看看究竟發生了什麼事情——消失的鋼筆、過去這兩三天 Ornanong 叨念找不到的病歷，還有 Kantapat 肯定被人翻過的抽屜——不知道這些懷疑是否足以要求查看離他辦公室最近的監視器。

「醫師，距離最近的監視器是面向大樓正面病人較多的地方，如果人是從後方走過來就看不到，而且大部分的職員大多都是走後面。」保全人員指著螢幕上的畫面，「我們看過醫師說的時間了，沒有任何異常。」

「因為看不到我辦公室前面啊。」Kan 用手揉了揉眉心，這支監視器連他固定進出辦公室的畫面都看不到。

「公立醫院的預算有限，醫師您也知道的。」名為 Yongyuth

的男性保全轉過椅子,「有空時,我會看看這附近的監視器,如果有任何不對勁再通知您。」

「謝謝。」Kantapat 走出保全辦公室,思索了一下現在手中的線索。他必須找出是誰翻找他的辦公室,以及那麼做的原因。

醫師心生不安,畢竟在他不知情的情況下發生了這種事,因此他決定從目前唯一知道的事著手,就是名叫 Tum 的男護理師。

『我確定我的辦公室被人翻過。』

Wasan 讀著 Kan 最新傳來的訊息,在心裡第一百次罵自己為什麼無法徹底封鎖並斷絕與這個人的連繫。

警察與年輕醫師之間的深刻關係可以解釋他這怪異的行為,但警察就是不願意承認。

『除了筆,沒有其他東西不見。』

『但有好幾樣東西似乎都不在原本的位置。』

Wasan 瞬間坐直身體,讓坐在對面座位的警察嚇了一跳。他連忙解鎖手機,打開那則訊息讀完,接著打字回覆。

『金色的筆嗎?』

『對,你應該有看過。』

『什麼時候不見的?』

『上星期。』

Wasan 不禁握住上衣的口袋,Kan 說不見的物品就在這裡。

Wasan 正要打給醫師時,剛好有人走進來報案,年輕的督察只能回覆——我先工作,等等打給你。

『好。』

『Wasan。』

『超級無敵想你的。』

警察立刻將手機蓋在桌上，抬頭對面前的報案人一笑，藉此掩飾肉麻感和尷尬的表情。他平時不會笑得這麼奇怪，但沒關係，這個人從沒見過他。

「需要什麼幫忙嗎？」

※

鞋底以固定節奏敲擊公園人行道的聲音已經持續大約四十分鐘了，警察從跑步改為走路，掀起T恤下襬擦去額頭上的汗水，然後抬頭望著開始變暗的天空。對Wasan來說，跑步不只是為了維持好身材，也是釋放壓力的方式，他將壓力化為專注力，專注在步伐、呼吸、心率及所經之處的景色變換上。

「把衣服那樣掀起來，會被別人看到的。」Kantapat的聲音從後方傳來。Wasan回頭瞥了一眼，轉回來繼續伸展腿部肌肉。

「看了會起邪念的人只有你一個而已。」

「你怎麼知道我起了邪念？我說不定什麼也沒想。」醫師在一旁的長凳上坐下，目光落在面前那具身穿T恤及慢跑短褲的勻稱軀體上。

「不可能。」

「你會這麼說就表示你很了解我。」年輕醫師舉起一瓶冰水，「Wasan，接著！」

Wasan轉過身，精準地抓住醫師拋來的水瓶，他接東西的樣子看在Kan眼裡十分帥氣，「謝了。」

兩名男子並肩沿著日落時分的公園人行道走，此時天氣又熱又悶，就像風雨欲來前的凝滯氣氛，周圍十分靜謐，經過兩人身邊的人寥寥可數。

　　「把你辦公室被人翻過的事情說來聽聽。」Wasan開口問道。

　　「沒有什麼明顯的證據，但我觀察到最近辦公室裡有很多東西被移動過。一開始我不大確定，但今天早上，我有個很重要的東西明顯不在它該在的位置。」

　　「有什麼東西不見嗎？」

　　「除了鋼筆，沒有其他東西不見。」Kan拉過Wasan的手臂，讓他避開路上的坑洞，「我不太擔心那支鋼筆，反而更在意辦公室被人翻找搜查的原因。我不知道是誰，也不知道他的目的，如果是來偷東西的，應該不會只拿走鋼筆，畢竟還有其他更值錢的東西可以挑。我找不到下手的人，因為監視器沒拍到我的新辦公室。」

　　Wasan沉默了一會兒，彷彿在思考。

　　「你確定不是自己弄丟的嗎？像你這麼健忘的人，說不定是忘在某個地方了。」

　　Kantapat搖搖頭，「我很確定我放在辦公桌上。還是是警方為了找證據，派人來搜我辦公室？」

　　「我們不會做那種蠻橫的事。」Wasan抬起手摩娑下巴，Kantapat看起來不知道那支鋼筆在奇怪的地方被發現的事。「筆是哪一天不見的？」

　　「我跟你喝完酒的隔天早上。」

　　聽到Kan的答案，Wasan陷入沉思——那一天正是Urai女士

過世的日子──警察頭痛起來，思緒緊緊糾纏在一起，就像他現在緊皺的眉心。如果Kantapat說的是事實，這表示可能不是醫師自己把鋼筆丟在那裡的。

Wasan面臨兩個選擇：相信和不信。

他必須賭一下運氣，不然事情不會有進展，只能祈禱他的決定會是最明智的選擇。

年輕督察停下腳步，拉著Kantapat的手，讓人轉過來面對他。Wasan從口袋裡拿出那支金色鋼筆，放在醫師手上。

Kantapat微微睜大眼，一臉驚訝地抬眼望著對方，「我忘在你家嗎？但我以為、我確定隔天早上還有用到它啊……」

「這支筆掉在週三晚上因癌症過世的那戶人家旁邊，死者的媳婦前天才發現，她覺得這是很昂貴的東西，所以拿來給我。」Wasan仔細觀察著Kantapat的樣子，他只看到夾雜著驚訝及錯愕的神色。

「病人叫什麼名字？」

「Urai女士。」

Kantapat閉起眼睛，「Urai阿姨，卵巢癌末期。」

「你曾經去家訪過嗎？」

「約好了要去，但還來不及去拜訪，病人就過世了。」醫師握緊鋼筆，「有人故意弄得像病人過世時，我在那裡一樣。還有，之前Boss藥師的遺書中也故意寫了我的名字。」醫師的表情十分氣憤。

「Wasan，我認為我被人設計了，害大家覺得……我跟每個人的死都有關係。」

第 十 七 章　懷　疑

「哦？帥哥醫師這麼晚了要去哪裡？」

把黑色車子停在暗處的Kong從嘴裡拿出牙籤，扔到車窗外，銳利的目光越過黑色棒球帽的帽簷，盯著Kantapat醫師那輛銀灰色轎車駛出社區。今晚真幸運，能觀察到Kan醫師的動向，畢竟Kong和其部下在夜間輪班盯著Kantapat醫師的一舉一動好一段時間了。

儘管護理師Tum給的情報沒有能逮捕Kantapat的證據，但至少他知道醫師正在研讀其專科不會用到的法醫學及毒理學。Kong知道醫師們會額外研究自己感興趣的事情，但Kantapat是殺害Boss藥師的嫌疑人，又被稱為安寧療護的權威，在這種情況下，刑警通常會先相信那些細微的觀察。

「不是去找男朋友，就是去殺某個人吧。」Kong哼著歌發動車子，開車遠遠地跟著那輛銀灰色轎車。在這種安靜祥和的小府裡，跟車很容易被發現，所以Kong必須小心翼翼，以免被對方發現。

那輛車轉進城裡，穿過餐廳及夜市的區域後，向右轉直直往醫院開去。Kong繼續開車跟著，直到看見那輛車轉進醫院。

Kong無法進入僅限職員進入的區塊，於是他換了方向，將車停在公用停車場裡，接著走進大樓，熟門熟路地鑽到醫院的後方。警察看見燈光，Kantapat的車停在員工宿舍前的停車場中。

醫師高大的身影走下車，直接朝員工宿舍大樓走去，Kong

跟著醫師，等著看他要去誰的房間──Kantapat和Wasan以外的男人有關係──他說不定即將獲得一些有趣的新情報了，真是同情督察啊。

但出來開門的人讓Kong的心跳差點停止。

「死定了……」

穿著睡衣的男護理師抬起頭，神情極其驚慌地看著來訪者。

站在他面前的高大身影就是他不久前擅自搜過的辦公桌主人，對方會站在這裡肯定只有一個原因，那就是醫師知道Tum因為某些原因去翻他的辦公桌了，而Kantapat審視打量的眼神也明顯證實了Tum的猜想。

「醫……醫師……你來這裡做什麼呢？」

「你跟Nong姊借鑰匙去廁所時，是不是有動過我的辦公桌？」

即使心跳快到就要跳出胸口了，Tum仍試圖表現出鎮定的樣子，「我只有去廁所拿手機而已，醫師。」

男護理師意識到自己無法徹底掩飾眼裡的恐懼，Kantapat看起來十分不滿，「你告訴我，是有人指使你這麼做的，還是你自己想要那樣做的？」

「我沒有翻您的桌子！我發誓！」

他的聲音顫抖不已，Kantapat眼裡的不信任感明顯已經到了巔峰。

「聽著，你必須理解，」醫師冷靜沉穩的風範在Tum眼中瞬間消失，「我的辦公室被人翻過，我的東西被放在不該放的地方，有人想栽贓我是殺人凶手。我差點就因為莫須有的罪名被抓

了。現在,我需要知道是誰這麼做的,還有他為什麼這麼做?」醫師抓住Tum的肩膀,緊緊掐住,矮小的男護理師臉色蒼白。「現在跟我說,是誰指使你這麼做的,那我就不會怪你。」

「放開他。」

一道沙啞低沉的聲音響起,Kantapat立刻放開Tum,轉頭看向聲源——一個穿著黑色皮衣、戴著黑色棒球帽的青年雙手插著口袋,站在陰暗的角落裡,眼神冰冷地注視著兩人。

Kantapat皺起眉,覺得那個人很面熟,似乎就是Wasan在酒吧交談的那個人。醫師完全不知道那個男人是從什麼時候開始站在那裡的。

Tum瞪大雙眼,轉頭看去,正準備大喊時又忍住了。為了安全起見,矮小的男子退到房間裡,準備一發生衝突就逃跑。

「謝謝你的配合,我不想在工作時間外替任何人戴上手銬。」

那名男子從暗處走到燈光下,脫下帽子,露出和Wasan相似的平頭。從暗處走來的男子燦爛一笑:「我是警少尉Archa,大家都叫我Kong巡官,跟Wasan督察在同個地方工作,很高興認識你。」警察指向Tum的房門,「至於那個人,是我家小朋友,我不喜歡這麼晚了,還有其他男人來敲他的門。」

Kantapat握緊雙手後放開,試著讓自己冷靜,「我先走了。」

Kong指向樓梯,「走吧,下次不要再這樣敲人家另一半的門。否則我知道你男朋友是誰,下次我就有樣學樣去敲你男朋友的門。」

Kong看見醫師的眼裡冒出怒火,不過幸好Kantapat是個善於控制自己的人,醫師選擇不發一語,轉身直接走向樓梯,快速

離開二樓。Kong重新戴上帽子，徑直走向Tum的房間。此刻，Tum靠在門框上，一副筋疲力盡的樣子。

「真不敢相信Kong巡官會講出那樣的話。」Tum一臉不滿。

「我有選擇嗎？」Kong咂嘴，「不然要說我從他家就一路跟蹤他到這裡嗎？他在這種地方見到我，說我是你男朋友是最合理的解釋。」

「你不用出來幫忙吧？」

「怎麼能不出來幫忙？難道要讓你在我面前被殺掉嗎？」警察以手肘撐著門框，俯視男護理師的頭頂，「醫師是殺害Boss藥師的嫌疑人，就連那麼高大的男人都能輕易吊起來了，像你這麼瘦小的人大概會像沙包一樣，被抓起來甩來甩去吧。」

「喂！」年輕的護理師向後退，盡可能拉開距離，「你可以回去了，不是說我們兩個人從此不認識嗎？」

「我是維護治安的人，看到有人身陷危險就必須盡到職責。」Kong自顧自地走進房裡，隨手關上門。他望著Tum拿出來擺在床上的護理師服──兩個小時後，Tum要換裝去上大夜班了。

「我陪你到你去值班，醫師說不定會折回來對你做什麼。」

「一切都是因為你逼我去做那些沒有意義的事情！」

「所以我負起責任，當你男朋友了呀。」Kong攤開雙手。

「誰是你男朋友！」

「你啊，誰敢動警察的男朋友就是自找麻煩。」

Tum露出無奈的表情，看著警察把這裡當作自己家，隨意拉過椅子坐下，翹起二郎腿，順手拿起Tum桌上的書來讀。年輕的護理師長嘆一聲，雖然他很想把這個人趕出房間，但害怕

Kantapat醫師回來傷害他的恐懼,使Tum不得不讓Kong巡官繼續待著。

他抓起放在床上的制服,走進廁所「砰」地一聲重重關上門,表達自己的不滿。

Kantapat開車離開醫院,心情依舊無法平復。他知道他不應該在這深夜時分去質問對方,但焦慮讓醫師無法冷靜,Kantapat沒有聽從Wasan的建議——裝作不知道辦公室被人翻過。他認為隨著時間經過,他的嫌疑會越來越重,可能真的會變成凶手,而他將再也沒有機會替自己辯解,必須盡快找到真凶。

醫師接著來到Wasan家。警察穿著睡衣開門,一手拿著手機,表情非常震驚。

「你搞什麼鬼!」Wasan問道。

「我要帶你回我家過夜。」Kantapat指著自己停在門口、尚未熄火的車,「拜託,我現在很焦慮,我需要你。」

「你在說什麼?」Wasan不知道該如何反應。

「拜託你,Wasan——」

這是警察第一次看到Kantapat面露哀求。Wasan張著嘴,愣了一會兒後重重地嘆了一口氣。心軟如棉花大概就是這種感覺吧,而這也是他第一次有機會去Kantapat家。

「你先熄火進來坐,給我一點時間準備。」

十分鐘之後,Wasan坐上Kantapat轎車的副駕駛座。一切發生得太快,讓Wasan措手不及,他轉頭看向感覺比平常更慌張的醫師:「發生什麼事了?」

「我要坦白一件事。」

「什麼？」

「我剛剛去找了可能翻我辦公室的人。」

Wasan 愣了一會兒，接著一拳打上 Kantapat 的肩頭，力氣令人吃痛。「我說的話很難懂嗎！就說了不要輕舉妄動，你的一舉一動都有人盯著，不是叫你不要做出讓自己看起來更可疑的事情嗎？如果講了你也不聽，那就不要再來問我的意見！」

Kantapat 嘖了一聲，「就知道一定會被罵。」

懶得跟旁邊的人多說，Wasan 還可以罵上好幾頁，但他選擇先忍下，因為現在罵了也沒用，「那你有得知什麼情報嗎？」

「什麼也沒有，因為他男朋友回來看到我了。」Kantapat 打方向燈，從大馬路上轉出去，「警少尉 Archa，你認識叫這個名字的警察嗎？」

Wasan 瞪大眼睛，「Kong 巡官？」

「就是他，我剛才去找的那個人的男朋友。」Kan 疲憊地把頭靠在頸枕上。

「他跟男護理師在交往？不太可能吧。」Wasan 還深刻地記得 Kong 巡官對他的性取向露出歧視的眼神，「然後呢？」

「我就趕快離開了，後來沒發生什麼事。我很焦慮，所以跑來找你。」醫師安靜了一會兒，「你覺得，會不會是警察叫護理師來翻我辦公室的？」

「你別急著下定論，我替你去 Kong 巡官那邊打聽消息。」

「還是警方太想破案，所以捏造證據讓我看起來像凶手，好把我抓起來？」

「Kan！」醫師再次被 Wasan 大罵，「不要亂想了，聽我說！沒有警察會栽贓你的！Kong 巡官的事情我會去處理，你只要乖乖待著，不要去會引人懷疑的地方，像平常人一樣上下班，不要自己跑去找證據，懂了嗎？」

Kan 沉默，目光四處遊移。

「回答我，醫師，懂、了、嗎？！」

「遵命，長官。」醫師低聲回答。

Wasan 知道他控制不了 Kantapat，只能選擇嚴厲的態度。

這是 Wasan 第一次到 Kantapat 醫師的家，位在市郊外圍的一處高級社區裡，美麗寬敞的房子非常符合醫師的身分。Wasan 站在昏暗的燈光下望著那棟兩層樓的房子，心想白天肯定更漂亮。

「為什麼現在才想要帶我來？」

「一開始不大方便，我那時剛把車庫的屋頂翻新，還重新粉刷了圍欄及起居室。」Kan 指著車庫屋頂，「怕你對粉塵過敏或討厭油漆味，但現在都弄好了，所以才帶你來。」

「嗯。」Kan 的理由聽起來很合理，Wasan 還能聞到淡淡的油漆味從圍欄飄過來。

「我一開始不願意帶你來家裡，讓你覺得不開心嗎？」

「誰不開心。」Wasan 走在醫師前方，在屋子的玻璃門前等。

Kantapat 輕笑著，跟上去解鎖開門。雖然又有機會一起過夜了，但 Wasan 因前一晚值班而疲累不已，Kantapat 又比平時焦躁，任誰都沒有興致，只是趕快洗澡、躺到加大雙人床上。

Kan 從後方抱住 Wasan，把他當成抱枕。Kantapat 的體溫溫暖舒適，但 Wasan 無法放任自己沉溺在其中太久。他等這個機會

很久了,這是他更了解對方的機會。警察閉著眼睛,等著時間流逝直到確定醫師已經熟睡。Kantapat 的呼吸變得深沉、緩慢且平穩,Wasan 慢慢轉過身,小心地望著枕邊人,輕輕將對方的手臂從身上移開,然後悄悄起身。

Wasan 打開手機的手電筒,先在屋外調查了一圈,沒有發現其他東西,只有樹木及收在車庫櫃子裡的園藝工具。之後他走進起居室,藉著光查看展示架上的東西,除了 Kantapat 的畢業照、傑出醫師獎狀及一些應該是到各地演講時獲得的紀念品,沒什麼特別值得注意的東西,廚房裡也沒什麼好調查的,於是 Wasan 走向屋後的儲藏室,但裡面只有空箱子、舊物品跟一個塑膠箱,裝著無聊的東西。

這棟房子有兩間臥室,一間臥室空蕩蕩的,應該是留給家人來訪時用的,另一間則是 Kantapat 的主臥室,Wasan 猜 Kan 可能會將東西都收在這個房間裡。他必須謹慎搜查,因此悄悄推開原本半掩的門,發現高大的身影仍以原本的姿勢熟睡著。

警察深吸了一口氣,打開電視櫃的抽屜,盡可能不發出聲音。那裡頭有充電線、耳機及 Kantapat 的醫院員工證,第二個抽屜有兩本醫學書和一條金項鍊。Wasan 抬頭,看見電視櫃上放了一張裱框的照片,是一個男孩與應該是男孩母親的女人合照,這應該是年幼時的 Kantapat。Wasan 想起去喝酒的那個晚上,醫師完全沒有跟他提過母親的事情。

床上那人翻身的聲音讓 Wasan 嚇了一跳,回頭看去,Kan 只是翻身面向另一邊,繼續安靜地睡著。Wasan 打開衣櫃,仔細搜查最有可能藏東西的角落,最後以整潔乾淨的浴室收尾,裡頭除

了日常用品之外,沒有任何可疑的東西。

Wasan躺回床上,盡可能不吵醒另一個人。他仰躺著,望向黑漆漆的天花板,心裡的擔憂沒有消失,但又因為沒有在這棟房子裡發現任何可疑物品而鬆了一口氣。Wasan閉上眼睛,總算願意讓自己沉入夢鄉。

就在背對Wasan的時候,Kantapat睜開眼睛,用難以捉摸的眼神凝視著窗外。

第十八章　第二件謀殺案

　　──我想要占據你人生伴侶的位子,早晨一起醒來,晚上一同入睡,能與你相愛、擁抱你、照顧你;我生命中每一個重要時刻都有你,讓你成為我重要的動力,成為我最重要的人。

　　Wasan 不是不想要這樣的生活。

　　警察站在家門口,望著一大早送他回哥哥家的 Kantapat 開車離去。Wasan 一轉頭,發現正在替草木澆水的嫂嫂正朝這邊看來。

　　「Wasan,你去哪裡了?」Gai 問道。

　　「我⋯⋯」他當然不能說實話,「跟朋友出去喝酒。」

　　Gai 緩緩點點頭,表情仍帶著遲疑,但她沒有多問,轉頭繼續整理草木。Wasan 走進家中,準備拿東西去上班,他早上要去法院,時間不多,只好拜託 Kantapat 在路上找個便利商店停下,讓他買幾個包子果腹,因為接下來會有很長一段時間沒空吃飯。

　　　　　　　　　　　＊

　　「Kan 醫師。」保全 Yongyuth 在 Kantapat 的診間門口探頭進來,當時他正在替癌症患者開立止痛藥。「您方便的話,麻煩來監控室一下,是關於醫師請我幫忙看監視器的事情。」

　　「喔!」醫師坐直身體,「我還沒看完病人,得趕在四點前結束門診。請稍等我一下,我結束就過去找你。」

　　「好的。」年輕保全抬手行禮後離開。Kan 不知道是不是自己

想太多了,但保全的表情不大對勁。Kantapat回頭對等待他開藥的病人笑了笑並致歉,接著迅速在電腦裡輸入處方。

結果,Kantapat與最後一位病人交談的時間比預期的長,他離開診間的時候已經是四點十五分了。年輕醫師立刻跑向監控室,他之前曾要求查看自己辦公室被翻找的當天監視器畫面,保全應該是在回顧時發現了異樣,所以過來叫他。Kantapat心中燃起一線希望,這一次,他終於可以找到設局陷害他的人了。

醫師開門走進保全辦公室,發現裡頭一個人也沒有,只有桌子和螢幕,上頭顯示著各處監視器的畫面。Kantapat嘆了口氣,平復情緒,那名保全說不定有其他任務或下班了,都是Kan自己的錯,讓對方等太久,都超過下班時間了。年輕醫師離開辦公室,直直走向大樓門口找站在那裡指揮交通的保全人員。

「不好意思,請問有看到保全Yongyuth嗎?」Kantapat問。

「他下班了,但他一個小時前好像還在辦公室裡等您。」

「我進去時沒看到人⋯⋯」

「醫師要不要再去看一次?說不定是去上廁所了。」

Kantapat再次走回去,辦公室裡依舊空無一人,醫師決定拉來張椅子坐著等,盯著監視器畫面看,說不定能看到他要找的人。

二十分鐘過去,年輕醫師著急地看著手錶,下班的人應該不會有什麼任務才對,這表示他可能是等太久,受不了先回家了。因此年輕醫師決定跟停車場保全要了Yongyuth的電話,想打去約定明天的時間,以免再次錯過。

但Yongyuth沒接電話。

Kan不知道Yongyuth是在哪臺監視器、什麼時段看到異樣的，所以無法拜託其他職員幫忙查看，問其他人也說Yongyuth沒有跟任何人說過他在監視器畫面裡發現了什麼，Kantapat只好告訴自己冷靜，等Yongyuth回來時再過來。想到這裡，他便走回大樓，直奔外科看剩下的會診病人。他得快點把所有會診的病人處理完，不然隔天他要去做家訪一整天。

　　「這個月到底是怎樣啊？」
　　警察的聲音讓思考中的Bannakij驚醒。炙熱的陽光下，眼前的畫面夾雜著從地表升起的熱氣，讓法醫一時頭暈目眩。他不是害怕眼前所見的景象，Bannakij更感到害怕的事情是又有不尋常的事件在這家醫院裡發生。
　　──第二起醫院職員在醫院占地裡死亡的案例。
　　「死者是三十歲的Yongyuth Theera先生，是醫院保全部門的員工。」警少校Wasan說著，抬手擦去帽子下被接近正午的豔陽逼出來的汗水，「同事最後一次看見他是昨天下午四點，錢包及手機都不見了。」
　　「搞得像我離開這裡前的餞別宴一樣詭異。」Bannakij醫師喃喃自語。Wasan轉身同情地看著醫師。
　　「我也一樣，感覺像是迎新派對一樣，沒有一天平安度過。」年輕督察嘆氣，繼續說：「屍體是今天早上十點被Wichien先生發現的。那時Wichien先生正在做垃圾分類，聽見停車場和醫院後頭那塊空地之間圍欄後方的草叢裡一直有狗吠叫，他出於好奇走去查看，發現了屍體，模樣就跟我們現在看到的一樣，之後他

立刻跑回來通知附近的保全。」

Bannakij環顧四周，這塊空地位於醫院後方，由於興建新病房大樓的計畫被無限期推延，所以一直閒置著，雜草叢生，許多人甚至不知道這塊土地是醫院的，也因為有圍欄明確地圍住，因此很少人會走進來。

死者身上穿著保全制服，正面朝下趴在草堆裡，頭部後方有一道很大的撕裂傷，是遭到鈍器猛烈敲擊所致，暗紅色的血液流得滿地都是，染紅了周遭的草地。屍體的手腳慘白如紙，血腥味在熱氣中瀰漫，讓許多人無法繼續待下去。Anan遞上手套後，年輕法醫師拿過來戴上，蹲下來揮開圍繞在傷口上的蒼蠅，確認傷口。

「初步判定的死因是頭部受傷，死亡超過十八小時，但不到二十四小時。不過天氣那麼炎熱，預估的死亡時間可能不大準。」法醫Bannakij檢查完屍體後說：「初步判定死因是頭部受到重創，請把屍體送到法醫部門進行進一步的解剖。」

Wasan點點頭，「收到。」警察轉頭看向醫院大樓。

不知道Kantapat知道消息了沒，因為醫師從昨天晚上就沒有傳任何訊息了。

「督察，借一步說話。」警員Narong帶著嚴肅的表情走來。

兩名警察走到一旁，以便法醫Bannakij繼續驗屍。

「怎麼了？」

「我詢問了接替Yongyuth班次的同事，他說昨天下午大約四點半的時候，有人去找死者。」

「是誰？」

Narong 抿抿唇，嘆了口氣，欲言又止地望著 Wasan，但最後還是開口：「同樣還是那個名字，Kantapat 醫師。」

　　Wasan 愣了好一陣子，接著緊緊閉上眼睛，撇開頭，伸手揉了揉緊皺成結的眉心。Narong 完全能理解他的反應。

　　「他去找死者幹嘛？」

　　「同事說，Kantapat 醫師之前曾拜託 Yongyuth 幫忙查看監視器畫面，Yongyuth 昨天大概是發現了什麼異狀，在辦公室等著 Kan 醫師，只是 Yongyuth 先不見了，還以為是下班了，所以 Kan 醫師跑來問他。」

　　「那麼，Kan 那時候在哪裡？又在做什麼？」Wasan 知道 Narong 大概無法回答這個問題。年輕督察轉身嚴肅地看著 Narong 說：「既然如此，我們勢必要傳喚 Kantapat 來偵訊，只是一旦其他人知道 Kantapat 牽扯於其中，這個案子勢必會被併進舊案，我也無疑會被踢出這個案子。可以拜託你在傍晚之前都先裝作不知道這件事嗎？我想趁案子還在手上的期間，親自審問所有證人。」

　　Narong 警員點點頭，「我明白了，督察。」

　　Wasan 面露感激，「你不用擔心，我是個熱愛正義的警察，也和大家一樣想抓到殺人兇手。」說完後，Wasan 將案發現場託付給 Narong 看著，接著快步跑進醫院，開始詢問證人。

　　這起事件在醫院員工之間造成極大的恐慌，醫院院長也無法保持沉默，緊急召集各部門代表開會，說明情況並回答疑問。Somsak 一臉擔憂地看著與會者。

「Somsak醫師,我就直說了。」Areeya女士,外科男性病房的護理長舉起手,「我們現在都無心做事了,因為感覺醫院一點也不安全。一個月內,已經有兩個職員在我們醫院被殺了,凶手也還沒抓到,這太離譜了,醫師應該提出更好的因應措施。」

「警方正在全力調查凶手。」中年醫師冷靜地回答:「我會更嚴格地督促醫院的安全措施,警察最近也會派人過來巡邏,大家不用擔心。倘若警方有發現任何異常狀況,或是需要請大家配合,請大家務必盡力協助。」

「那麼院長,我們該如何應對那堆跑來搶新聞的記者呢?」

「告訴他們只能來詢問我,不要輕易回答任何不確定的事,因為那可能會讓情況變得更糟,甚至傷害到醫院的名聲。」

一位中年藥師舉手,「這次嫌疑人又是Kantapat醫師嗎?」

會議室內傳出窸窸窣窣的聲音。Somsak轉頭看著發問者,沉默了一會兒,輕嘆了口氣,「我不知道,在獲得更清楚的證據前,希望大家不要急著下定論。」

Somsak拖著疲憊的身心走出會議室,茫然地望向醫院前的停車場,那裡停滿了各大媒體的採訪車。他在這裡服務二十多年來,過去這一年是發生最多意外的一年,一家安安靜靜的小型府立醫院變成了全國人民的焦點,Somsak必須在這場混亂摧毀醫院的名聲前,將一切導回正軌。

*

Kantapat走出電梯,直接走向於五樓的院長室。醫師伸手擦去臉上因為悶熱天氣而冒出來的汗水,病人都還沒看完,他卻突

然被Somsak醫師叫回來，讓Kan只好告知保健醫院裡候診的二十多位病人，讓他們稍等，倘若無法等他回來，就請護理師幫忙約下次門診。

一開門走進去，身材高大、脾氣溫順的中年男子已經坐在辦公桌前等了，他的目光透過鏡片，聚焦在Kantapat的臉上。年輕醫師舉手向醫師前輩行了禮，「醫師，你叫我回來有什麼事？」

「你先坐。」Somsak比向桌子對面的椅子，Kan彎身坐下。

「你知道我們醫院保全的屍體被發現的事，對吧？」

「對，我知道，但這件事與我無關……」

「有關，怎麼會無關？Kan醫師，你昨天傍晚為什麼去找死者？」

院長的問題讓周遭空氣都凝滯了，Kantapat一開始露出震驚的表情，但隨後變回平靜無波的模樣，避免對方知道他的情緒。

「我跟他的死亡沒關係，但我承認我真的去找過那個保全，我請他幫忙查看離我辦公室最近的監視器畫面，因為我懷疑我的辦公室被人翻過。」

「被人翻過？」Somsak皺起眉頭，「你為什麼不先跟我說？」

「因為沒有遺失任何財物，只有文件似乎被搬動過，所以我只起了疑心，想說如果監視器有拍到什麼異樣就拿去報案，之後再向醫師報告，不然空口無憑。」

「無論發生什麼事情，你都應該告訴我。為什麼不讓我來處理？」Somsak的語氣強硬。中年醫師站起身，繞過辦公桌俯視Kantapat，「現在你的一舉一動都會讓醫院的員工害怕，你知不知道！」

「我只是在找翻我辦公室的人,我有錯嗎?」Kantapat 站直身起,毫不畏懼地直視醫師前輩,「我很抱歉沒有向院長報告這件事,但我保證,我跟這件事一點關係也沒有。」

Somsak 面露不滿,「那你有從監視器畫面中得到什麼資訊嗎?」

「沒有。」Kan 平靜地回答,「因為保全在告訴我前就死了。」

中年男子嘆了一聲,表情依舊不悅,但身為醫院的管理者,他必須努力控制自己的情緒。

「就像我說的,不管發生什麼事,你都要盡全力配合警方。倘若你有任何懷疑,或者要對醫院裡的人做出行動,你都要跟我說,這是命令。要是讓我得知你再擅自行動,你可能無法繼續在這裡服務下去了,醫師。」

Kantapat 與院長爭吵完後走下樓,依然憤恨不平。醫師滿腦子都想著這起事件,他走下最後一階時停下腳步,轉身眼神冰冷地望向後方。

*

「好了,我覺得我已經拿到充分的資訊了。」Wasan 轉頭對著警員 Narong 說:「我會自己打電話叫 Kantapat 來警局做筆錄,要是找不到人,再發傳票。」

「是,督察。」Narong 點頭,「那我先回局裡了。」

Wasan 走出保全辦公室,撥電話給 Kantapat。如果 Wasan 沒記錯,今天是 Kan 到地區健康促進醫院看診的日子。

沒等多久,電話就通了。

『嗨，Wasan。』

「你在哪裡？」

『院長叫我回來談談，所以我現在在醫院。』

「你知道發生什麼事了嗎？」警察壓低音量但嚴厲地說，「你知道自己做了什麼嗎？我說幾次了，叫你不要輕舉妄動。」

『我去找Yongyuth只是想要看監視器，看看是誰來翻我辦公室而已，然後他似乎發現了什麼異樣。』Wasan聽見醫師嘆了一口氣，『Wasan，聽我說，這整件事都不對勁，你不覺得這一切都像故意把事情都推給我嗎？唯一能解開這一切的關鍵人物就是去翻我辦公室的人。』

「把這些話留到警局說，Kan。」Wasan的語氣更加認真，「現在我以辦案人員的身分，請你立刻到警局做筆錄。」

『你要親自偵訊我嗎？』

「對，而我跟你也只有這一次機會，所以你有什麼要說的就統統說出來，不要說謊，不要隱瞞，也不要想利用我們的特殊關係占便宜，因為當我們在警局見面時，我就是與你素未謀面的警察。」年輕督察頓了一下，「求你了，Kan，對我說實話，因為那是我能幫你的最佳辦法。」

第十九章　五里霧中

「到處都是記者呢。」

熟悉的聲音讓剛下早班的 Tum 渾身一顫，他不悅地轉身看著戴著黑色棒球帽，老是神出鬼沒的男子。

「你什麼時候才能不來煩我啊，Kong 巡官！」

「你應該再穿得帥一點，說不定會上電視。」不僅牛頭不對馬嘴，那人還脫下帽子，欠揍地摸了摸自己的平頭。Tum 瞇起眼睛，看了裝模作樣的警察一眼之後，轉身繼續往前走，裝作毫不在意。

「欸，你就沒有一絲感激嗎？」

「我要感激你什麼？」

「喔！就是我幫你遠離 Kantapat 醫師的事情啊。」警察快步跟上，走到皺著眉頭的護理師身邊。「他的名字又出現在保全死亡事件裡了，據說是醫師昨天傍晚去找了死者，是不是很可怕？你想想，如果我讓你和那種被死亡圍繞的人相處會怎樣？」

「你！」Tum 停下腳步，轉身和老是不穿制服的警察面對面，「要一句謝謝是吧？好啊！謝謝你來幫我，可以了吧？以後請你遵守承諾，裝作我們兩個從來不認識。」

「小心點吧，要是 Kan 醫師知道是你的手筆，下一個消失的就是你了。」

「這樣的話，我死之前會把罪怪在你身上，然後這次，我們兩個人就可以一起去死了。」Tum 忍不住諷刺道：「從今以後你

不用再幫我了，不見！」

「等等！」Kong巡官的手強而有力地拉住護理師的手臂，「一起去吃飯吧。」

Tum瞪著他，試著抽回手卻徒勞無功，路過的人們開始看過來。

「Kong巡官！放手！」

「我帶你去清邁，找個好地方吃飯。」

「你又想使喚我做什麼？我不幹！」

「我帶你去約會就只是為了騙你做事而已嗎？」Kong嘴角勾起一抹微笑，看起來不大可靠的樣子。Tum正準備破口大罵，幸好警察的電話先響起，Archa巡官失望地咂嘴，放開Tum的手臂後按下接聽。「是，長官？」

Tum鬆了一口氣，作勢要離開。

「現在嗎？哦？⋯⋯滿有趣的⋯⋯好好好，我現在回警局。」Kong掛斷電話，跟上Tum，「你是想逃去哪裡？現在局裡發生了一件好玩的事，我得回去瞧瞧。」

「要去就快滾。」

「Wasan督察，就是負責保全案子的那位警察自己叫Kantapat醫師，也就是他的男朋友去做筆錄，好想知道會不會成功。」Kong把臉湊了過去，「真的很抱歉，親愛的。這件事我不能錯過，我們的約會得先等等了。」

Tum正要轉身去罵那個比飛進食物的蒼蠅還難趕的人，但那個人說走就走，走得無聲無息，迅速消失在人群及周遭裡。

＊

　　天花板上的吊扇是房裡最響亮的聲音，這時房裡有Wasan督察、Kawin巡官及Kantapat醫師。坐在中央桌子旁的兩人，角色從關係親密的一對戀人變成警察和他必須盡量問出最多資訊的重要證人，Wasan雙手交握，擺在桌上，望著對面一臉平靜的男子。

「Kan。」

醫師挑起眉毛，訝異Wasan會用這麼親密的稱呼喊他。

「是？」

「昨天下午大約四點半，你的確有去找Yongyuth先生是嗎？」

「是的。」Kantapat答得毫不猶豫，「三天前，我請Yongyuth幫我看離我辦公室最近的監視器畫面，因為我和護理師Ornanong發現辦公室裡的物品有不正常的搬動，我想知道是不是我和Nong姊想太多，所以去要求查看監視器。」

「那麼，你有得到你想要的東西嗎？」

醫師搖頭，「我第一天去的時候，有大概看了一下畫面，沒有發現任何異樣。不過昨天大約三點的時候，Yongyuth到診間找我，好像想跟我說什麼，但我還有好幾個病人，擔心在門診時間看不完，所以告訴他我看完病人就會去找他。那是我最後一次看到他。」

Wasan頷首，紀錄在紙上，Kantapat的說詞和他從Kan的跟診護理師口中問到的資訊一致。

「你看完病人的時間是幾點？」

「我是在四點十五分左右看完診的,結束之後就立刻跑去辦公室找 Yongyuth,但沒遇到人,所以我走去跟停車場的另一名保全要電話號碼,撥了一通電話給他,可是沒人接,我還以為他下班了,決定今天再來找他。」

「那你接下來去了哪裡?」

「我回去把沒處理完的會診病人看完,在外科待到下午五點,接著去內科加護病房待到五點半,之後就回到辦公室,和護理師 Ornanong 一起寫計畫到六點,然後就去和同事聚餐到八點才回家。」

「回家。」Wasan 抬眼看了一下,「同事是誰?」

「婦產科的女醫師 Kanrawee 和外科的 Manop 醫師,我們三個人一起去的。」Kantapat 從頭到尾都沒有絲毫猶豫,「總之,直到八點以前都有證人證明我不是獨自一個人,八點後我就開車回家了。Wasan,不,督察可以去確認我家社區的監視器。」

「你和死者之前認識嗎?」

「我有時候會看到他走來走去,他也替我指揮過幾次交通,但我們只有禮貌地打招呼,沒有私下連絡,監視器的事是我第一次認真跟他說話。」

「那你知道死者與誰發生過爭吵嗎?」

醫師搖了搖頭,「我跟死者不熟,也不知道他有沒有和別人發生過爭吵。」

年輕督察點點頭,把筆放到桌上,面無表情。也許很多人看不出 Wasan 的情緒,但 Kantapat 知道警察心裡舒坦多了,因為他的說詞和警察從其他證詞掌握到的資訊並無矛盾。Kan 不自覺地

對眼前的人露出笑容，以此鼓勵他，然後看見Wasan也回以倏忽即逝的微笑。

「督察，我可以問個問題嗎？」Kantapat說道。

「說吧。」

「你查過監視器畫面了嗎？我想知道Yongyuth看到了什麼。」

Wasan嘆了口氣，雙手交握擺在桌上。

「監視器的硬碟資料統統被刪除了，監視器也被關掉了。」

Kan愣了一下，倚在椅背上，面露思索。

「被刪除了嗎？醫院裡有辦法刪除資料又關閉監視器的人應該沒幾個。」

「這部分是我們需要繼續調查的事。」Wasan站起身，「謝謝你的合作，你可以回去了。」

Kan點頭當作道別，再次對Wasan微笑，接著高大的身影站起身，開門離去。

「Kuin巡官！」

呼喚聲從樓梯轉角傳來，讓路過的警察嚇了一大跳，手裡的電腦差點掉到地上。Kawin轉頭看向聲音來源，一臉不滿。

「去你的，死Kong又嚇我！你什麼時候才能不像鬼一樣冒出來啊！」

「請問Kuin巡官要去哪裡呢？」人人視為鬼魅的刑警雙手插在口袋裡，徑直走了過來，刻意挑眉想激怒他。

「正要把東西拿去桌上放。」Kawin瞇著眼，「還有，不要再叫我Kuin了。」

「Kawin很難叫嘛，把你的名字縮減，從兩個音節的Kawin變成Kuin，一個音節……喂，兄弟，等一下啦，等等！」Kong連忙攔住滿臉厭煩的Kawin，「剛才做筆錄的情況怎麼樣？」

「很順利，我覺得就算事前串通好也不會那麼順，整個房間裡都是戀愛的臭酸味。」Kawin搖搖頭，「這案子肯定不會再交給督察辦了，相信我。」

「戀愛的人都是這樣的啊。」Kong冷哼一聲，「隨他去吧，如果醫師不是壞人，就算他們情意綿綿也不會有人有意見，但如果醫師就是殺人凶手……就等著看我們親愛的督察到底是真正的警察，還是個愛凶手愛到死心塌地，是非不分的警察吧。」

Kawin眼神厭惡地看著這個用字遣詞彷彿從八點檔裡走出來的人，「你是特地回來八卦的吧？別廢話了，快回家睡覺吧。」

「欸，等等，再一個問題。」Kong抓著Kawin巡官的肩膀，不讓他離開，「你老婆是護理師對嗎？」

「對，我老婆是護理師，怎樣？」Kawin挑眉。

「那些護理師……都喜歡你這樣的嗎？」Kong笑得燦爛，「像我這種的，他們會喜歡嗎？」

「你先找到不討厭你的人再來問我吧。」

Kawin轉身離開，不再浪費時間在這個同事身上。

在女生眼裡，Kong巡官的長相不差，但個性及行為舉止卻經常惹人不快，因此，即使Kong是帥氣又能力超群的刑警，Kawin依然認為Kong得先大幅改進他的社交技能，才能去追求女孩子而不被對方討厭。

*

　　Som舉起手，向帶著燦爛的笑容開門走進諮商室的女醫師行禮。今天Pang醫師穿著一襲色彩鮮豔的碎花洋裝，讓他的心情也清爽了起來。

　　「您好，醫師。」

　　「今天笑得很燦爛呢。」Som坐在沙發上，而Pang醫師在其斜前方的椅子落座，「還好嗎？最近沒什麼見面，有什麼特別的嗎？」

　　「沒什麼，我這兩天腦子裡不再有聲音命令我做事了。」

　　女醫師訝異地挑眉，「真是個天大的好消息。Som，可以告訴我這裡是哪裡、現在幾點嗎？」

　　「這裡是身心科，時間大概是……」Som思考了一下，「早上十點。」

　　Pang非常開心，因為Som的症狀比第一天過來時好多了。他當時思覺失調的症狀嚴重到無法交談，也無法把他的注意力從幻覺中拉出來。

　　「Som，你還會看到死神嗎？」

　　穿著病患服的瘦弱男子皺起眉頭，「沒看到了，醫師。」

　　但女醫師察覺到了Som的異樣，「有什麼不確定的地方嗎？可以跟我說說嗎？」

　　「關於死神的事……我想了想，醫師，我覺得那晚看見的不是幻影。」Som閉上眼睛，努力回憶當晚的記憶，「我看到一個人走進村子裡某人的家，我悄悄跟上去，從半開的窗戶看到那個人站在

床尾,而躺在床上的人睡得很熟,面色蒼白,好像沒有呼吸⋯⋯」

Pang沉默了一會兒,「Som,你繼續說。」

「那個人一離開屋子,我就進去確認過了⋯⋯床上的人沒有呼吸了,讓他死掉的人⋯⋯是死神⋯⋯那個死神晚上穿得一身黑⋯⋯但白天穿著白衣服。」這時,Som瞪大眼睛,像被施咒般一動也不動。

Pang伸出手,輕輕拍了拍Som的手臂。

「我知道要再提到那件事很難,可能會刺激到你,讓你的狀況變糟,所以我們先別談這件事好了。」身心科醫師決定把Som的注意力轉移到其他事情上頭,「今天的心情大致上如何?」

個人諮商結束之後,Pang走出諮商室,前往她位在門診部旁邊的辦公室。女子坐到椅子上,望著門口思考。她起初以為Som說的是幻覺,但Som今天的狀況好轉許多,幻覺及妄想的症狀也幾乎沒有了,心理狀態近乎正常人,但他還是說他看見有人進入屋子,使躺在床上的人死亡的情景,彷彿親眼目睹過記憶裡的畫面。

Pang目前還無法引導Som補充事件細節,因為回想這件事會刺激他的思覺失調症狀,讓病情再度惡化,但就她目前的判斷,Som可能真的看到了某些事情,而Pang只能祈禱情況不如她目前所想的糟糕。

*

這間醫院裡,能洗掉監視器畫面的人不多。其中之一,很可能是有權簽署監視器的添購預算,並監督安裝狀況的人。

年輕醫師今早刻意將車子停在 Somsak 醫師的住處附近，方便他下班時坐在自己車裡審視院長家，將看見的所有細節記下來。院長家是一棟兩層樓的獨立住宅，與其他員工的宿舍相比，顯得又新又漂亮。這不難理解，畢竟他任職管理職位。

Kan 發現有支監視器拍著 Somsak 的家門口，旋即意識到要潛入 Somsak 家不像潛入沒有安裝監視器的 Boss 藥師家容易。要是 Kan 這次被抓到，恐怕很難從這個麻煩中全身而退，但如果他不證明自己的清白，Kan 和 Wasan 的關係永遠不可能有進展，而且那個人會一直想方設法地誣陷他，直到他因蓄意殺人而被關進監獄。

另一件令人擔憂的事情是，Kantapat 無法做出太大的動作，因為有人緊盯著他。Kong 巡官——或稱警少尉 Archa——正如影隨形地跟著他。雖然不是全天無休，但 Kan 不知道 Archa 巡官或他底下的人何時盯著他，倘若 Kan 運氣不好，在警察眼前做了任何奇怪的舉動，他的人生可能會瞬間跌入深淵。

「可惡！」

Kantapat 一拳捶上方向盤，宣洩一籌莫展的情緒。目前的情況彷彿定時炸彈，倘若年輕醫師的手腳太慢，再過不久，壞人可能就會成功將 Kan 變成殺人凶手了。

第二十章　包著糖衣的毒藥

三年前——

　　Kantapat醫師第一天到職，他曾接受過醫院提供的獎學金，剛進修完醫學專科就回來任職家庭醫學科醫師。Somsak將新來的醫師請進辦公室聊聊天，互相認識一下。年輕有為又帥氣的醫師舉手向Somsak行禮，年僅二十九歲的Kan非常青澀，有些緊張，這對一個剛到新環境的人來說十分平常。

　　「醫師請坐。」Somsak比向辦公桌前的椅子，Kan微微頷首後坐下。「今天是第一天上班吧？有什麼需要我幫忙的嗎？」

　　Kantapat搖搖頭，「院長，目前還沒有。」

　　「你見過Anucha醫師了嗎？」

　　「見過了，就是Anucha醫師讓我先來見院長再去保健醫院看診的。」Kantapat回道。

　　「我想歡迎醫師，也想順便問一些未來工作上的事。」Somsak從抽屜中拿出一本書，放到桌上，「這是清邁府立醫院的病患安寧療護指南。我聽說你當Resident[16]時很關注這方面的事，去好幾個地方學習過，在國外期刊上發表的研究也是關於末期患者的安寧療護。」

　　初來乍到的醫師點點頭，「是的，教授。」

　　「我希望我們醫院也能發展這個項目。」Somsak將那本書推向Kan，「過去一直沒有醫師能負責這個工作，所以我心裡很期

16　Resident：住院醫師，用來稱呼正在進修專科的醫師。

待你能負責。」

年輕醫師點點頭,「我本來就有意負責安寧療護的工作。」

Somsak 滿心歡喜地笑了,「提供獎學金給你果然沒錯。我不會給你太多的壓力,你可以慢慢草擬計畫,先把體系建立起來,需要什麼資源就隨時跟我說。」院長站起身,Kan 也趕緊站了起來。中年醫師伸出手,Kantapat 伸手握住,「再次歡迎你,祝你在這裡工作愉快。」

*

飛蛾撲火——這句話是 Wasan 近來生活的最佳註解。在經歷了幾天的日夜輪班之後,今天晚上到明天清晨是年輕督察難得的休息時間,因此 Wasan 立刻騎車直奔 Kantapat 居住的社區,彷彿一隻被美麗、溫暖又誘人的篝火吸引的小小飛蛾。

他做了不該做的所有行為,他無視周遭人的警告,不理會 Em 督察讓他保持距離的建議,甚至不在乎自己曾經說過「在真相大白前不會和 Kan 牽扯不清」的話。

醫師已經打開屋子的圍欄等著 Wasan 了。Wasan 將自己的機車騎進去,停在 Kan 的車子旁邊,脫掉鞋子,接著走向在家門口等著的高大身影。

「歡迎回家。」

Wasan 無奈地嘆了口氣,「這不是你家嗎?」

「很快就會變成『我們』家了。」Kan 握住 Wasan 的手,帶他走向屋內。Wasan 感覺自己就快腦溢血了。

「餓了嗎?我今天準備了晚餐等你。」

「我好睏，眼睛都快睜不開了，肚子也餓到不行。」Wasan從褲子裡拉出制服下襬，拉下拉鍊，脫得只剩下白色T恤及下半身的制服褲子。Kan接過Wasan的襯衫，掛在椅背上。

「今天對我這麼用心，怪怪的，你有什麼企圖？」

Kantapat以笑容代替回答，拉開椅子讓Wasan在桌邊坐下。

「坐著等一下，我去把食物端出來。」

Wasan不想坐著等，警察無視Kan的指令，直接走進廚房看醫師準備的食物：一個鍋子裡盛著煮熟的義大利麵，另一鍋則是用番茄做的拌醬，散發著令人食指大動的香氣。

「我是在窮苦城鎮出生長大的人，吃不慣西餐。」

Kan的雙手從後方摟住Wasan的腰，嘴唇貼到耳邊說：「嘗過就會改變心意了，督察。」

裹著糖衣的毒藥——Wasan想將Kantapat歸類為一種毒品，讓人感覺好得如置天堂，儘管他知道這東西有害又危險，Wasan還是一再回到這裡。

他渴求Kantapat的碰觸無數次，允許對方擁抱、親吻，甚至和他發生進一步的肉體關係無數次，是一個他無論怎麼努力都無法掙脫的惡性循環。

深夜，警察一絲不掛地醒來，他的床伴在身邊熟睡。Wasan掀開棉被，放下雙腳，坐在床沿呆望著窗外照進臥室的月光。他知道自己太過軟弱，克制不了自己的心，抗拒不了那份迷戀，無法讓理智戰勝愛情，也活該被人瞧不起，活該被迫退出案子。

他對此無能為力，只能準備好，等著面臨某一天可能會發生的人生至痛。

星期六早上，Kantapat休假，Wasan也難得不必值班的日子，副局長Bird及Kawin巡官帶著搜索票出現在醫師的家門口，穿著T恤及運動褲的Kan替兩位警察開了門，他一開始很驚訝，但也全力配合警方。

　　「有其他人在家嗎？」Bird問。

　　「有。」Kan回答，猶豫了一會兒才說：「是Wasan督察。」

　　Bird和Kawin對看一眼，警階較高的警察轉頭對醫師說：「我想先告知您，現在由我負責藥師案後續的保全案，因為它們發生在同個地點，其中很可能有關聯，所以Wasan督察將它移交給我繼續調查。」

　　「我知道，Wasan有跟我說過。」Kan走過去打開通往起居室的門，「請進。」

　　一身T恤短褲的Wasan從樓梯走下來，驚訝地發現有兩位穿著制服的客人。他向副局長行禮，接著滿臉疑惑地轉頭望著Kawin巡官。Kawin與Wasan擦肩而過，走上二樓，而Bird開始調查起居室裡的物品。Kan負手站著，平心靜氣地望著副局長逐一翻看展示櫃裡的物品。

　　「Wasan，這棟房子裡有什麼特別的東西嗎？」Bird回頭問。

　　「沒⋯⋯沒什麼異常的東西，都是日常用品。」Wasan回答，轉身看向像雕像一般站著的Kantapat。

　　「會不會是督察沒有仔細搜索過？」Bird將Kan的畢業照拿下來看了看。

　　「我只是偶爾住在這裡，沒有翻過什麼東西。」Wasan連忙轉換話題，「是說，副座您怎麼親自來查案？」

「我喜歡自己收集證據。」搜完起居室,警察移動到廚房,蹲下來檢查每一個櫃子和抽屜。Wasan走過去站在Kan身旁,醫師伸手輕撫著Wasan的後背安撫他,因為此時的Wasan應該相當焦躁。

「副座,沒有發現任何異常。」Kawin從樓上走下來,到屋後的儲藏室,向正在裡頭搜索的Bird報告。

過了約莫一個小時,兩名警察向Kantapat道別,走向停在門口的警車。

「這肯定會被傳遍整個警局。」Wasan伸手揉了揉眉心。

「你沒有做錯什麼,只是在男朋友家過夜而已。」醫師摟著緊張的年輕警察,偏頭親吻他的太陽穴以示安撫,「我也沒做錯什麼,所以不用怕,你不用想太多。今天是你休息的日子,放鬆心情,我們回屋裡吃早餐吧。」

Wasan和Kan走回廚房,擺在桌上的稀飯和三樣配菜早在兩名警察來之前就準備好了。Wasan努力甩掉在腦中盤旋的念頭,把心放到屋主認真替他準備的飯菜上,「我長這麼大,第一次有人做早餐給我吃。」

「你這麼好,總會有人為你做的。」Kan舀起一勺稀飯嘗了一口後搖頭,「都冷掉了,沒想到會放這麼久,我拿去熱一下。」

在Kan將稀飯倒回鍋裡加熱時,坐在一旁的Wasan開口問道:「你今天要去哪裡嗎?」

「喔,對。」醫師像忽然想起了什麼,「我晚上六點要和清邁的藥廠開會,之後還要吃晚餐。回到家可能很晚了,不過應該不會超過八點。」

「好,這樣我也好計算回家的時間。」

「不要回去啦,你就睡在這裡吧,等明天早上值班前再回去。」Kan面露哀求,表情就跟他半夜去求Wasan來過夜的那天一模一樣,「不然你又要值班好幾天,有好長一段時間不能抱著你睡覺,再陪我睡一晚嘛,親愛的。」

那隻大狗的撒嬌眼神真可恨,Wasan也恨自己過於心軟,像棉花一樣,Wasan抱起雙臂,煩悶地嘆了口氣。

兩人的一天過得很快,快得難以置信。Kan帶著Wasan到城裡有名的餐廳吃飯,接著去一家田園風格的甜點店,再逛逛百貨公司,最後帶著一包生鮮食材回到家中。Kan打算先替Wasan備好晚餐,以免警察等他回家時會肚子餓。

「其實我可以自己去外面吃,不用這麼麻煩你。」Wasan打開水龍頭,準備裝水洗菜時說道。

「我也在替自己做準備,我回來時肯定又餓了。」Kan按下炊飯鍋的按鈕,「晚上不要出門,我會擔心。」

「喂!」Wasan將濕答答的手甩向醫師,「擔心你自己吧!我可是腰上別著槍的警察。」

Kan的笑聲讓Wasan忍不住跟著笑出來,暫時忘卻了壓力。警察低頭望著水流過自己的手,流進到小盆子裡,一個念頭閃過腦海——他這輩子所求不多,只要能這樣平靜地和他覺得特別的那個人共度時光就夠了,雖然這個想法依然遙不可及。

Kantapat開車離開後不久,寂靜的夜晚降臨了,Wasan成為暫時替醫師看家的人,他利用這段空閒時間,將尚未做完的卷宗檔案拿到餐桌上處理,一邊聽著用手機播放的新聞。Wasan本來

就不預期 Kantapat 會準時回來，畢竟開車來往兩個府需要時間，他預估 Kan 會在十點左右回家。

再次抬頭看向時鐘時，已是十一點了。Wasan 轉頭發現手機螢幕上跳出 Kantapat 傳來的訊息，於是警察拿起來查看。

『我可能會晚點回去，剛好有個許久不見的朋友約我去附近的店續攤。』

『Wasan 不用等我，先睡吧。』

『不要生氣，親愛的，今晚我會趕回去抱你的。』

Wasan 望著 Kantapat 的訊息許久，腦中一片空白。

儘管 Kantapat 說的可能是事實，但 Wasan 心中浮現的疑問不停提醒著他 Kantapat 身上還有多少疑點，他不知道 Kan 去了哪裡，不知道 Kan 在做什麼、是否在騙他。

但更可怕的是，他必須在確定愛人欺騙他的當下做出決定的感覺。

Wasan 深吸一口氣，努力不去思考那陰暗的未來。

他關上電腦，走到二樓，打算好好休息一下，再與隔天繁重的勤務奮鬥。

*

「Tua 姊，認真勒戒，別胡鬧了。」Tum 在電話中對正在接受海洛因戒癮治療的姊姊說道。他剛接獲消息，說姊姊在團體治療時不大配合。「姊都不知道我經歷了什麼才能讓妳不去坐牢，所以妳別再鬧了，我們家只剩我們了，妳得陪著我，懂嗎⋯⋯嗯⋯⋯妳保證妳會認真治療。好，半夜了，妳快去睡吧，明天見。」

安樂死 SAMMON

男子掛斷電話，接著起身揹上背包，走出護理站。向同事們道別之後，他帶著睡意走出病房。剛結束的小夜班還算順利，重症患者的症狀穩定，不需要跑來跑去，現在年輕護理師該回去好好睡一覺，然後開車去接姊姊出門玩耍，一起拍照。

Tum開門走進房間，眼前的景象讓他頓時愣住——房間裡擺放整齊的物品被翻得亂七八糟，散落一地。衣櫥門開著，床單也被拉出來。Tum一臉驚慌地立刻去檢查財物，沒有任何損失。

「該……該怎麼辦？」Tum東張西望，接著決定拿起手機。他最先想到的人不是別的警察，就是他的冤親債主，因為他無法將他之前做過的事解釋給其他警察聽，要是警察問Tum是否與別人有過矛盾，也不能回答他曾私下去翻過醫師的辦公室。

所以他必須連絡事主，那讓他到現在活在恐懼中的始作俑者。儘管連絡方式都被刪光了，但Tum清楚地記得Kong的LINE ID，因為那是全世界最欠揍的ID。年輕護理師打開LINE，在搜尋欄裡輸入「Kongsudlor」。<small>最帥的Kong</small>

從車子停到Kantapat居住的社區入口斜對面算起，已經過了兩個小時，警少尉Archa張開雙臂，伸了個懶腰。每次值班有空檔時他就會過來看一下，畢竟Kong不可能二十四小時都跟著他，所以選擇不定期盯哨，避免醫師發現他被人盯著。幸運的話，他或者底下的人能在盯哨時發現一些證據，將Wasan督察的愛人逮捕歸案。

現在是午夜十二點十分，社區前還是沒任何動靜，Kong想著再待一會兒他就要前往酒吧，繼續尋找手上其他案子的情報。

年輕刑警拿出手機，剛打開LINE，一則意料之外的訊息就跳出來，Kong瞪大眼睛，連忙打開來看。

『Kong巡官。』

『我的房間被翻得亂七八糟的。』

『能來看一下嗎？』

「靠！」Kong低聲罵道，趕緊回覆，『先找個安全的地方待著，我馬上過去。』

『我去病房跟同事待在一起。』

Kong將手機扔到副駕駛座，接著轉動車鑰匙，打開大燈，發動引擎，迅速地駛離那個地方。

在原本Archa巡官停車的地方，一個穿著黑色衣褲的高大男子從後方的陰影中走出來，望著那輛車，直到它轉彎消失在視線裡。年輕醫師拿出黑色棒球帽戴上，遮住自己的臉，隨後走回自己停在遠處路邊的車子。

第二十一章　揭密計畫

　　Kantapat知道經常停在社區斜對面的那輛黑色轎車是Kong巡官的，他暗中窺伺，直到他看到駕駛長相，確定就是Kong。醫師決定再看到這輛車一次，他就要想辦法把這名刑警從他身邊引開。

　　因此Kan每天晚上回家時都會把車子停在社區前的巷子口，偷偷觀察Kong巡官的車是否停在這裡。平時，如果Kong的車停在那裡，Kan會直接開車過去，裝作什麼都不知道。

　　但今晚不行。

　　晚上十點看到那輛車後，醫師打電話到內科病房，假意問起誰是小夜班的護理師，聲稱他突然想起得和肺癌末期患者的照護者——也就是小夜班的護理師討論病人後續靜脈注射的嗎啡劑量。

　　男護理師Tum，小夜班，班表是下午四點到午夜。

　　必須讓Kong知道，他出現在Kan面前是個多大的錯誤。Kong最大的錯不是讓Kan知道他的長相，而是出面保護那個聲稱是自己男朋友的人，這是Kantapat能輕易利用的弱點。

　　醫師開車返回醫院，做了一些會讓Tum下班後急著打給Kong的事情。Kan起初不認為這招可行，但是凌晨十二點多見到Kong巡官匆忙開車離去時，Kantapat很肯定此時沒有人在監視他。

　　喀！

開鎖聲在漆黑又寂靜的大房子裡響起，全身黑的高大人影走進來，環顧四周。此時一樓一片漆黑，只有從外頭照進來的微光，但這樣的光線足以讓Kan翻查院長家了。至於院長本人，應該在樓上的臥房裡酣睡著。

　　Kantapat先走到電視機前方，位於沙發附近的書桌前，醫師推測Somsak會將東西收在這裡。他戴著黑色的皮手套，逐一打開書桌抽屜，以手電筒仔細查看，看見的物品大部分是文件及各式書寫用具。Kan一路檢查到最下層的抽屜，裡頭有一個木盒。Kan慢慢將它取出，打開來看。

　　裡面是一只黑色的男用錢包及一支手機。Kantapat瞪大眼睛，拿出那只錢包並打開。

　　就在此時，樓梯間的燈亮了起來。

　　Kan連忙關掉手電筒，躲到書桌下，同時緊緊抱著木盒。他聽見腳步聲從樓上傳來，他在一片黑暗中屏住呼吸，心臟跳得飛快，幾乎從外頭就能聽見。不久後，他聽見開冰箱、倒水，還有Somsak清喉嚨的聲音，接著腳步聲又朝原本的方向折返。

　　幾秒過去，感覺就像過了很久。終於，樓梯燈關了，接著二樓臥室傳來關門的聲音。直到確定屋主沒有任何動靜，Kan才慢慢從桌子底下出來，打開手電筒，再次查看那個盒子的內容物。他連忙拿起錢包，然後打開。

　　Kan不在意錢包裡只有幾百泰銖的現金，值得關注的是一張身分證，上頭寫的名字是：Yongyuth Theera。

　　年輕醫師沒有時間震驚，他接下來試著開啟那支應該也屬於Yongyuth的手機，但手機沒電了，Kan也沒有這個型號的充電

線。他想要偷走手機，找地方充電後查看死者手機裡的資訊，但這違背了他想在院長不知情的狀況下收集證據的初衷，因為Somsak要是發現東西不見了，他會去看家中的監視器，Kantapat可能就要倒大楣了。

Kan前後翻看手機，看看這個型號是否有記憶卡插孔，但不巧的是，新款的智慧型手機大多都無法外插記憶體。

沒關係，光是這樣就足以證實應該是Somsak院長因為某些原因而殺害Yongyuth了。此外，這可能還牽涉到Boss藥師的死亡，還是設局誣陷Kantapat的始作俑者。

動機為何⋯⋯這是他接下來要回去思考的事情。

醫師拿出自己的手機，替盒中物品拍照，也拍下Yongyuth的身分證，以及他所見到的抽屜。將東西都放回原位之後，他關上抽屜，當作什麼也沒發生過。年輕醫師躡手躡腳地離開書桌，走向已經撬開的後門。他按下門把，靜悄悄地將門慢慢關上，然後消失在夜色裡。

*

Wasan在某人溫熱的手探進他的腋窩，從身後緊緊抱住他時驚醒過來。警察睜開惺忪睡眼，從灑在頸邊的呼吸裡聞到淡淡的酒氣，皺起眉頭。

「你⋯⋯」

「好想你喔，Wasan。」醫師拖著長音說。

Wasan推開打擾他睡眠的人的臉。

「去洗澡！」Wasan罵道。轉身望著床頭的LED鐘，上頭顯

示的時間是凌晨兩點十五分，醫師喝起酒來大概是不醉不歸，沒關店不回家的類型。就如同Wasan先前的猜想，以前的Kan肯定很會喝。

「你是怎麼回來的？」

「自己開車回來的。」

Wasan嘆氣，「沒被警察抓算你命大。」

「店就在附近，環境不錯，氣氛好，音樂好，酒也不錯，只差身邊沒有你而已。改天帶你去，我想再跟你喝一次酒，就像那天一樣。」Kantapat的手摸進警察當作睡衣的T恤底下，「至於酒駕，如果有警察要抓我，我讓你當第一個，可以替我上銬了。」

Kantapat開始滔滔不絕地說著，說話也開始沒有重點，就像Wasan上次看到醫師喝醉時一樣。警察把Kan的手從身上拉開，「不准任性，你快去洗澡，我要睡覺了。」

醫師又鬧了一下，最後乖乖起身離去。Wasan翻身望著正在脫衣服的Kan，沒多久又睡著了，再醒來就是醫師帶著肥皂香氣，在他身旁躺下的時候了。Kan將Wasan擁進懷裡，而警察也欣然靠了上去。

「Wasan，」醫師開口，「不管今後發生什麼事，你都會站在我這邊嗎？」

「這要看你的行為是不是合法。」Wasan抬眼看向發問的人，「為什麼這樣問？」

「我只是怕你會像其他警察一樣誤解我，離開我。」Kantapat低頭親吻Wasan的額頭，年輕的督察閉起眼睛，接受那個吻。

「沒什麼。繼續睡吧，親愛的。」

Kantapat的話讓Wasan再次睜開眼睛，對方的言詞和語氣有些不對勁，讓Wasan有不好的預感，不知道這個寧靜的夜晚是否真如表面上一樣寧靜。

*

　　聽到有人踏著沉重的腳步走進辦公室的聲音，督察Wasan從辦公桌上的文件裡抬起頭，身穿黑色皮衣、戴著棒球帽的男子直直走向Wasan，臉色難看得Wasan從未見過。

　　「什麼事？」Wasan冷冷問道。

　　「督察。」Kong巡官在對面椅子坐下，脫掉帽子，露出平頭，「我聽說督察最近都住在Kantapat醫師家，我有些事情想問。」

　　年輕督察嘆氣，面露不悅，「我不回答任何問題。那是我的私生活，當面這樣問也太失禮了。」

　　「不是、不是，督察，你先聽完我的問題。」年輕的巡官連忙抬起手，止住Wasan逐漸上升的怒火──這也可以理解，因為現在的Wasan只要看到Kong的臉，脾氣就會上來，根本不需要Kong多做什麼。「我只是想問，昨天晚上Kantapat醫師是不是整晚都跟督察在一起？」

　　「問這個幹嘛？」

　　「我昨晚盯哨的時候有事情離開了一下，我只是想確認，Kan醫師那天晚上沒有出門。」Kong一反常態，眼神認真地問道。

　　Wasan正要如實坦承Kan下午五點去清邁開會，凌晨兩點多才回家，但有什麼阻止了他，彷彿背後有一隻看不見的手伸過

來，搗住Wasan的嘴。熱愛正義的心被內心的黑暗力量動搖，兩者激烈的爭執讓警察無法回答警少尉Archa的問題。

「督察？」Kong喚了一聲沉默許久的年輕警察，將Wasan飄忽的視線拉回發問者的臉上。

不管今後發生什麼事，你都會站在我這邊嗎？

「他沒有出門⋯⋯Kan⋯⋯整晚都跟我在一起。」

這回答讓Wasan這個發話者都驚訝。Kong面露懷疑，然後點點頭，接受了這個答案並站起身。

「督察不用緊張，沒有發生什麼大事。」Kong向Wasan點頭致意之後離開。Wasan目送便衣警察離開辦公室，隨後往後無力地靠上椅背，彷彿全身的力氣都被抽走了，Wasan對正義的堅定信念在那一秒被一擊敲碎。

──我到底做了什麼？

在地區健康促進醫院看診的空檔，Kantapat望著Yongyuth的身分證照片，腦海裡反覆思索著該如何向警察透露他的所見所聞。Yongyuth的物品出現院長家的解釋只有一個──Somsak是殺人凶手，並把這件事偽裝成竊盜案。

殺人的動機可能與Yongyuth在監視器裡看見的事情有關。

Kan決定先按兵不動，他必須仔細衡量利弊得失，想想他的行動會產生怎樣的影響。當然，他不可能直接拿著這個東西大方地去找警察，必須用更巧妙的方法。該匿名送給警方嗎？還是把這張照片印出來，放到警察會看見的地方呢？或者直接去找Wasan幫忙，然後請他對資料來源保密。

第二個方法大概行不通，風險太高了，Wasan 是個追求正義的警察，他肯定會追問 Kan 的情報是從哪裡來的。除了請 Wasan 站在自己這邊以外，他不該向 Wasan 提出太多要求，Wasan 不需要知道可能會影響兩人關係的事情。

　　仔細思考之後，醫師認為無論如何都該告訴警察，他也許會被指控非法入侵他人房屋，但總比坐等被誣陷為殺人凶手好。

　　Kantapat 決定今天下班後帶著證據去警局，向警察坦承他是怎麼得到這些證據的。

　　下班後，Kantapat 立刻開車回家，將手機裡的照片列印出來。他準備好文件袋，坐著思考要怎麼告訴警察一會兒，然後拿起包包走出家門。Kan 正轉身鎖上玻璃門，就聽見有人走近的腳步聲。

　　年輕醫師回頭看去，眼睛瞪得老大。

　　「你好，Kan 醫師。」高大的中年男子壓低聲音說。

　　Somsak 醫師站在車庫前，雙手插在口袋裡。

　　Kantapat 盡可能不露出任何表情，扭頭看著那個擅自打開他家圍欄，站在他面前的人。

　　「醫師跑來找我有什麼事？」Kan 將側背包藏到身後，緊盯著對方。

　　Somsak 走向一動也不動的 Kan，沒表現出任何害怕的模樣。

　　「我們來聊一下這件事吧。」

　　Somsak 從口袋裡拿出手機，是從電腦螢幕翻拍下來的畫面──那是監視器的黑白畫面──裡頭有個穿著黑衣，以棒球帽遮住臉部的男子。Kan 飛快地看了面前的醫師一眼。

「您要我看什麼呢?」

「進屋裡再說。」

Somsak 從另一邊口袋拿出來的,是一個在陽光下閃閃發光的銀色物體,它冰冷的前端抵上 Kan 的腹部——要是他不聽從眼前這人的命令,那東西可能會取走他的性命——年輕醫師意識到這件事的當下屏住了呼吸,他握緊拳頭,從頭發麻到腳底。

「別想些有的沒的。開門進去,Kantapat 醫師。」

第二十二章　跟蹤

　　一張餐椅被擺在廚房和起居室之間，Kantapat 坐在上頭，雙手貼著大腿，動也不敢動，這是他人生中第一次感覺自己彷彿站在懸崖邊，隨時可能會從高處墜落身亡，他卻不能表現得太過畏懼。

　　另一個人坐在沙發上，神情淡定地用槍指著年輕醫師。

　　「你男朋友什麼時候會回來？」院長問。

　　「等等就回來了，他最近都睡在我這裡。」Kantapat 說了謊，Wasan 說過今天不會過來，醫師這麼說是為了誤導眼前的人，讓對方以為警察隨時會過來。

　　Somsak 笑了，「聰明，但我提醒你，聰明的人有時活不久。」中年醫師直視著 Kantapat：「我們進入正題吧，昨晚你去我家幹什麼？」

　　「我不懂您在說什麼。」Kantapat 盡可能冷靜回答。

　　Somsak 大嘆一口氣，「Kan 啊，現在不是你說謊的時候，老實回答我，你進來我家幹嘛？然後發現了什麼？」

　　Kan 緊握著拳，努力釐清當下的狀況。無論出於什麼原因，Kan 都希望 Wasan 會出現，但這種幸運的事很難發生。

　　「您怎麼知道那是我？照片裡的人說不定是哪個小偷。」

　　「什麼值錢的東西都不拿的小偷才不是普通的小偷。我從昨天晚上就看到醫師你在車裡盯著我家了，有可能是別人嗎？」Somsak 的模樣異常平靜，「現在告訴我，你昨天在我家看到什麼了。」

Kantapat搖了搖頭，「您不會對我開槍的，所以我也不會回答。醫院已經死夠多員工了。」

「我不會傷害你，但督察可能就有危險了。」Somsak的話讓Kantapat立刻抬起頭，「現在，我可以和你好好聊聊了嗎？」

Kan將臉別開，神情痛苦。Kantapat原以為周詳的計畫使重要證據無法送到警察手上，還讓他的愛人身陷危險，這失誤讓Kan覺得自己不可饒恕。

Somsak起身走近，槍口依舊瞄準Kan，沒有移開。「我換個問題好了，你有把得知的消息告訴別人嗎？你男朋友知道嗎？」

年輕醫師決定勇敢地回瞪對方，「要是警方知道，現在你就不能站在這裡拿槍指著我了。」

Somsak邪惡一笑：「很好，我們總算能溝通了。」中年醫師捏著Kan的下巴，讓他抬起頭來。

Kan直瞪回去，沒有把頭別開。

「我預想了兩種可能：一是你已經告訴別人了，二是無論原因為何，你還沒講出去。既然是後者，那事情就簡單多了。」

Somsak低頭湊近過來。

「醫師說得沒錯，我不希望再有醫院的員工死掉了。不如這樣吧，你保護好我的祕密，至於你的祕密⋯⋯我也會保密的。」

Kan的目光瞬間一顫，選擇不發一語。Somsak繼續說：「我們兩個就這樣繼續過著和平的生活，不要攪成渾水，把事情弄得那麼複雜。要是你不遵守約定，把我的祕密告訴任何人⋯⋯你絕對會跟我有一樣的下場。」

年輕醫師閉上眼，試著冷靜了幾秒鐘，「我沒有祕密。」

Somsak 放聲大笑：「你就繼續否認吧，醫師。我知道我的威脅讓你很害怕。」

　　Kantapat 皺眉，「就是老師殺了 Boss 藥師吧？」

　　「你不用知道更多，醫師。」Somsak 拍了拍 Kantapat 的肩膀後退開，「就這樣說定了，Kan，別讓事情變得更難處理，比起摻和進來、扯上這些麻煩，你還是繼續跟男友過著和平的日子吧。如果你之後覺得心裡不舒坦，不想繼續在這裡與我共事，想調去社區醫院可以來跟我說，我會幫你安排的。」

　　Kantapat 評估之後，覺得現在最聰明的做法是先退一步，低頭答應眼前這個殺人凶手的提議。年輕醫師朝放在沙發上的公事包點點頭：「您拿去吧，我也會刪掉照片。」

　　「很好，現在就刪給我看。」Somsak 拿起 Kan 的公事包揹好，「要是我之後發現這張照片流出去，醫師你就收拾東西，準備跟我一起換地方睡覺吧。」

＊

　　Wasan 坐在分局前的大理石長凳上，一手拿湯匙吃著打拋炒飯，但他心不在焉的，有一陣子沒繼續進食了。他現在感覺就像被人耍得團團轉一樣，Wasan 對自己的行為感到不解，自己竟然會為了保護一個不確定夠了解的人說謊，他既震驚又訝異。

　　「蒼蠅要在盤子裡下蛋了，警長。」一個十分熟悉的人聲從後方傳來。Wasan 回頭，看到一個穿著牛仔褲和 Polo 衫的高大男子正對著他笑。那人看著 Wasan 的眼神似乎和他熟識，年輕的督察露出極為驚訝的表情。

「Off哥！你怎麼會來？」

「我請假帶母親來這邊的醫院拿病歷，因為她要搬過去跟我住，得拿病歷過去繼續治療。」

「我都忘了這也是Off哥的家鄉。」

「我們是同鄉，你不記得了嗎？」Off坐上對面的椅子，「所以我特別來找你，還好有遇到警長……」年輕副縣長這才發現到他肩上的皇冠星徽，「現在是督察了啊，恭喜你。」

Wasan抬頭看著對方，許多舊時回憶湧上心頭。從這男人第一次拿著咖啡走向正在勘察現場的Wasan開始，兩人持續來往、交流並開始交往，直到Wasan為了照顧母親而請調回家鄉。Off是與他發生過肉體關係的男人之一，但沒完全占據Wasan的心，因此年輕督察決定請調回家鄉時，可以輕鬆地結束這段關係。

「我想，反正都到這裡來了，想在回去前再見你一面。」

「那麼哥真幸運。」Wasan將湯匙放進便當裡，目光飄向Off的後方，沉默了一會兒，「哥覺得我是怎樣的人？」

Wasan沒有問起對方的近況，反而拋出這個問題。副縣長一臉詫異，然後微微笑了，「是個勇敢剛健的外表下藏著可愛的人，認識了才會知道你的心比想像中還敏感。你熱愛正義，有任何不符合規定的事情，你都會去找出答案並糾正過來。」

「那如果我說，我剛剛為了保護心愛的人說了謊呢？」Wasan說完，讓Off更為驚訝，「你覺得我是怎樣的人？」

「我認識的Wasan肯定不會那麼做。」年輕副縣長微笑著，眼神卻變得落寞，「如果你願意為了某個人改變這麼多，那表示那個人一定很重要。」

「是我正在失去自我吧。」

Off伸出手碰了碰Wasan的手臂,「我不知道你現在在跟誰交往,但無論你遇到什麼事,我都會幫你加油的。」男子站起身,「聽完這些,我就知道我沒有資格挽回你了,但我想讓你知道,心情不好的時候永遠可以想起我。」

Wasan抬眼看向對方,「Off副縣長,你該重新開始了。」

「先讓我的心休息一下,之後會找個像Wasan一樣好的人。」副縣長深吸一口氣,然後努力擠出最開朗的笑容,「我先走了,很開心看到你過得不錯。」

「嗯,也幫我跟令慈打聲招呼。」年輕督察蓋上幾乎沒動過的便當,轉頭望著昔日戀人走向警局停車場的背影。

Wasan不想比較,但實在忍不住──看著副縣長時的感覺,跟他對Kantapat醫師的感覺截然不同。沒有人能像醫師一樣,只是輕輕一碰就能讓Wasan產生彷彿電流竄過全身的感覺,那能看透靈魂深處的眼神有種令人想探尋的神祕感,形成一個深深吸引Wasan、讓他無法逃離的黑洞,而他仍傻傻地自己跳到那個洞裡,縱使明白那份吸引力會撕裂他的皮囊及自我,Wasan還是願意。

*

Kawin巡官說,護理師喜歡值班時有人送飲料或飯來,因此Kong巡官就照做了。

Archa看著Tum驚訝的表情,露出極為欠揍的笑容。警察手裡的袋子裡有炸丸子、糯米飯、青辣椒醬、水煮蔬菜、炸魚和熱

騰騰的蔬菜咖哩，還不忘多帶兩袋香蘭粉條冰當甜點。

「你是要買來請整間病房嗎！」聽到Kong巡官說是只買給他一個人的這堆食物，Tum大喊出聲。

「這袋，給護理師Tum。」Kong把裝著炸魚的袋子遞給Tum，「這是給Tum的，這也是Tum的，這袋也一……」

「欸！Kong巡官！」眼看警察開始引來病房裡的目光，Tum連忙推著他，躲進護理師休息用餐的房間，「不要你想怎樣就怎樣，我還要工作。」

「你不是說要休息吃飯了嗎？」Kong將裝著食物的袋子放到桌上，「吃吧。」

「我不喜歡炸魚。」Tum說謊，故意找對方碴。「以後如果不知道我喜歡吃什麼、不吃什麼就不要買東西來。」

不過Kong的臉色不怎麼著急，「好，現在可以去掉炸魚了。我每天買食物來，這樣就可以一天去掉一項不喜歡的東西……」

Tum真想拍死這隻煩人的蒼蠅，但他趕不走也沒有其他選擇，只好任由他飛來飛去，直到他自己滿意離開。

Tum重重地嘆了口氣，「巡官吃過了嗎？還沒的話，坐下來吃吧。我出去替一床的患者發藥，等等回來一起吃。」

「好喔，快去快回啊，寶貝。」

Tum忍不住翻了白眼，然後走出用餐休息室，一個字也不想回應。Kong轉身拿來放在洗碗槽旁的碗盤，將料理一一倒入盤中。其他走進來的護理師面露驚訝，Kong則回應說：「這是Tum的。」

「Kan醫師好。」

護理師的招呼聲讓Kong的注意力轉向用餐休息室外的病房。警察走到門口偷偷觀察，看見穿著短白袍及襯衫的高大醫師走進來。Kong感覺到Kantapat的氣場變了，他面無表情，英俊的臉上帶著幾分惱怒，眼神嚴肅，嚇得同事一驚。

　　「新的會診病例是哪一床？」

　　「是六床。」女護理師將病歷遞給醫師，Kantapat接過來，打開靜靜地讀著。Kong巡官躲到房間裡，以免被對方看見。

　　「Kan醫師，看到這個肺癌案例，我就想起前天過世的病患，我們應該建立一個緊急會診機制。」跟Kantapat一起來的護理師說道。

　　「我們需要額外的人力，這已經是未來的計畫了。」Kan回答道，「可惜我那天晚上有事情，等我回家看到Nong姊的訊息，知道病人的狀況惡化時已經凌晨兩點了，不然我當晚就會打給值班醫師開藥，讓病人可以返家。」

　　Kong的眼睛微睜，前天晚上就是有人去翻Tum房間的那一晚，也是Wasan保證Kantapat整晚都跟他在一起，沒有出門的那晚，但醫師卻說自己是凌晨兩點回家的。年輕刑警繼續偷聽醫師和護理師的對話，但沒有更多引人注意的資訊了。

　　現在一定有人在說謊。他不想以負面的目光看待Wasan督察，但Kong覺得督察在幫他的男友，可以驗證答案的東西就是監視器，那錄下了Kantapat在社區裡的車輛進出畫面。

　　Kong拉下帽簷，遮住臉，趁所有人不注意時走出用餐休息室，靜悄悄地消失在病房裡──他現在不得不丟下親愛的護理師，讓他獨自用餐，因為任務可不能拖太久。

＊

『今天可以去你家過夜嗎？』

Kantapat 知道他看到訊息時應該感到高興，但他還陷在昨天院長拿槍來家裡指著他的壓力中，所以沒辦法表現出任何情緒，只能回覆：『要去哪裡接你？』

『照舊，我家。我應該會六點前下班。』

『當然可以，親愛的。』

Kantapat 將手機收進口袋，抬頭望著 Somsak 院長辦公室所在的大樓，醫師深邃的臉上平靜又冷漠，沒人知道他內心翻騰，比暴風雨還激烈。

兩位醫師之間的戰爭即將揭開序幕，而這一仗，Kantapat 絕對不能輸。

兩人走進臥室時，Kantapat 牽著 Wasan 的手直接走到床邊，按著 Wasan 的肩膀讓他坐下。醫師在旁邊落坐之後，緊緊抱住警察。Wasan 偏頭看著埋在他肩窩的 Kan，一臉驚訝，他從未看過 Kan 顯露出這種狀態，看起來很焦慮，望著 Wasan 的眼神也惶惶不安。

「怎麼了？」Wasan 轉頭問。

「沒有你，我覺得我會碎掉。」年輕醫師將 Wasan 抱得更緊。

「說那什麼話。」警察抬手摸了摸 Kantapat 的頭，「你最近怪怪的。快點去洗澡。」

「好。」Kan 抬頭在 Wasan 的額際親了一下，然後起身去拿浴

巾，直接走進浴室。

　　Wasan脫下上半身的制服，攤平在床上，只穿著裡頭的白T恤。他轉頭看向浴室門，等一會兒聽見水落在地上的聲音，確定對方開始洗澡後站起身，走道房門口，開門下樓，走向車庫。他望著醫師銀灰色的車好一會兒，接著把手伸入褲子口袋，拿出一個小小的黑色物體，握在手中。

　　「抱歉了。」Wasan喃喃說道，然後彎腰鑽到車底，用磁鐵將物體固定在車子的底盤上。警察退出來後拿出手機，檢查剛安裝好的東西是否能正常使用。

　　手機地圖上閃爍的訊號顯示出Kantapat車子的所在位置，現在Wasan可以隨時追蹤Kantapat的行蹤了。警察知道這樣做就等同背叛自己的愛人，但他無法再忍受這道隔閡了，要是Kan仍然對他有所隱瞞，那早點知道比較不心痛，相反的，如果Kantapat確實沒有任何危險之處，這東西也可以幫忙證實，事發時他沒有出現在任何可疑的地點。

　　Wasan連忙回到樓上臥室，同一時間Kan正好身上只圍著一條毛巾，大搖大擺地從浴室走出來。

　　醫師看到Wasan，面露驚訝：「你去哪裡？」

　　「下去喝水。」警察盡可能維持平常的態度，「你洗好了？那換我洗。」

　　Kantapat看著Wasan一會兒，然後點點頭，似乎沒有發現任何異樣。他直直走向衣櫃，拿出背心和短褲穿上。「鏡子前的那罐是乳液，不是沐浴乳，我怕你拿錯。」

　　「嗯。」Wasan抓起自己的浴巾，走進浴室。警察關上門，靠

在門板上閉上眼，長嘆了口氣。

外頭的天氣熱極了，兩個年輕男子在沁涼的冷氣房內相擁，Wasan以為今天會像過往的每個晚上一樣發生關係，但奇怪的是，今天的Kantapat比平時更疲憊又心不在焉，就連Wasan一絲不掛也不例外。警察伸出雙手捧住年輕醫師的臉，Kan收回不自覺望向遠方的目光，往下看著Wasan。

「你想停下來嗎？」Wasan問。

「你都特地過來了，我不想讓你失望。」Kan低頭吻上Wasan的頸窩，手也撫上警察健壯的胸膛。Wasan任由他動作，直到他感覺到Kantapat的狀況不大對勁，帶來的不是歡愉，而是一種不舒服和尷尬，就好像Kantapat的心思不在Wasan身上，也不在醫師自己身上一樣。

警察伸手按住Kan正在搓揉他胸口的手，示意對方停下來。

「Kan，你是不是有什麼事情要跟我說？」

Kantapat停下動作，他以手肘撐起身體，低頭望著身下的人，眼裡滿是擔憂。他似乎想說什麼卻沒有說出口。醫師將頭靠在年輕督察的胸口，緊緊抱住他，彷彿在害怕失去他。

Wasan伸手摸了摸對方的頭。

「我求你一件事。」Wasan開口，手指伸入Kan濃密的黑髮之中，「我們之間可以不要有祕密嗎？」

這一刻，Kantapat彷彿屏住了呼吸，然後抬頭看著Wasan，「你認為我有祕密嗎？」

「或許是身為偵查組的直覺讓我有那種感覺。」Wasan伸出手

撫摸Kan的臉頰,「我對你展現了所有自己,但我覺得,我還是不大了解你。倘若我不了解你,我們要怎麼繼續走下去?」

Wasan的話彷彿觸動到了醫師的某個開關。Wasan以為Kan會和往常一樣顧左右而言他,但這次,Kan卻將他抱得更緊,高大的軀體一動也不動,就好像在慢慢汲取Wasan身上的溫暖。

警察嘆了口氣,正要轉身拉過被子蓋住身體,結束這次性愛,Kantapat卻讓Wasan趴到床上,大手撫過警察的大腿,一路滑到臀部,「你很了解我了,Wasan。你比世上的任何人都還了解我。」

Wasan不禁倒抽一口氣,感覺到有什麼侵入他的身體。

「啊……Kan!」他的手緊緊抓住床沿。

Kantapat說完後,隨之響起的是警察從喉嚨裡發出的破碎呻吟。

第 二 十 三 章　說　謊

　　女醫師Kanokporn一臉擔憂地在身心科門診室裡走來走去，不知道該如何處理目前的狀況：她的病人Som症狀明顯改善，她本來打算這幾天就讓他出院回家，並連繫家訪單位進行後續照護。說實話，Som本人沒什麼好擔心的，她最擔心的事是她從病人嘴裡聽到的話。就她的判斷，病人所言是事實，而非幻覺。

　　Som曾目睹一個人死亡，是被他稱為死神的人導致的死亡，而且Som曾經在女醫師眼前指出他口中的死神。

　　Pang走到窗邊望著大樓外出神。她想讓事情就這樣過去，當作是一個患者從前遇到的事情就好，但那樣真的好嗎？任死神在外頭逍遙的話，又會有多少受害者因他而死？再加上那個人與每件謀殺案都有關聯的傳言，更讓她放心不下。Pang不知道警方會聽信多少，只希望他們願意相信她的專業。

　　女醫師下定決心，拿出手機撥給認識的警察：「您好，我是Kanokporn醫師，我有件事想和您談談。」

＊

　　「靠！」護理師Tum驚愕的咒罵聲引來露臺上所有人的目光，青年瞪著突然從暗處冒出來，嚇了他一跳的人，「你什麼時候才能不再這麼做啊，Kong巡官？你是鬼嗎！」

　　Tum認識的警察中最不像警察的那位咧嘴一笑，眼神很興奮，「我要跟你講一件有趣的事。」

Tum繃著一張臉,「我什麼也不聽。走開,我要下班了。」

　　「你是因為我那天沒留下來陪你吃飯生氣嗎?」Kong跨步攔住Tum,「我該怎麼哄你?」

　　Tum沒有回答,只重重地嘆了口氣,轉身就要走。Kong嘖了一聲,連忙繞到另一邊擋住另一條去路,「哎呦,親愛的,生氣太久不好啦,小心錯過我剛得到的勁爆消息喔。」Kong壓低音量,「跟有人去翻你房間的那天,Kantapat醫師的動向有關。」

　　Tum沉默了,他猶豫地抬頭看著Kong,然後抓住對方的手腕,決定把人帶到大家看不到的地方。

　　警察低頭望著握住他手腕的纖手,滿足地笑了。Tum將他帶進一間沒人使用的治療室,放開手後一臉認真地轉頭看著Kong巡官:「快說。」

　　「我去問過醫師的男朋友那天醫師是否有出門,Wasan督察保證說Kan醫師整晚都跟他在一起,但那不是事實。」警察拿出手機打開裝在社區前的監視器畫面,「這是Kan醫師的車,下午五點離開社區,直到凌晨兩點才看到Kan醫師的車回來。」

　　Tum皺起眉頭,抬頭望著高大的男人,「意思是,來翻我房間的人是Kan醫師嘍?」

　　「Kan醫師那天晚上一定做了什麼,但我找不到可以證實的證據。」Kong咂嘴,「可以確定的是Wasan騙我,有事隱瞞著我,Kan醫師肯定做了什麼讓Wasan督察需要幫忙掩飾的事情。等我拿這些資訊,我再去逼問Wasan一次。」

　　「Kong巡官,把這些資訊交給偵查組的人吧,別去逼問督察。要是督察知道Kong巡官抓到他說謊,那麼Kan醫師也會知

道,你就會有危險。」

警察沉默了一下,然後露出笑容,「Tum,你在擔心我嗎?」

年輕護理師無奈地嘆了口氣,「你想太多了!」

「如果一個醫師就能讓我感到危險,那這個國家就不需要警察了。」Kong突然伸手用大拇指擦拭Tum的嘴角,讓男護理師渾身一僵,「你的嘴角不知道沾到了什麼。」

說完,神出鬼沒的警察轉身打開門,走出房間。

Tum愣了好幾秒,伸手摸了摸剛才被抹過的嘴角,心臟跳得比平常還快。

「天啊,快瘋了。」Tum往後靠上後面的洗手槽,抬頭望著天花板,「這傢伙是警察還是蟑螂啊?」

*

「Wa、San!」

警察在房裡整理衣服,放進小行李箱時,哥哥一字一句刻意地喊著他的名字,讓Wasan回頭看向雙手抱胸靠著門框的Tongkam。

「你老是不待在家裡。」

「喔,要去哪裡是我的事吧。」Wasan拉上行李箱的拉鍊,「我今晚要去朋友家過夜,接下來幾天也是。」

「對,督察晚上要住哪裡,哥都沒意見,都這麼大了。就是跟我說一下你住哪裡,會不會回來這個家睡覺,這樣我老婆準備的飯菜才不會浪費。」

弟弟嘆氣道,「不用替我準備什麼,我可以自己找東西吃。」

Tongkam盯著Wasan不放,「Wasan,不要嫌哥哥管東管西的,但我常常看到有人來接你⋯⋯」中年男子像要鼓起勇氣似的深吸一口氣,「那個常來接你的人、你也曾經帶回家過夜的人,就是你現在在交往的人對嗎?」

　　Wasan沉默下來。他凌厲的目光掃向哥哥,讓哥哥感到畏縮。

　　警察正在組織思緒,思考著該怎麼用不會讓哥哥擔心的說法坦承。身為血親又剛經歷喪母之痛,再加上Wasan被人襲擊、甚至需要住院的事,警察不意外Tongkam會擔心他這個最小的弟弟,就算么弟已經是一位身強力壯、隨身配戴武器的警官也不例外。

　　「我有事情要跟你坦白。」

　　在Wasan起身走來時,Tongkam嚥了口口水。警察伸手抓住了哥哥的雙肩,「我知道這很難接受,但我覺得沒必要再對你隱瞞下去了,我⋯⋯」

　　中年男子拍了拍Wasan的手,打斷他的話,「哥早就知道了,Wasan。」

　　兩人之間一陣沉默,Wasan露出驚訝的神情。

　　「別看我這樣傻傻的,我還是看得出來我弟弟是怎樣的人。」Tongkam緊緊握住Wasan,「去吧,去追求你的幸福。我不會告訴任何人的,因為附近的居民大概無法接受,而我也受不了其他人說你的壞話。還有,要是發生任何意外,你要記得,你永遠可以回來這個家,我跟我老婆永遠歡迎你。」

　　Wasan從來沒看過Tongkam露出這樣的神情,哥哥看向他的

眼神流漏出真摯的愛意，讓警察感動得熱淚盈眶。Wasan 舉手合十行禮，然後低頭靠上哥哥的胸膛。Tongkam 抬起一隻手，溫柔地撫摸他理得短短的頭髮。

「抱歉，我讓哥失望了。」

「我們家只剩我們倆兄弟了，哥不愛你，要愛誰啊，嗯？」Tongkam 用力地吸了吸鼻子，「不管你是同性戀、第三性還是什麼，你都是我弟弟，知道了嗎？」

Tongkam 的舉動讓 Wasan 在僅存的家人面前揭開了真實的自己，揭開那個自從 Wasan 認識愛情兩字以來，就一直隱瞞著的祕密。他的愛情，或許被許多人嫌惡，遭受各種歧視與輕蔑，甚至被視為一種罪行，但就像 Tongkam 現在做的事情一樣，沒有什麼是比家人可以理解並表示接受更令人欣慰的了。

弟弟流下欣喜的淚水，彷彿全世界給的壓力都從胸口卸下了一樣，至少往後在面對各種不幸時，他還可以依賴哥哥，把哥哥當作情感上的依靠。

Wasan 決定接受邀請，搬進 Kantapat 的家，不只是為了和那個大家公認的戀人同居，也是為了從最親密的角度調查另一方的祕密。Wasan 承認他利用了對方的信任，但目前沒有比這個更好的方法。

騎車去 Kantapat 家之前，Wasan 順道去便利商店買個人用品。排隊結帳時，身上穿著制服的警察瞥見陳列在收銀區附近貨架上的各色小盒子，他伸手拿起一盒——記得 Kantapat 用的是同一款——他將那盒保險套拿在另一隻手中，又順手拿起一瓶潤滑

液，這對他來說可是必需品。

　　周圍看他的眼神讓Wasan感到非常不舒服，尤其是站在他後頭的年長女性，她轉頭跟另一個女子竊竊私語：「妳看看那警察買的東西。」

　　為什麼人們總是把這種事貼上羞恥的標籤呢？正因為如此，這個國家仍沒有足夠的措施預防意外懷孕或是性病傳播。他不懂唆使別人認為Wasan的行為很丟臉有什麼用處，是覺得自己在道德上很優越嗎？

　　年輕警察將要購買的東西放在收銀檯結帳，之後忽視所有人的目光，走出便利商店。

　　Wasan來到醫師家，坐在餐桌旁工作一陣子後收到Kantapat傳來的訊息：『太好了，你今天比我早下班。』

　　『我會晚點回去。想吃什麼都告訴我，我買回去。』

　　『親愛的，家裡見。』

　　Wasan回了個貼圖。說實話，Wasan開始習慣Kantapat的甜言蜜語了，習慣到希望每次對話都能聽見。

　　他做的下一件事情是開GPS的定位訊號，看Kan所在的位置，定位訊號目前在醫院上閃爍著。Wasan將手機放在電腦旁，繼續打著卷宗，時不時看一下定位訊號——Kantapat的車在醫院待到五點半，接著往醫院前面的道路移動。警察猜想，Kan應該要回來了。

　　但醫師沒有轉向家的方向，而是反方向。Wasan停下工作，轉頭拿起手機，緊盯著螢幕——Kantapat開車離開市區，然後停

在位於城市另一側、快速道路附近的一個地方。警察決定打電話給他當下盯著的人。

『喂？Wasan？』電話很快就接通了。

「你在哪裡？」

『還在醫院呢。』

說謊！

Wasan 周遭的一切彷彿瞬間消失了，他一時之間說不出話，拿著手機的手微微顫抖著。警察試著保持冷靜，深吸一口氣，消去心中的刺痛感，Wasan 努力繼續開口，即使聲音比平常還顫抖。

「在醫院做什麼？」

『剛看完病人，我現在和護理師前輩一起坐著寫計畫。』

和護理師一起坐著寫計畫？真是一本正經地胡說八道！年輕醫師的語氣十分正常，要不是 Wasan 盯著 Kantapat 的定位訊號，大概不會發現他沒有說真話。「這樣啊⋯⋯ Kan，你回來時可以幫我買烤雞青木瓜沙拉嗎？」

『好啊，同一間？』

「嗯⋯⋯」Wasan 揉了揉緊蹙的眉頭，「快點回來。」

掛斷電話後，Wasan 感到全身沉重。Wasan 只抓到一次，就覺得過去經歷的每件事都像謊言，這個真相讓 Wasan 覺得一切都糟透了，但基於職責，他必須繼續走下去，就算他即將走的路彷彿灑滿了碎玻璃，令人痛苦。

Wasan 存下 Kantapat 目前的所在地，打算有時間就偷偷調查，從現在起，他的責任是當個好情人。他關掉電腦螢幕，在餐

桌上擺好碗盤，等待正在返家的人，他會帶著準備好的笑容迎接屋主，迎接那眾人公認是 Wasan 督察情人的男人。

　　這一夜平靜地過去了，兩個男子不知第幾次在床上一起結束這漫長的一天，但不同的是，Wasan 這次很清楚，這份平靜不是真正的平靜，某些事正等著被發現。

　　某些⋯⋯可能輕易結束這份平靜的事情。

＊

　　「死 Pom！快點丟過來這裡，不讓我再說第二次了！」Kor 發出怒吼，Pom 則煩躁地皺起眉頭，彎下腰，把剛從社區第二巷最裡頭那戶收來的垃圾袋綁起來——像 Pom 這樣的人，唯一有機會進入這種有錢人居住的漂亮社區，就是跟著垃圾車進來收垃圾，帶回去分類的時候。Pom 將剛綁好的袋子丟向還來不及站穩的 Kor 先生。

　　「哎呀！」Kor 失手沒抓住垃圾袋。那袋垃圾掉到路面上，袋底破裂，讓裡頭的東西撒了出來。

　　「死 Pom！看到了嗎？袋子都破了！」

　　「袋子破了就懷孕嘍！」Pom 大笑。

　　「不好笑！別笑了，快點過來幫忙撿！」Kor 從垃圾車車尾跳下來，彎腰拾起從塑膠袋裡撒出來的垃圾，但似乎不管兩個年輕人怎麼補救，從裡頭灑出來的垃圾越來越多。Pom 從眼角餘光瞥見某樣東西從袋子裡掉出來，那東西非常顯眼，是一件很漂亮的高級襯衫，感覺不應該被扔在這裡。

　　「Kor 哥，你看！」Pom 彎腰撿起那件衣服，甩了甩，「有錢

人的垃圾。」

　　Kor回頭看去，要開口罵對方偷懶時，眼前看到的東西卻讓Kor愣住了，Pom不解地挑起眉頭。「那件衣服⋯⋯是沾到什麼了？」

　　Pom將衣服翻過來看，「棕色，很像咖啡漬，洗洗就掉了。」

　　「我覺得⋯⋯」Kor走過來拿走Pom手上的衣服，看到襯衫正面有一塊乾掉的深褐色汙漬，大小不一地零星散落各處。Kor將衣服翻向另一面時，有某個物體從襯衫口袋掉了出來，男子彎腰撿起來查看，發現那是一個名叫Yongyuth的男人的身分證。

　　「這是什麼？」Pom走過來看Kor撿起來的東西，然後大喊出聲：「靠！」

　　「你認識這個人？！」

　　「就Yongyuth啊，剛被殺的醫院保全，凶手還沒抓到。」Pom說著，身體開始發抖，「他的身分證怎麼會在這裡？」

　　「衣服上的不是咖啡漬⋯⋯是血漬。」Kor抓著Pom的肩膀，「這袋垃圾是從哪一戶收來的？」

　　Pom指向他剛剛收回垃圾的那棟漂亮的兩層樓房子，「那棟。」

　　一陣熱風吹過兩個沉默的年輕人，他們望向Pom所指的房子愣了好一陣子，直到Kor聲音顫抖地說：「下班後⋯⋯我們⋯⋯拿這件衣服去報警吧。」

第二十四章　連續殺人犯的戰利品

　　終於到了。身上穿著便服的警察抬頭望向前方，那是一棟招牌寫著「S-Storage 空間出租」的建築物，Kantapat 來這裡時，騙他說自己還在醫院。Wasan 很意外會看見像租賃倉庫或貨櫃的地方，他唯一的想法是──Kantapat 肯定把一些祕密藏在他不曉得的地方。

　　年輕督察走進一個類似辦公室的區域，裡頭的裝潢簡單乾淨。他轉頭看向辦公室後方的玻璃門，那裡有一名警衛看守著，還有門禁系統，將安全防護提高到另一個等級。Wasan 走過去詢問細節。

　　「您好，有什麼需要幫忙的嗎？」年輕的女職員帶著燦爛的笑容抬手向 Wasan 行禮。

　　「如果我⋯⋯」Wasan 迅速在腦中編了一個故事，「想租一個放東西的地方，有什麼方案可以選擇呢？」

　　女職員遞出傳單給 Wasan，「這裡出租的空間從小尺寸的三平方公尺到二十平方公尺都有。除此之外，還有室內或室外的貨櫃，以及小型的出租倉庫。」

　　Wasan 點點頭，「那你們怎麼維護安全呢？」

　　「這裡二十四小時全天候有警衛，並設有可以看到每個區域的監視器。倉儲區的入口有門禁系統，只有持門禁卡的客戶能進入，至於客戶的租賃空間則有鑰匙，方便客戶自行進出。」

　　聽到這裡，Wasan 開始思考要如何進入 Kantapat 的祕密區

域：一，他必須先知道Kantapat租的是幾號房；二，他必須有門禁卡；三，他拿到鑰匙後，必須像主人一樣平靜地開門進入。

「我是做網拍的，但我家沒有地方可以放貨，所以我當醫師的朋友建議我來這裡。」

「這裡有很多客戶，有做生意的、農民、醫師。」Wasan認為女職員可能不會透漏其他客戶的資訊，再問下去也得不到什麼答案。「如果客戶您的貨需要溫度控管，我們也有提供恆溫的倉庫。」

「謝謝，我回去思考看看。」警察道謝後轉身離開辦公室。

這是Wasan的新任務，他必須想辦法揭開Kantapat的祕密，並且在得知之後，做出自己的決定，是要選擇走在正確的道路上，還是沉迷於愛情，護著Kantapat，讓他能永遠跟自己在一起，就算醫師真的做錯了什麼也無所謂。

LINE的訊息提示聲打斷了他的思緒，而手機上看到的畫面，讓警察的大腦瞬間一片空白。

「這什麼鬼！」

Kantapat是個不容易認輸的人，只要他還活著，他最不願意的就是屈服。現在，他決定冒險換取明確的證據，以利在一切來不及之前將院長盡快定罪。

他怎麼可能只把照片存在手機裡。

一身黑色休閒服搭配灰色棒球帽的年輕醫師從通訊行走出來，手裡拿著便宜的二手手機──今天他以生病為由臨時請假，以便執行計畫。他買了一張手機SIM卡，安裝後連上網路。他用假名在LINE上面創了新帳號，搜尋LINE ID將Wasan加為好友

後，把 Yongyuth 的身分證及從死者身上消失的錢包照片傳了過去，註明發現地點，並且輸入訊息——

『匿名線人提供的線索。請不要調查消息來源，因為這關乎線索發現者的人身安全。』

『這些是在院長 Somsak 醫師家裡發現的，他書桌的抽屜裡有過世保全身上消失的物品，十分可疑，請警方來搜索院長的住所。』

傳完訊息後，Katapat 隨即拆解那支便宜手機，丟進背包裡，他很確定 Wasan 不久後就會打開來看訊息。Kan 必須冒險一試，看看他的行動會擲出銅板的哪一面。一面是警察立刻過去搜查 Somsak 的住處，另一面是警察不知為何不把這份線索當一回事，還被 Somsak 發現，那麼院長曾經的威脅會變成現實，Kan 和督察將會有生命危險，不過 Kantapat 相信 Wasan，像 Wasan 那樣的人不會對這種事視而不見的。

連續殺人犯通常喜歡收集自己的戰利品，留作紀念，為他犯下的殺戮行為感到自豪。從 Somsak 將 Yongyuth 的錢包收在一個豪華木盒的行為來看，Kantapat 認為 Somsak 殺害其他人時，很可能也用這種形式收集了戰利品，要是 Kan 可以找到它們，而那些物品可以追溯到死者，就是 Kantapat 贏了。

接下來他要潛入搜尋證據的地方是 Somsak 最私密的空間，他應該將所有東西都收在那裡，就是⋯⋯院長另一棟蓋在醫院外的房子。

*

Wasan催動機車，以這輩子最快的速度騎回警局，心臟劇烈跳動，像要跳出胸口一樣。他的雙手顫抖，難以控制住車子，但警察還是努力保持冷靜，直到他抵達警局。

　　年輕督察跑進警局時，幾個警察的目光都朝他望過來。Wasan喘著氣，著急地尋找那個傳訊息給他的人。

　　「Wasan。」偵查副局長Bird在辦公室裡一喊，Wasan趕緊回過頭，走進去找他。

　　「副座，要發拘票逮捕Kan？這是什麼意思？」

　　「就是字面上的意思，我得到的所有證據都指向同一個方向，但逮捕他的關鍵是從Kan醫師家門口的垃圾桶袋找到的一件沾有血跡的襯衫，口袋裡有Yongyuth的身分證。」Bird緊盯著Wasan的表情，彷彿在試圖找出破綻，「我正準備請法院發出逮捕Kantapat醫師的拘票，你必須全力配合我，我們現在依然認定你只是證人。」

　　Wasan感覺全身發麻，宛如從頭被潑了一盆冷水：「什⋯⋯什麼襯衫？」

　　在Bird看來，Wasan此刻眼裡的震驚無法偽裝出來，但不管怎麼說，既然Wasan是嫌疑人的戀人，Bird選擇暫時防備Wasan。

　　「你哪裡都不准去，在警局等我們回來。如果無法抓到Kantapat醫師，我會再來請Wasan督察提供協助。」

　　Wasan回過頭，望著副局長帶著Kawin巡官一起離開的背影，身上的力氣彷彿被抽光了。他拿出手機想打電話給Kantapat詢問發生了什麼事，但他看到一則來自某個陌生人的訊息通知，警察皺起眉頭，打開那則訊息。

周遭的音量彷彿逐漸遠離，警察陷入思緒和懷疑之中。祕密線人傳來照片，聲稱他在Somsak醫師家中發現Yongyuth的錢包及身分證，而那張證件，今天卻出現在Kantapat家門口的垃圾袋裡？

　　『你是誰？』

　　Wasan試著回覆，但不指望能收到回應。雖然他不知道這個祕密線人是誰，又是如何得到這些證據的，但至少他多了一些可以幫助Kantapat的籌碼……如果Kan真的不是做錯事的人。

　　Wasan正要追上Bird，把LINE訊息拿給他看時，有人走過來攔住Wasan。一身黑色皮衣配棒球帽，平時不常出現在警局的男子揚起嘴角。

　　「走開，巡官。」Wasan抓住Kong的肩膀，將他推到一旁。

　　巡官Archa站著，一動也不動。與此同時，Bird和Kawin已經走遠了。

　　「督察啊，督察已經騙我一次了。有人說看見醫師爬進屋裡，注射藥物導致病人死亡，這件事可能跟Boss藥師的死有關，還有那件染血的衣服，醫師已經窮途末路了。督察還是乖乖待著吧，要是輕舉妄動，說不定會被指控為共犯喔。」

　　Wasan試圖表現得對Kong的話不動於衷，他深吸一口氣，忍住想回嘴的衝動，拿起手機，將他剛收到的照片拿給Kong看，「巡官你看看這個，有人傳了這樣的照片跟訊息給我。」

　　儘管Kong對Wasan明顯有偏見，但他是個優秀的刑警，任何經過Kong耳裡或眼裡的事情，都會被他納入考量評估之中，這張照片和訊息也不例外。警少尉接過手機，仔細地看了看，「誰能進去拍這種東西出來？也不知道是不是真的，說不定是有

人設局，想要陷害院長。」

「那件衣服同樣也可能是設局。」Wasan抽回手機，收進口袋，「現在出現了兩個醫師的名字，但為什麼大家的矛頭都指向Kan？」

「因為之前沒有人看過這張照片，太奇怪了。」Kong將雙手插進口袋，仍是一臉懷疑。

「Kong巡官，我想說一件事。」Wasan督察開口：「我知道大家是怎麼看我的，你大概也不例外，但我希望你知道，我是個堅守正義的警察，錯的就是錯的，我現在每天做的事就是努力找出真相，不是為了掩蓋事實。」Wasan停頓一下，年輕督察的表情顯示出他說的都是真心話，「家母也是Kantapat醫師的病人，他經手照護沒多久家母就過世了。我誠實承認，我很愛他，但如果家母是因他而死，我一定親自替他戴上手銬，送他去坐牢。」

Kong巡官一向讓Wasan感到不悅的表情此刻變得柔和起來，不知道是不是Wasan的錯覺，但從兩人共事以來，Kong看他的眼神第一次有了敬重。

「督察，請把照片跟訊息傳給我，我說不定能挖出什麼。」

Kong說的話十分出乎Wasan的預料，「謝謝。如果Bird副座回來了，麻煩打電話知會我一聲。」

將照片傳給Kong之後，年輕督察也不打算遵守副局長要他乖乖待在局裡的命令，他打算親自去找Kantapat，並從對方口中逼問出答案。Wasan是唯一知道Kantapat車子位置的人，他必須趕在其他警察找到人之前，快點找到不久後將變成謀殺案嫌犯的年輕醫師，不然，他和Kantapat可能就沒機會私下交談了。

＊

　　這一天，Somsak 醫師與即將屆齡退休的醫師有一場聚餐。

　　從 Somsak 能迅速得知有人闖入他在醫院占地內的房子看來，他可能在家中安裝了監視器，一有動靜便會傳送警報通知至手機。

　　Kan 不清楚 Somsak 的另一棟房子是否也是，但這是 Kantapat 必須承擔的風險，只要取得一點證據，就能讓他從謀殺的指控裡脫身，即使會因為侵入民宅而坐牢也無所謂。

　　Wasan 打了第十通電話來。醫師站在一片黑暗中，冷靜地望著來電者的名字。Wasan 傳訊息來說，他家門口的垃圾袋裡發現了一件染血的衣服，裡頭還有死者 Yongyuth 先生的身分證。Kantapat 馬上意識到院長沒履行他說的承諾──Somsak 想要的是一隻代罪羔羊，一隻人們無法分辨、一被抓就很難脫身的羊，就像 Kantapat。

　　Kantapat 關閉手機的通訊功能，打開錄音的應用程式。醫師戴上黑色頭套，拉緊皮手套，利用夜色的掩護進入建在超過半萊[17]土地上的一棟漂亮獨棟房子。在這種非集合社區的土地上蓋漂亮房子的缺點就是保全問題。Kantapat 穿過樹籬的間隙，輕輕鬆鬆地走入住家範圍。他直接跑向以鎖頭上鎖的後門，用熟練的開鎖技巧開了門，發現那裡是廚房。醫師抬起頭，發現監視器正對著他，Kantapat 決定脫下露眼頭罩，滿臉挑釁地看著監視器，要是 Somsak 看見了這一幕，接下來會發生什麼都不意外。

17　泰國常用的土地面積單位，1 萊約 0.16 公頃。

Kantapat不再浪費時間，他直直走向可能是Somsak書房的房間，把所有東西翻出來，不在乎房內會變得多混亂。他打開每一個抽屜翻找，被翻出來的物品散落在各處，Kantapat快速地翻閱每一份文件及每一本書，發現書桌上沒有任何有用的東西之後，下一個目標是每個人最私密的房間，也就是臥室。醫師跑上二樓，打開應該是這棟房子主臥室的房間。醫師無畏地打開燈，房裡燈火通明，他毫無畏懼地翻找視線範圍內的所有櫃子與抽屜。

　　Kantapat在床頭櫃的抽屜裡發現一盒保險套——好，這表示與妻子離婚超過十年的Somsak醫師正在和某人交往。Kan發現的第二件物品是一個木盒，跟用來收藏Yongyuth錢包的盒子是同一款。

　　Kantapat打開那只盒子，紅色的絨布上放著一把金色鑰匙，年輕醫師拿起那把鑰匙，仔細端詳，接著他巡視周遭，想找出能與這把鑰匙配對的東西。

　　浴室門口有個木櫃。Kantapat走過去要開門，卻發現上了鎖，他試著插入那把鑰匙，發現大小剛好且成功打開了。醫師深吸一口氣，慢慢打開櫃門。裡頭是一個置物櫃，排列著漂亮的木盒，有個最大的木盒放在最底層的中央。

　　Kan伸出手，首先拿出那個大盒子，心跳劇烈地慢慢打開它，裡頭是個放了某些文件的資料夾。一打開資料夾，發現的人全身寒毛直豎——一只放了藥物安瓿的托盤，藥物跟Boss藥師持有的是同一種，而裡頭的文件似乎是安寧療護病人的家訪病歷複本，還有一支某個人的手機。

　　這就是，連續殺人犯的戰利品。

第二十五章　解脫治療

「今天值小夜班？」某人短促的聲音從背後傳來，Boss拿著的處方箋脫手滑落桌底，年輕藥師一臉震驚地回頭望向聲源。

「呃……對。」Boss藥師答道，緊張得連聲音都在顫抖，因為他面前的人是Somsak醫師，也是他上次來醫院應徵公職時見過的院長。在數個比Boss優秀且更能言善道的競爭者中，院長選擇了他，一個剛從藥學系畢業的年輕人，成績起伏不定，也沒有任何研究成果可以說服他人，但他卻被選中了。Boss環顧藥劑室，想找個可以讓他安心的人，但沒人在，此時只有Boss和院長兩個人而已。

「在這裡工作覺得如何？」不受歲月摧殘的中年男子拉過椅子，在Boss的身旁坐下，透過鏡片看來的那雙眼睛中帶著一絲溫情。「還有什麼需要我幫忙的嗎？」

「我正……正在適應。」Boss看向掉在地上的處方箋，不敢彎腰去撿，因為他畏懼眼前的男人。Somsak輕輕一笑，接著低頭撿起那張紙。Boss嚇得瞪大了眼睛，「院長，您不用這麼做！」

「沒事。」醫師帶著好看的微笑將紙遞給他。「我很樂意。」

Somsak的善意不僅是撿起掉在地上的處方箋，要不是Somsak錄取這個來自破碎家庭、一生中經歷過許多磨難的男孩，讓他進來府立醫院工作，他就不會擁有好同事、好的工作環境，還有不易取得的公務員職位。因此那天晚上，Boss下了小夜班之後，年輕藥師很快就在院長家的臥室裡成為Somsak的所有物。

「沒有人這樣抱過我。」躺在一個比許多年輕人健壯的五十歲男人懷中時，Boss 提起這件事，「我爸媽分開了，我不得不與會酗酒又有精神疾病的母親一起生活，所以在我家，擁抱不是必需品。」

「現在有人抱你，也有人讓你抱。」Somsak 摸著 Boss 的頭，「感覺好多了吧？」

Boss 點點頭，抬頭一臉著迷地望著年紀較長的人，「好多了，感覺很好。」

「如果有人能這樣一直讓你抱著，總比一個人孤單好。」醫師握起 Boss 的手，吻了一下，「我也覺得，我受夠孤單一人了。」

*

今天，Kantapat 醫師將於下午一點到三點舉行患者安寧療護的講座。Palliative care 是 Boss 從大學就很感興趣的領域，但沒什麼機會學習，Kantapat 醫師是專攻這方面的家醫科醫師，這是向這位醫師學習的好機會。Boss 一直關注著 Kan 醫師的行程，也央求 Somsak 向上司說情，讓他去聽演講，於是，Boss 有了第二次機會去聽講。

今天 Kan 醫師的演講主題是「善終、生前預囑與安樂死」。
（Good death　Living will　Euthanasia）

Boss 聽到的事打開了他的眼界。在 Boss 的認知裡，一旦患者確定是末期，延續生命不過是無用的折磨而已，而 Kan 醫師的講座為 Boss 描繪了一張理想醫療院所的藍圖，那裡的末期病人可以設計自己想要的死亡，不再受病痛折磨。

演講結束之後，Boss 忍不住走向忙著收拾電腦的 Kan 醫師，

用欣賞的眼神望著他,「醫師。」

「是?」Kan 醫師抬頭看向他微笑。Boss 不否認 Kantapat 醫師那超乎常人的英俊長相讓他心跳加速。

「我是藥師 Boss……那個……」年輕藥師尷尬地用手搔了搔後腦杓,「我是想說……我……很喜歡醫師的演講,很好懂,也為我指出了很多方向。」

「我看你來聽兩次演講了。」Kan 醫師說:「是對安寧療護的工作有興趣嗎?」

Boss 飛快地點頭,「很有興趣!」

「安寧療護也需要一個跨領域的團隊。」Kantapat 的笑容似乎明亮了起來,「如果 Boss 先生不介意,要不要跟我去家訪一次?有藥師一起去的話,應該可以幫上很大的忙。」

「好,我想去。」Boss 感到非常開心,想都沒想就立刻同意。

「好,那有案子的時候,我再請家訪團隊跟你連絡。」

Kantapat 拿著電腦站起身,稍微點頭道別之後離開了會議室。藥師望著醫師的背影,眼裡滿是欣喜。

但 Boss 沒注意到,Somsak 的視線正從房間的一角默默地盯著他。

「安寧療護的意思不是我們不治療病人了。」在前往上週剛出院的胃癌病患家時,坐在廂型車裡的 Kantapat 說。

Boss 轉頭看向醫師,專心聽著他說話。「我們會進行治療,只是目標不一樣,我們專注在生活品質,而非治疾病,因為患者來到我手中時,病況大多都到難以處理的階段了。不過,這不

表示我反對其他治療,只要化療、放射治療,甚至是手術可以減輕痛苦,提升患者的生活品質,我就會支持。」

Boss沒說什麼,只隨著耳邊響起的Kantapat聲音,沉浸在自己思緒之中——那個人就像天神降臨,他的想法跟Boss心裡所想的一模一樣。年輕藥師想表達自己的看法,但他太害羞了,只能點點頭認同Kan醫師說的每句話,然後仔細思考。

Kantapat醫師家訪的患者是Yam女士,六十五歲,兩個月前被診出胃癌,發現時已經是末期了,目前癌細胞已擴散到腹膜且有胃阻塞的狀況,讓她感到疼痛、反胃想吐,無法進食到瘦得只剩皮包骨。

Boss望著被困在床上、無法自理的Yam女士,心中充滿憐憫。

唯一對她敞開的大門就是死亡,但她仍躺在門口,始終無法跨進去。Kan醫師拉來椅子坐到病人身旁,拉起她的手握住,語氣溫柔地和她說話,詢問她有什麼不適,調整藥方。

——救我。

老婦人的聲音在耳邊響起,讓Boss渾身一顫,他回頭尋找聲音來源,但除了家訪護理師和專注於患者的物理治療師之外,他沒有看到其他人。

——我想去死了。

Boss回頭望著Yam女士,對方此時也在看他,沒有開口說什麼,但Boss清楚聽見了她的聲音——她瘦骨嶙峋的臉上,凹陷的眼眸裡帶著一絲哀求,求著在場眾人無法幫她做到的事情。

——太痛了,殺了我吧,拜託。

當女人的手碰到肩膀時，Boss渾身一震，年輕藥師一臉驚恐地轉過頭，讓護理師嚇了一跳。

　　「Boss藥師，你怎麼了？」女子將患者的藥袋遞給Boss，「這是病人的藥，請藥師幫忙過目。」

　　「好……好的。」Boss接下藥袋，再次回頭看向病人。她現在沒有看著他了，正聚精會神地聽著Kantapat醫師有禮愉悅地跟她講話。Boss坐下來查看藥袋裡的藥品，記在紀錄表上。

　　那天的家訪順利結束了，令人非常印象深刻。

　　「唔！」Boss的後背撞上床鋪，面前的人雙手掐著他脖子，將全身重量壓上來。他無力抵擋，因為雙手被屋主用領帶綁在身後。

　　青年試圖別過臉，但身材壯碩的中年男子用力捏住他的下顎，逼他轉頭與自己對視。

　　「你喜歡他？」Somsak的語氣冷漠如冰。

　　Boss蹙眉，「我沒有……醫……醫師。」

　　「想跟他睡一次，覺得那是莫大的福分是嗎？嗯？」醫師的手指又往下壓，讓半裸的人痛苦地掙扎，發出不成句的叫聲。「要我怎麼做，你才會知道你是誰的東西？該怎麼宣示所有權，你才不會再對別人搖尾巴？」

　　「我沒有喜歡他！」Boss用顫抖的聲音說：「我沒有喜歡Kan醫師，我只是……喜歡……他教的東西。」

　　「他教了什麼事？」Somsak的唇貼在Boss的耳邊說：「說給我聽聽。」

「癌末患者的……照護理念,還……還有……啊……醫師、不要……」

「繼續說。」

Boss抿著嘴,承受著快使他失去意識的疼痛,又必須照著眼前人的命令繼續說下去:「癌末患者,應、應該以患者的舒適度及生活品質作為目標。」

對話被熊熊燃起的欲火打斷,Somsak沒有再給Boss說話的機會,持續做了半小時。在那之後,帶著紅色勒痕的白皙手腕終於重獲自由,疲累的身軀什麼也做不了,只能無力地趴著,一動也不動。

Somsak從後方抱住他,「那你同意Kantapat醫師的看法嗎?」

Boss睜開眼,「什麼看法?」

「對癌末患者照護的看法。」

這一刻,Boss回想起Yam女士的臉——因劇痛而扭曲的臉,向他求死的臉。

「我覺得我們可以做得更好。」

聽到這句話時,醫師微微揚起嘴角,他在Boss的肩上輕輕落下一吻,用與先前判若兩人的溫柔語氣說:「我們能做得比Kan醫師更好,Boss,我帶你去看看我替病人做了什麼。」醫師頓了一下,「別再讓我看到你和Kantapat來往,那個人,不是你以為的那種好人。」

隔天凌晨一點十分,Yam女士安詳地過世了。

看著她嚥下最後一口氣的人，就是Boss。

他低頭望著手裡的針筒，這雙手只學過幾次藥物注射技巧，因為那不是他的職責，但這是他第一次覺得，自己就像真正的醫者──他不是醫師，卻可以讓人從痛苦中解脫。他不再聽見Yam女士的聲音，她已經解脫，不用再醒來面對痛苦了。

「我們還能從哪裡找到其他病人？」Boss回頭問院長。

他正拿過Boss帶回來的空針，將寫了患者姓名及醫院編號的標籤貼在上頭，接著像對待貴重物品般，小心翼翼地將它放入木盒中。

「有兩個方式：病房裡的瀕死患者，以及返家的瀕死患者，我們其實可以調閱被診斷為Palliative的病例，但最簡單的是醫院家訪區域內的病例檔案，上頭會有患者病歷及地址，還附上清楚的地圖。」Somsak將盒子收回櫃子裡，「要從家訪辦公室把病歷偷出來影印不容易，因此，我要替Kantapat醫師設一個辦公室，將癌末患者的病歷統統集中到一個地方，那間辦公室對我們來說就像自助餐一樣，在這段期間內，要是我看到哪個病例適合接受解脫治療，我會親自告訴你。」

「醫師⋯⋯你這樣做很久了嗎？」

「我想做很久了，但直到最近我們正式成立了安寧療護團隊才有機會這麼做。」中年醫師微笑著，「我不會毫無理由就僱用人，倘若我哪天失了手，這樣就有人替我承擔這個責任。」

Boss眨了眨眼睛，心情複雜地望著對方。那眼神裡有敬畏、有愛意，也有恐懼，「你為什麼想救別人脫離病痛呢？」

Somsak走回來坐在床沿，「我的母親是癌症末期病逝的，在

她臨終前還是用了插管及心肺復甦術。」醫師的眼神變得空洞，雙手握得死緊，「愚蠢的醫師以為延長生命才是最好的辦法，明知道這種病情再拖延下去也沒有用，他們還是這麼做了。」

沒錯，解脫是最好的治療。Boss 走過來，倚著 Somsak 醫師坐下，抱住那個目睹母親痛苦離世而心如刀割的人，並以自己的吻撫慰他。

＊

「蠢蛋！現在就去把它拿回來！就這樣把證據丟在那裡，要是屋主起了疑心怎麼辦！」

Somsak 的怒吼聲清楚地迴盪在 Boss 的耳邊，就連他悄悄躲在樹籬後方，等待 Niphon 先生的誦經儀式結束時也不例外。待誦經儀式結束，喪家女兒宴請的賓客也統統回去之後，大門被緊緊關上，燈光也隨之熄滅。Boss 等確定屋裡沒有動靜了，才開始執行從窗戶爬入屋內的計畫。他選定一扇原本就知道可以開啟的窗戶，沿著蛀蝕的木窗邊緣，慢慢用鐵片撬開鬆脫的扣鎖。

這麼做會加深昨天留下來的撬痕，但是他別無選擇。昨天 Niphon 先生的女兒意外提前回家，所以他匆匆逃出這棟房子，不小心將替患者注射致死藥物的針筒掉在置物櫃底下，使 Somsak 勃然大怒，對他破口大罵，要 Boss 在被人發現以前來把這重要的證據撿回去，而且 Somsak 也需要這個東西作為戰利品。

這就是 Boss 再次回到事發地點的原因⋯⋯Somsak 瘋了，真的瘋了。

Boss 想到這次撬開的痕跡可能會引人懷疑，因此有了個主

意：他要把這件事偽裝成竊盜案，藉此掩飾這個行為，接著將得來的財物丟給某個人，讓他成為代罪羔羊。因此取出置物櫃底下的針筒後，年輕藥師也不忘取走他在櫃中發現的昂貴物品——放在櫃子上盒子裡所有的現金與金項鍊。

用昏暗夜色當掩護，青年揣著口袋裡的針筒以及財物離開屋子。他知道自己留下了許多痕跡，因為這不是他擅長的事情，但他別無選擇。Boss 走著走著，來到一條馬路，連接著他停車的主要幹道。走離巷子前，他發現有一個男人坐在屋前的木楊上仰頭灌酒，像在喝白開水一樣。Boss 取出口袋中一綑綑的現金及金子，慢慢走向那個男人。

「Boss，你的臉怎麼了？」Pimpa 轉頭問 Boss。

他的臉頰紅腫，像被硬物擊中一樣。青年轉頭看向女藥師，面露驚愕，然後換上微笑的表情。

「早上摔倒了，沒什麼。」

「要止痛藥嗎？」Boss 的女性友人一臉擔憂地問。Boss 搖搖頭。

「沒事啦。」

其實……

這是因為 Somsak 發現 Boss 曾和非醫界的年輕男子交往過。儘管因為 Boss 堅持不腳踏兩條船，兩人已經好幾個月沒有連絡了，但 Somsak 突然想檢查 Boss 的手機，發現了他和這個人過去的對話。

Boss 抬手搗著此時疼痛滾燙的臉頰。他喜歡 Somsak 的理

念，但動不動就施行暴力總有一天會成為爆發點。Boss 想讓病人從痛苦中解脫，但他⋯⋯不想繼續處於 Somsak 的淫威之下了。

在醫院後方空無一人的區域，年輕藥師背靠著牆壁癱坐在地，感覺自己就快暈倒了。他喘著氣，轉頭望著剛才逃跑的方向。之前進行解脫治療而死亡的病例，怎麼會被送去解剖？從屍體取出的血液及尿液被法醫室的職員 Anan 先生拿了出來，對 Boss 來說，那簡直就是定時炸彈。他抽出自己的血液裝進血袋，也收集了尿液，準備拿去替換掉死者的，但那些證據被嚴實地保存著，還有 Bannakij 醫師的簽名封口，Boss 不可能瞞著 Anan 先生調換證據。

無論如何都不可能做到，Boss 甚至不知道 Bannakij 醫師還從屍體中取出了什麼，說不定不只血液和尿液，一定會被抓的。

「他們會發現⋯⋯絕對會發現。」Boss 抓著頭上的髮絲，此時的焦慮幾乎要撕裂他的心臟。不行了，警察應該知道了，也一定能逮捕他，Boss 不該再沉默下去了。為什麼在他承受痛苦的同時，另一個人卻愉快地坐在醫院最高管理階層的寶座上？明明是那個人帶他走上這條路的！

Boss 努力將這份不滿藏在心裡，他知道他必須冷靜，但如果心裡累積了太多憤恨不平，可能會無法壓抑，Boss 必須和某個人傾訴真相——

一個可能永遠改變他和 Somsak 一生的真相。

第二十六章　血色之夜

雖然連絡不上Kantapat，但Wasan是唯一知道醫師的車子在哪裡的人。在法院開出拘票、副局長逼他開口前，他不會將Kantapat的位置告訴任何人。Wasan不覺得這是在幫助Kantapat逃避法律，他認為這是在事態無可挽回前，將這些無法解釋的怪事拼湊在一起，找出真相的機會。儘管他對Kantapat這個人充滿了懷疑，但他還是決定再給Kan一次解釋的機會，希望醫師不會再說謊了。

Kantapat的轎車在距離市區二十多公里處，一個村莊的路邊停下來時，Wasan不再猶豫，騎著摩托車穿過黑暗，直奔訊號標示的地點。他完全不曉得那是什麼地方，而Kantapat為什麼會在這種深夜時分出現在那裡。

從大馬路轉向巷子，騎行不到幾百公尺，年輕督察就發現了那輛熟悉的車。警察將摩托車停在路邊，立刻走上前查看：車門鎖著，而且Kantapat不在裡頭。Wasan在周遭搜查，試圖找到Kantapat，但他只發現一片龍眼果園和幾戶門窗緊閉的民宅。

Wasan口袋裡的手機嗡嗡作響，好像有人透過LINE傳了許多照片。Wasan連忙打開來查看，發現那個聲稱在Somsak醫師家發現Yongyuth身分證的人又傳來了將近二十張的照片，還傳了一條訊息：

『在Somsak醫師家中發現貼有死亡患者姓名標籤的空針筒，以及鎮定類藥物的注射劑，請警方趕緊派人來搜索。』

接著傳了一個定位位置。

Wasan一打開就氣得開口咒罵，因為傳來的地點距離他現在的位置只隔了一條巷子。那一刻，Wasan確定聊天紀錄裡的神祕人士絕對不是他素昧平生的人。

Kantapat！你他媽的又在搞什麼鬼！

Kantapat連忙將每一樣物品掃進櫃子裡，他已經發現足以引起Wasan注意的東西了，接下來該做的事情是在Somsak到家前趕緊離開這裡。Kan知道Somsak一定不會報警抓他，不然Somsak的祕密將不再是祕密。現在，Kan手上的牌比較有利，而且他採取的行動絕對會產生不錯的效果。

這時響起的開門聲讓Kantapat的興奮之情迅速消退，彷彿天塌了下來一般。年輕醫師循著聲源望去，看到屋主高大的身影站在那裡，因為匆忙趕回來而氣喘吁吁。Kan起身想衝向Somsak，準備用自身力量獲取逃跑的機會，但又停住不動——因為那把曾經指著他的武器。

「醫師真是不可愛。」Somsak語氣冰冷地說：「我該拿你怎麼辦呢？」

年輕醫師舉起雙手，慢慢從跪姿站起身，小心翼翼地盯著對方，「醫師……」

「你以為你發現了可以定我罪的東西，但我告訴你，如果你現在死在這裡，就不會有人知道了。」

「我把所有證據都傳給警察了。」Kantapat淡淡地說。

Somsak握緊手裡的槍，原本冰冷的臉色突然憤怒起來。

「Kantapat，別以為我不知道你在幹什麼，被大家視為神的你其實是個殺人犯！」

年輕醫師一臉驚訝，「我不知道你在說什麼。」

「你在這裡工作的第一年，有個五十歲的男性病患，名字叫Rot Puangkaew。」

Kantapat的眼睛微微睜大。看到年輕醫師的反應，Somsak咧嘴一笑，「Rot是我高中時的好友，他在過世前一天打電話給我，向我道別，然後把一切都告訴我了。」

Kantapat露出疑惑的表情，「我記得這個叫Rot的患者，但我不懂醫師為什麼提起他⋯⋯」

「真會裝傻，醫師，但你不知道⋯⋯」Somsak打斷他的話，「總之，我坐牢，你也得一起來。不過要是你死在這裡，祕密都將永遠是祕密。」

「想在這裡殺掉我就來啊，有個人死在家裡，正好引誘警察進來仔細調查，然後他們就會把醫師抓起來，而且那櫃子裡所有的東西都被我拍照傳給警察了。」年輕醫師不怕死地挑釁著。他明白激怒對方並不明智，隨時都有可能讓對方失去理智，「你逃不掉的。」

「如果我逃不掉了，多殺一個人又怎樣？」Somsak毫不猶豫地舉起槍。

那一刻，Kantapat發現自己真的不夠聰明。年輕醫師用了不到一秒的時間決定躲進浴室，與此同時，槍聲讓他耳朵嗡嗡作響。幸運的是他沒有被子彈擊傷，及時躲進了浴室。Kan趕緊鎖上門，背靠著與門同側的牆壁而站。浴室裡一片漆黑，Kan的心

臟因慌張而跳得飛快,他的手機掉在外面的地板上,讓他無法與任何人求救。

砰!

咖啡色木門被子彈射穿了一個洞,讓年輕醫師嚇了一跳,趕緊從門邊退開。他大聲咒罵以宣洩心裡的恐懼後,趁Somsak成功破門或用鑰匙開門進來之前尋找逃生路線。Kantapat看見浴缸上方有一扇小窗戶,他應該試著從那裡出去。

砰!

第二發子彈射進來,擊碎淋浴間的玻璃隔間。Kantapat大聲發出怒吼,退回原本的位置。他真的要死在這裡了嗎?他開始不確定真相是否值得他冒著生命危險。

「立刻放下武器!」

外頭傳來某人的大吼聲,讓Kantapat感到全身冰冷,體內的血液似乎結凍了。他轉頭看著門,光線從彈孔穿透進來,他慢慢地用顫抖的雙腿往回走去。

「督察,你誤會了。」

「立刻把槍放下!」

Kantapat很熟悉那個聲音,沒有人比他更熟了,那是他心上人的聲音,是與他住在同一個屋簷下的人的聲音,是會擁抱他的人,也是Kantapat全心全意愛著的人。

醫師從門上的彈孔往外看,看見讓他震驚的畫面——穿著便服的Wasan正站在房門口,舉槍瞄準Somsak醫師,而Somsak站在床頭附近,一手拿著一串鑰匙,其中一把應該就是浴室的鑰匙,另一隻手則拿著槍,垂放在身旁,完全沒有指向Wasan。

「Wasan！」Kan大喊，讓警察知道他被困在這裡。

Wasan循聲轉頭看了一眼後，迅速回頭望著Somsak，不讓他離開視線範圍。

「督察，我這麼做是為了自保。」Somsak說：「他闖進我家，似乎想偷東西，我剛好到家，他作勢攻擊我，所以我只好保護自己。」

「才不是，Wasan！他想要殺我！」Kan連忙反駁。

「具體細節我們之後再慢慢說，現在把槍放下。」Wasan語氣非常強硬地說。Somsak把槍丟在床上，慢慢舉起雙手。

「Kantapat，你可以出來了。」

Kantapat轉動手把，慢慢將門打開。Wasan只用眼角餘光瞥了年輕醫師一眼，幾乎沒有看向Kantapat，因為警察正盯著Somsak的一舉一動。Kantapat心中有許多疑問：他不到五分鐘前才把這裡的定位傳送出去，Wasan怎麼這麼快就來了？還有，Wasan在這裡看到他似乎不驚訝。

「Kantapat醫師闖入我家，該抓的人是他，不是我。」Somsak說完後，指向年輕醫師，「他是殺人犯，不是督察以為的好人。」

「Wasan別相信他！」

「那件事等回警局之後再審問你們，其他警察正在趕過來這裡。」Wasan慢慢走向那張放著槍的床鋪，「請醫師離開槍。」

Somsak向後退，直到後背貼上開著抽屜的木櫃，與此同時，Wasan伸出左手去拿Somsak放在床上的槍。

事情沒那麼簡單，有個聲音對Kantapa說。那是Kantapat察覺危險的本能，Somsak的表情就像懷著壞主意。Kantapat想了

想，意識到Somsak沒有其他選擇，只能在其他警察趕來前逃走，而唯一的方法，就是除掉目前阻攔他的人。

就在Wasan伸手拿起槍的同時，Somsak伸手從背後的抽屜拿出東西，迅速瞄準Wasan。

像Somsak這種人會有兩把槍也不奇怪，但可怕的是，不管是Wasan還是Kantapat都沒去翻找那個抽屜，無人料想到。

Kantapat承認自己愚蠢，但在這個狀況下，他唯一想得到的就是「救Wasan」。一看到Somsak拿出那個東西，年輕醫師立刻驅使長腳衝過去！板機連續扣響兩聲，從左右兩邊傳來，Kantapat的身體環抱住Wasan，替愛人擋下子彈。

兩名男子雙雙倒地。Wasan沒有浪費太多時間驚慌，他的第一個反應就是推開壓在他上頭的身體爬起來，看到血從右肩胛骨的傷口滴落到地面時，警察瞪大了眼睛。

「Kan！」Wasan扯著乾啞的喉嚨喊道，他抓住Kantapat的肩膀，此時Kan的表情痛苦，呼吸也很急促。「Kan！」年輕督察緊緊抱緊醫師的身體，震驚得睜大眼睛。

警察愣了一下子才冷靜下來。

「Kan，你在這裡等著，我馬上就回來。」Wasan趕緊轉身看向對兩人造成生命威脅的人。Somsak躺在地上，正試圖撐起身體，Wasan的子彈似乎射中了對方的腹部。

「督察！」巡邏警員的腳步聲和呼喚聲讓Wasan鬆了口氣。Wasan轉向身穿制服，手中拿著槍的警察。

「麻煩你照顧Somsak醫師，我得去救另一個傷患。」

那名警察點頭後走進房裡，透過無線電報告現場狀況。

Wasan毫不猶豫地趕回Kantapat身邊，在側躺的身體旁坐下來。醫師尚有意識，但地上的那灘血讓Wasan感到不安。Wasan輕輕捧起Kan的頭，讓他枕在自己的大腿上，輕輕拍了拍對方的臉頰，「Kan，不要睡著，慢慢呼吸，等等救護車就來了。你是醫師要堅強，知道嗎？」

　　「你⋯⋯沒事吧⋯⋯？」Kantapat斷斷續續地說，氣喘吁吁，彷彿剛跑完長跑，醫師立刻自行判斷子彈可能射穿了自己的胸口。

　　「你還有力氣擔心我！」Wasan脫掉自己的黑色T恤，只剩下背心，用衣服壓住Kan的傷口止血，「不要再說話了。」

　　Kantapat十分佩服Wasan在這種狀況下的理智、果斷及敏銳，雖然槍傷帶來劇痛，但Wasan溫柔的觸碰和充滿關心的眼神像最好的麻醉藥。醫師閉上眼睛，試著集中精神，不去注意疼痛。他聽見好幾個人走進房間的腳步聲，不久後，救護車的警笛聲慢慢靠近，他的意識也逐漸模糊。

　　「救護車到了。」Wasan溫柔地摸著Kan的頭髮，「你千萬不准死，你要是死了，我不會原諒你。」

　　Wasan坐在手術室前的長椅上，模樣讓路過的人們驚訝不已，他的白色背心及藍色牛仔褲全是Kantapat的血，形成斑斑紅點。年輕督察已經坐在這裡半小時之久，不停在心裡祈禱手術順利。

　　看到一雙運動鞋進入他的視線範圍內，他抬起頭，發現是穿著黑色皮衣、戴著棒球帽的眼熟青年。

「我們在Somsak醫師在醫院的住宅裡找到了Yongyuth的錢包及手機。」Kong巡官在Wasan的身旁坐下,「不僅如此,我們還在臥室發現了Chanchai藥師的手機。」

　　Wasan面露驚訝,「這一切真的都連起來了!傳證據給我的人是Kantapat,之前他都一個人行動卻不跟我說,他到底為什麼要那麼做?」

　　「這得等他康復,由你親自問他了。」Kong朝手術室門口抬了抬下巴,然後脫下自己的皮衣遞給Wasan,「督察,先穿著吧。」

　　Wasan對對方的好意有些詫異,但他還是接過皮衣,穿在沾滿血的背心外頭,「謝了,巡官。」

　　「每個人都有自己的祕密。」Kong望向窗外,「我也是,我把祕密深深掩埋起來,不讓人看見,還在上頭吐口水,以免別人發現埋藏起來的祕密。」

　　年輕督察轉頭看著Archa巡官,挑起眉,「你在說什麼?」

　　「督察看著手術室的眼神讓我覺得很心痛。」青年伸手拍拍自己的胸口,微微一笑,「督察毫不畏懼地展露出真實的自我,堅定地站在困難面前,而我卻因為懦弱,一直藏著祕密。這讓我反思自己,我究竟在幹什麼。」

　　Wasan覺得,他開始理解Kong在講什麼了。「懦弱沒有錯,每個人都要在不同的情況下生存,我選擇公開是因為沒有其他選擇,但如果你有,你就選讓你安心的方式。」

　　「我喜歡一個男生。」這句沒頭沒腦的話就是一切的答案。

　　Wasan看著Kong的眼神變了變。Kong深吸了一口氣,接著

說：「督察，你覺得我該怎麼做？」

「你很清楚答案。」

Wasan看到Kong露出不曾見過的笑容。兩人靜靜地坐了一會兒後，年紀較輕的Kong拿下帽子。

「需要我陪你坐到Kantapat醫師出來嗎？」

「沒關係，現在應該有許多事要處理。等手術結束，確定他平安無事後，我也要回去洗澡換衣服，立刻趕回局裡，到時再把衣服還你。」

Kong點點頭後站起身，「要是有任何進展，我再隨時通知你。」

「嗯。」年輕督察抬頭望著Archa朝他鞠躬後離去，兩名警察之間的氛圍明顯有了改變，兩人之間的敵意彷彿不曾發生過，完全消失了。Kong出借的皮衣成了締結情誼的象徵，Wasan很高興事情往好的方向發展，希望他跟Kong從此以後能夠成為好同事。

第二十七章　告白

　　Mayuree走回ICU病房記錄病人的生命徵象，目前她在病房裡負責了五位病患，其中一位正是備受關注的Kantapat Akaramethee。中年護理師抬起頭，看到各床病患的家屬陸續走進來，因為探視時間到了。其中有一位穿著制服的警察，Mayuree一眼就認出那是哪一床的家屬。

　　「看吧，他來了。」另一個年輕的女護理師走來，在Mayuree的耳邊竊竊私語：「Kan醫師的男朋友。」

　　「興奮什麼？大家早就知道了，快回去做自己的工作。」

　　Mayuree輕聲責備年輕護理師後，盯著警察走向Kantapat醫師所躺的二號床旁邊。

　　Kantapat露出虛弱無力卻又歡喜的笑容，讓Wasan覺得很是欣慰。雖然Kan的狀況看起來不大好，但已經脫離險境了。

　　「嗨。」Wasan開口向病患打招呼。

　　Kan移動身體時皺了一下眉頭。他的右手臂現在需要用吊帶固定住，右胸口連接著引流管，全身上下還有點滴管線及其他管線。

　　「痛⋯⋯」Kan沙啞的聲音帶著一絲令人憐惜的虛弱。

　　Wasan輕輕握住Kan的左手，溫柔地捏著。Wasan從護理師口中得知，Kantapat目前已脫離危險期，Somsak的子彈造成Kantapat的肩胛骨骨折，貫穿了右胸腔的上半部，造成氣胸，暫時需要裝引流管。這傷勢確實是重傷，但因為Kan原本身體就很

強壯，現在才能躺在 Wasan 面前微笑。

「還笑得出來？」

「我見到你很開心。」儘管沒有力氣，Kan 仍試著拉起 Wasan 的手想親一口，而警察也欣然接受了，「親愛的，吃飯了嗎？」

「還沒，先來看你，之後再出去找吃的。」年輕督察拉過附近的椅子坐下，「我來告訴你，我們在 Yongyuth 的手機裡發現了一些東西，猜測是殺人滅口的動機。」警察拿出手機，打開照片給 Kan 看，「你之前請 Yongyuth 幫忙查看離辦公室最近的那支監視器畫面，他應該是看到了這個，在你去請他幫忙的前兩天晚上。Yongyuth 可能想告訴你，但為時已晚，因為 Somsak 已經發現了。」

Wasan 拿給 Kantapat 看的東西是從監視器畫面翻拍的影像，顯示出晚上有一名男子走過監視器前，長相、身形都與 Somsak 相仿，他走出來的時候手裡拿著一些文件，Kan 立刻就看出那是放在他辦公室裡的末期患者家訪病歷。

「難怪……我的護理師老是抱怨病歷放錯地方……」

「是叫 Ornanong 的護理師對嗎？」

「對……Nong 姊是我的護理師。那麼，他就能輕易地把我的東西……拿去丟在事發地點……」

「那支鋼筆？」

「我敢說……他是故意把我的筆丟在死者家的……還故意把那件沾了血的衣服……丟在我家門口……」Kantapat 停下來，喘了一下，「是說，院長現在怎麼樣了？」

「我射到 Somsak 醫師腹部的某條血管，他失血過多，引發了

休克,雖然動了手術,但人還沒醒來,現在插管躺在隔離病房裡,我也問不了口供。」Wasan 嘆氣,「你也一樣。我不會問太多,因為你還身受重傷,但等你痊癒後,一定會受到嚴厲的訊問。」

「我很樂意。」Kantapat 輕聲回答。

「你就在這段期間好好思考吧,想想你為什麼要做那些事。」

「我承認我不該自己調查,還失手被院長抓到,讓他拿你的生命來威脅我。」醫師伸手輕輕撫著 Wasan 的臉頰,「我很高興⋯⋯你平安無事。」

「但是我不高興你替我受傷,我是氣你這個,也氣你背著我行動,我氣到不想跟你說話,不想見到你,甚至想過不來探望你,讓你為了擅自行動的事內疚⋯⋯」Wasan 看著 Kantapat,一陣心軟,「但我做不到。」

「我會補償你的。」Kan 看著他,眼神裡充滿了愛意。這可能是 Wasan 第一次看到對方的真實樣貌,毫無隔閡。Kantapat 不顧自己的性命、衝過來替他擋子彈的那一刻,那道無形的牆就崩塌了,要是 Kan 沒在那一秒過來救他,躺在這裡的人就是他了,或者更糟糕——他可能不是住院,而是得睡在棺材裡。

Wasan 笑了,是個無論任誰來看都很罕見的笑容。「這股怒氣,大概得用一輩子償還了。」

「我的一輩子⋯⋯都給你。」Kan 的聲音越來越輕,卻還是努力擠出一絲力氣,清晰地說:「我愛你⋯⋯」

Kantapat 告白之後,暫時陷入沉默。警察低下頭,深吸一口氣後抬頭看著剛剛艱辛地告白的人,「等你痊癒,再說一次這句

話吧。」

「好……Wasan……」Kantapat 閉上眼，從喉嚨裡發出輕聲的嘆息：「你為什麼那麼可愛？我好想現在就把你抱上床，扒光後上你。」

Wasan 趕緊左右張望，看看有沒有人聽見剛才的話，接著回頭一瞪：「你！現在是說這種話的時候嗎！」

儘管兩人現在只能摸摸小手，但那樣的觸碰比以往任何一次還要深刻。Wasan 感受到 Kan 的告白是發自內心的，對方肩上的槍傷也證明 Kan 願意為他付出一切。Wasan 決定以最好的方式回報醫師——全力偵辦 Somsak 醫師的案子，向所有人證明他的情人是無辜的，而年輕醫師所做的一切都是出於無奈。

「要買水煮荸薺嗎？水煮荸薺，小袋五銖、大袋十銖。」叫賣荸薺的聲音傳來，正在等人的 Kong 轉頭望去。

「怎麼現在來賣這個？真是觸霉頭[18]。」Kong 嘟囔著，抬手調整十分不舒服的領子。小販大概是看到 Kong 不大愉悅的眼神，還有他身上穿的制服，驚慌地拿起放著一袋袋水煮荸薺的籃子，快步走過他的身旁。沒錯，因為工作需要，此時警少尉 Archa 身上穿的是警察制服，希望這身裝扮能為他等待的人帶來一些驚喜。

四點半，Tum 走出內科大樓，手裡還拎著一個皺巴巴的帆布袋。男護理師連抬頭看 Kong 一眼都沒有，像不相識一樣低頭走過，讓 Kong 的心情煩躁起來。

---

[18] 荸薺（แห้ว）在泰國的俚語中有失望、不成功的意思。

「欸！」警察喊道。

Tum顫了一下，回頭看了看，大眼圓瞪，把Kong從頭到腳看了一遍，再看回臉上，彷彿不敢相信自己的眼睛。

「Kong巡官？」Tum眨了眨眼睛。

「為什麼認不出我啊？好難過。」高大的警察走近男護理師，送上對方應該很熟悉的欠揍笑容，「『Kong巡官好帥，太帥了』想這麼說就大聲說出來啊。」

Tum一臉厭惡，「真是個瘋子，太自戀了吧。」

警察放聲大笑。Tum不得不承認，Kong巡官穿上這身裝扮就不再是躲在陰影裡的男人了。高大結實的身材很適合穿上這身執法人員的制服，理短的平頭也沒有被平常戴的黑色棒球帽遮住，襯得他的臉龐稜角分明，讓幾乎所有路過的人都回頭看來。Tum對周遭的目光感到惱火，想離這個人遠遠的。

「都下班了，一起去找東西吃。」Kong的邀約不是問句，反而更像命令。

「我有約了……」

「小Tum！」另一個男人的呼喚聲讓Kong的笑容瞬間消失。男子穿著繡有姓名的短白袍，帶著開朗的笑容走過來找Tum，他看起來陽光、善良、皮膚白皙，「抱歉，我以為OPD會更早結束。」

「沒關係，我也剛交班而已。」Tum轉頭看著Kong，「我先走了，Kong巡官。」

那個醫師朝Kong微微頷首之後，兩人轉身離開，留下Kong一個人像石化般愣在原地。一回過神，他就帶著忿忿不平的心情

走出大門,想把賣荸薺的小販喊來教訓一頓,但大概沒什麼用,又不是人家賣荸薺的錯,錯的是他讓喜歡的人從第一次見面就討厭他,Archa巡官的混蛋行徑從來沒有讓Tum開心地笑過,一次也沒有,他得到的只有惱怒的表情,或是一些想擺脫他的話語。

「Kong巡官,怎麼不大開心的樣子?」Kawin走過來向愁眉苦臉地坐在警局門口長椅上的警察同梯,「欸,我坐著辦了一整晚案子,看起來都還比你現在人模人樣。」

「辦一整晚的案子怎麼能跟失戀比啦!手痛比心痛好多了。」Kong說完用拳頭捶上自己的胸口,「我就那麼不值得交往嗎,Kawin巡官?」

「要我說實話嗎?」Kawin在一旁坐下,「對,你的確不值得交往,也不值得被人家喜歡。」

「喂……」Kong露出痛苦的表情。

「但要我說,你這個樣子也是一種魅力啦,你明明很優秀卻老是擺出一副討人厭的樣子,別人在欣賞你之前就先討厭你了。試著凸顯出你的優點跟才能吧!」年輕警察抬手拍拍Kong的肩膀安慰他,「我在追到我老婆之前也吃了一次又一次的閉門羹,但你知道為什麼最後追到了嗎?因為我的表現讓她發現我是個可以依靠的人——在她最辛苦的時候,我決定陪在她身邊,這就是轉機。」

Kong揮開Kawin的手,笑著說「好啦,你人帥又溫柔啦。」

「所以你還在追那個護理師?」

「嗯,同一個護理師。」

「在她大夜班的時候買飯去給她,這招最有用了,在她又餓又累又睏時有你的食物,尤其是甜點,女生最喜歡了。」Kawin笑得燦爛,「這是過來人的建議,就看你信不信了,兄弟。我得回去工作了,跟Somsak醫師案的證人有約,掰啦。」

Kong正想繼續問些什麼,但Kawin已經走了。Kawin的建議聽起來滿有意思的,只可惜那是追女生的方式,跟Kong遇到的狀況完全不一樣。從出生到現在,Kong從來沒有正式談過戀愛,曾經暗戀過別人,但不知道該怎麼親近對方,只會去把人惹惱後逃跑。Tum不是Kong第一個心動的男生,卻是第一個讓他決定勇敢克服自身恐懼的人,不再害怕因為喜歡同性而遭受嘲笑及歧視。

他必須承認,Wasan的勇氣就是Kong動念的原因。Wasan督察讓他意識到其實沒什麼好怕的,最可怕的反而是失去喜歡的人。他對自己過去的不友善感到內疚,但這次,他可能得依靠Wasan來消解這種糟糕的感覺了。

*

「Somsak醫師在府立醫院工作二十年,在三年前升任為醫院院長。」Wasan站在貼滿資料、照片及證據的白板前說著,向在場所有與案件相關的同仁說明。這些資料都連成圖表,以便大家理解,「他曾經和女醫師Kwanhathai結過婚,育有一女,在十年前離婚。前妻及女兒目前搬到他府居住,在那之後,Somsak醫師就沒有和任何與女性傳出緋聞,直到五年前,開始有傳言說Somsak醫師會接近醫院裡長相英俊的年輕男子,於是有人猜測

院長可能是同性戀。」

「誰能證實這一點？」偵查副局長發問。

「在醫院工作超過五年的每個職員都一致證實了這點。」Wasan繼續說：「在Somsak醫師成為院長之後，曾拿醫院獎學金去攻讀專科的Kantapat醫師在畢業後回醫院擔任家庭醫學科的醫師，被Somsak醫師指派負責癌末病人的安寧療護工作。在那之後，就出現了Somsak醫師的第一個受害者，Phin Lama女士。」Wasan伸手拿起一個裝著證據的透明袋，裡頭有貼著病人姓名的空針筒，「每次用來殺害癌末病人的空針筒，Somsak醫師都會留下來。」

「動機是什麼？」Bird繼續發問。

「目前還不清楚，但就現有的資料猜測，Somsak醫師有控制他人生活的傾向，他可能將自己視為解救他人脫離痛苦的人。接下來的問題是他當了一輩子的醫師，為什麼最近三年才開始行動？」Wasan用筆指著Kan的照片，「那年他已經成為院長，更方便掌控一切，再加上當時醫院第一次有安寧療護專長的醫師進來工作，若發生任何意外，Kantapat醫師可以立刻成為代罪羔羊。」房間裡的每個人都沉默了，而Wasan很清楚他們在想什麼，「我不是在為Kantapat辯護，只是根據發現的事證說話，如果有人對目前的證據有任何不同的想法，隨時可以提出異議。」

「那為什麼Kan醫師要自己偷偷摸摸地去找證據，不跟其他人商量呢？」Archa巡官舉手發問。

「還有精神病患Som先生的事情，他堅稱他看到了Kantapat醫師爬進屋裡殺人，而不是Somsak醫師。」Bird摩娑著下巴，若

有所思。

「副座，我們真的可以相信一個瘋子說的話嗎？」Kong 提出異議，讓 Wasan 覺得很是意外，Kong 似乎想幫助他，「把它當作可信度較低的證據會不會比較好？何況，Somsak 醫師家中發現的證據已經很明確了。」

「Som 先生的事情還需要進一步調查。」Wasan 將這個問題記在黑板上，「不過，Kantapat 為什麼要自己去調查，就我去探望詢問的結果，他說是他開始發現自己被塑造成犯人，但不確定是誰在背後操控，所以自己進行了調查，最後發現是 Somsak 醫師。他急著收集證據交給警方以保護自己，不讓 Somsak 有時間做出反應，但可惜的是，Somsak 醫師發現 Kantapat 醫師找到了證據，並威脅要傷害他和我，這讓 Kantapat 醫師陷入了絕望。至於具體細節，可能要等他身體恢復才能知道了。」

Wasan 走向白板的另一側，指著藥師 Chanchai 的照片，「Boss 藥師剛就職一年，所有同事都知道他是同性戀，曾與一名男性交往，但直到 Boss 被發現在宿舍上吊身亡之前，沒有任何同事知道那個人是誰。法醫室的職員 Anan 先生說他曾發現 Boss 藥師的可疑行徑，當時他正要將癌末病患的驗屍證據送去化驗。在得知化驗結果，發現病人的死因是被注射鎮定劑致死之後，我去藥局問過 Boss 藥師，他也表現出明顯的異常反應。不久後，有人闖入我家襲擊我，也對我注射了同種藥物。」年輕督察指向 Somsak 醫師的照片，「我們在 Somsak 醫師的臥室中找到 Boss 的手機，調查過內容後，發現有兩人的合照，可以推斷他們兩人正在交往，而且 Somsak 醫師可能就是殺害 Boss 藥師的凶手，推測

是因為 Boss 藥師曾襲擊我，Somsak 醫師怕他被抓之後會供出自己。」

「至於 Yongyuth 先生一案，從在 Somsak 醫師家中發現的死者物品，以及死者用手機拍下了 Somsak 醫師的照片來看，應該是被殺人滅口的，監視器資料後續也全部被刪除了。Somsak 醫師還刻意製造證據，讓 Kantapat 被牽扯進他犯下的每件案子，藉此轉移警方的注意力。」

年輕督察深吸一口氣，「因此，可以得到一個結論：Boss 藥師案、Yongyuth 先生案以及注射藥物致癌末病人死亡的案子，全都有關聯，而且都是同一個人⋯⋯Somsak 醫師所為。」

會議結束之後，Kong 坐到 Wasan 的辦公桌前，正專心閱讀手中文件的年輕督察抬頭看了一眼來訪者，露出似乎突然想起什麼的表情。

「喔，對了，我要還你衣服。」Wasan 彎腰拿起放在桌邊的紙袋，遞給 Kong。「Kantapat 的血跡都已經洗乾淨了。」

「我正要來問呢。」Kong 巡官接下袋子，頭朝 Wasan 手裡的文件點了點，「這種氣氛讓我想起督察調來前的大案子，Janjira 小姐上吊的懸案也是錯綜複雜，令人頭痛得要死。」

「我聽過那個案子。」Wasan 看到 Kong 欲言又止的模樣，「你不只是來拿衣服的吧？」

Kong 抹了一把臉，嘆了口氣，「我想私下請教督察一件事，方便的話，能不能跟我吃頓晚餐？」

「這樣約我吃飯，你知道我有男朋友了吧？」

「知道，當然知道。」Kong連忙揮揮手，「我只是有事想問，真的。」

「要是手上的工作能處理完，我明天傍晚應該有空。」

「好，我同樣也有空。」Kong站起身，「那就說定嘍。」

「說定了。對了，Kong巡官，我想請你幫忙調查Som先生的事，拜託你幫忙查查Som先生的話有沒有可信度、有沒有其他人也看到同樣的事。」

「好啊。」Kong隨後無聲無息地從辦公室消失了。

Wasan輕嘆了一口氣，因為對方的態度突然變得很友善。他繼續低頭閱讀面前的文件。這是將在Somsak醫師家發現的空針筒上標示的患者名字列出來的一張表，並標註了死亡日期、時間和地點，以及死亡證明書列示的死因。Somsak醫師下手的日期始於三年前，沒有固定模式；至於宣告死亡的時間，取決於親屬何時發現被害人過世。地點大部分在家中，其中有三例是在醫院死亡的。

但在這些名字裡，完全沒出現Rawiwan女士，也就是Wasan過世母親的名字。

第二十八章 Kantapat 的模樣

　　Kantapat 在床邊試著站起身時，Wasan 伸手攙扶幫助他。胸口上的引流管昨天拔除了，現在醫師身上只剩下右手臂上的吊帶。當他以雙腳站穩時，深吸了一口氣，露出比平時更燦爛的笑容。

　　「感覺怎麼樣？」Wasan 抬頭問道。

　　「大概很快就可以回家了。」Kan 對 Wasan 一笑，「心情好就能迅速好起來啊。」

　　「少耍嘴皮子了，快點坐下。」Wasan 將輪椅拉近並扶好，避免它在 Kan 坐下時滑動，「你確定我可以一起去？」

　　「我確定。」年輕醫師慢慢坐下，然後朝 Wasan 點點頭，「這病房的護理師只給了不到一個小時的時間，快走吧。」

　　Kantapat 請 Wasan 帶他去的地方是內科男性病房。一身便服的 Wasan 推著 Kantapat 進入病房，所有護理師的目光都聚集在他們兩人身上，但沒有人露出詫異的表情，彷彿早就知道他們會來了。一名護理師拿著病歷走過來找 Kantapat，她抬手向 Wasan 問好，而警察也有些僵硬地回禮。

　　「血壓降下來了對吧，Nong 姊？」Kan 抬頭問那名女護理師。

　　她點點頭回答：「對。Kan 醫師，患者今天幾乎沒排尿了。」

　　「可能只剩下幾天了。」Kan 回過頭對 Wasan 說，「帶我去十二床。」

　　Wasan 推著輪椅穿過病房，兩旁都躺著一排病人，這樣的

場景對 Kantapat 來說大概已經習以為常，但對 Wasan 這個非醫護人員的的人來說，這裡的氣氛讓他既壓抑又感傷。警察看著 Kantapat 要求來探視的病人，那是一個身形枯瘦的男性患者，他呼吸急促又沉重，翻白的雙眼望向天花板。Kantapat 看著螢幕上不斷閃爍的數字，聽著機器發出的聲響，低聲說：

「關掉監測器吧，這樣患者才能安靜休息，我會開靜脈注射的少量嗎啡，減輕患者呼吸困難的症狀。」Ornanong 點點頭，接著伸手按掉開關，病房內瞬間安靜下來。「麻煩 Nong 姊照我的話寫一下醫囑，因為我的手還沒辦法寫字。」

「好。」

Wasan 看著仍是傷患的醫師對護理師清楚交代藥物劑量，Nong 姊寫完後走向護理站，將 Kan 醫師的指示轉達給其他護理師。Kan 拜託 Wasan 將他推近病床，同是病患的醫師伸出左手，輕輕觸碰男性長者的手，用 Wasan 第一次聽到的語氣說話：

「Nopparat 先生，我是 Kantapat 醫師，抱歉，我沒辦法遵守約定，去家裡探望您。」醫師笑得很溫柔，「Nopparat 先生之前說想等到孫子畢業再走的願望，我知道您已經做到了，Nong 姊有傳您和孫子的合照給我看，真的很棒喔。」

Wasan 微微挑眉，他以前從未看過任何醫師如此關注患者的小心願。警察站在原地，專注地聽著。

「現在，您不用擔心任何事了，我希望您靜下心來，多回想以前做過的善事。Nop 先生對我說過，您曾經擔任志工，救助遭受洪災之害的人，還記得嗎？我想要您回想那個時候，想想做完善事、成為孤苦人家依靠時的快樂與充實感。」

忽然看到老人翻白的眼睛慢慢閉上，在沒有用任何藥物的情況下平靜下來，警察不禁泛起雞皮疙瘩。Kantapat握緊病人的手，繼續說：「接下來我把這段時間留給您和家人，我會請護理師替您把家屬叫進來陪您。」醫師轉頭對Wasan說，「我們走吧，Wasan。」

　　從內科大樓把醫師推回去的路上，Wasan的腦海裡都是剛才醫師溫柔握著病人的畫面，實在令人印象深刻，難以忘懷。兩人一進到電梯裡，Kan就開口：「我只是想讓你看看我工作時的樣子，這樣你能更了解我的角色，或許也會更相信我。」

　　「嗯，我看到了。」Wasan沉默了一下，「為什麼你不等身體康復之後再去看病人，或者請其他醫師去處理呢？」

　　「我跟那個患者已經認識六個月了，他從還能自理時就是我的病人，他接受不了自己癌症末期的事實，重度憂鬱到想要自殺，外科部將他轉給我繼續照護，我用了一個叫『建立良好醫患關係』的特殊手段，讓他度過憂鬱期，堅持活到孫子畢業。現在，他沒有任何牽掛了，所以我想親自來送他一程。」

　　「像你這樣的醫師到底算什麼醫師呢？」Wasan不禁稱讚道，「看起來像個醫師，但又不只是醫師，治療的手段似乎不只是藥物，還用了一些科學？」

　　「你說對了，因為我是專注於病人的整體狀態，包含病人的疾病、心理、社交狀態、家庭關係，甚至是心靈層面。」

　　Wasan安靜了一會兒後說：「你也是這樣照顧我阿母的吧？」

　　醫師點點頭，「沒錯，我一樣照顧了你母親的身體、心理及心靈層面。」

＊

在那頓晚餐的席間，Wasan 督察告訴同事 Kong——不用害怕，你越害怕，那件事越有可能發生，如果你確定自己準備好要應對接下來的挑戰了，那就跟隨自己的心吧。

千眼刑警認為他準備好了，只是還需要確認一件事情。

那天來接 Tum 的醫師到底是誰！

穿著黑色皮衣、頭戴棒球帽的年輕男子躲在員工停車場的陰暗角落，盯著一身乾淨短白袍的醫師走向自己的車，車牌號碼顯示車子來自清邁府，表示他是隔壁府的人，但是還無法得知他和 Tum 之間的關係，應該也不難查到就是了。

看到一名男子坐在病患用品清潔室的門口等著，一名名叫 Thip 的女清潔工輕聲尖叫，之後驚呼：

「Kong 巡官！」

「美女，好久不見了。」Kong 舉手碰了一下帽簷，當作招呼，「妳看起來過得很好嘛。」

嬌小的女清潔工雙手扠腰，一臉不悅地看向面前的男子，「你又想要什麼情報？」

「Poramet 醫師跟護理師 Tum 是什麼關係？」警察直奔主題，完全不拐彎抹角。

Thip 微微挑起眉毛：「要拿什麼買這個情報？」

「三百銖。」

年輕女子立刻攤開掌心等著收錢。

Kong無奈地嘆了一口氣，從口袋拿出三張紅色紙鈔，放到Thip手中。她滿意地笑了笑，迅速把錢收進口袋裡。

　　「快點說吧。」

　　「Por醫師好像在追小Tum，但目前還沒在一起，只是會聊天約會而已。」Thip頓了一下，讓Kong把臉湊過來，壓低音量說：「但不知道為什麼，Tum一直沒答應醫師的追求，人家長得那麼帥，還是個大有前途的外科醫師啊。感覺Tum已經有喜歡的人了。」

　　「是嗎？」Kong皺了皺眉，有點半信半疑。

　　說起情報的可信度，出自Thip口中的資訊可能不太能信，但這位清潔員是這家醫院的頂級眼線，消息一向靈通，而且她個性友善好相處，經常有醫院職員來跟她說八卦。

　　「Tum有說過他喜歡誰嗎？」Kong追問道。

　　「我聽說有一個男生常送飯和飲料去他的病房，但我不知道是誰。」說完，Thip便後退，拉開距離。「是說，Tum跟Por醫師是和什麼案子扯上了關係？為什麼Kong巡官要特地來問我情報？」

　　「Tum捲進了一起嚴重的案子。」Kong舔了舔嘴唇，壓低聲音說，「嚴重到我必須親自逮捕他。謝謝妳的情報，美女。」

　　Thip一臉驚嚇地看著警察快步離開。

　　Kong得趕緊去逮捕Tum，因為他犯下了一項不可原諒的重罪，那就是偷走並傷害了Archa警官的心。

　　「靠！真是的！又是你，Kong巡官！」Tum被嚇得渾身一顫，因為當他朝自己住處走去時，穿著黑色皮衣的高大男人悄悄

從他身後走近，伸手拍了拍他的肩膀。

「嘿，親愛的，為什麼最近都不見人影，是在躲我嗎？」

「你到底什麼時候才要放過我，嗯？」Tum 終於忍無可忍地大聲道：「我們之間的事情應該都結束了吧？不要再時不時出現了！」

「竟然被臭罵一頓啊⋯⋯等等。」Kong 連忙跑去擋住 Tum 的去路。

年輕護理師正要再次開口罵人，但還沒開口就因為 Kong 遞來一張卡片而愣住。

「我剛好認識一個團體，是由一群吸過毒的人組成的，他們現在正在幫助其他人戒毒，聽說有很多人加入後，都成功戒掉了⋯⋯這個或許對你會有幫助。」

Tum 眨眨眼睛，瞪著 Kong 遞來的名片好一會兒，然後接過來細看。「這是為了我姊？」

「嗯。」Kong 朝名片努了努下巴，「我去聽過這個團體的講座，覺得滿不錯的，所以拿了一張名片來給你。」

男護理師抬頭一臉詫異地望著 Kong，心中再次湧現一股奇怪的感覺，就像 Kong 伸手替他擦嘴角時一樣，但這次，他的心跳比那次快了好幾倍。Tum 抿抿唇，試圖掩飾自己的情緒，輕聲說道：「謝謝。」

警察將雙手插進口袋，緊盯著 Tum 的模樣，嘆了一口氣後說：「Tum，我要認真地問你，你真的看不出來我做的這一切是為了什麼嗎？」

嬌小的男人微微張嘴，愣了一下後垂下目光，將剛剛收到的

名片收進口袋,「是指要我調查情報的事情嗎?是為了讓我姊不用坐牢啊,我很清楚。」

「不只是調查情報。」Kong 將臉湊近,讓 Tum 畏縮地往後退一步:「我是說,你就沒想過我為你做的每一件事,都是因為我喜歡你嗎?」

Tum 頓時僵住,像石化了一般。他的雙唇微張,似乎想說些什麼,但沒有發出一點聲音。周遭的空氣頓時凝固,一片沉默。Kong 注視著 Tum 的目光跟以前不一樣,不再帶著戲謔與挑釁,而是充滿哀求與真心。

Tum 告訴自己要恨這個警察入骨,但為什麼 Kong 的這句話如此清晰,讓他有一種雙腳被地面吸住,無法動彈的感覺?

「我是男生耶,Kong 巡官。」Tum 聲音顫抖地說。

「但你不是本來就喜歡男生嗎?」

「我是啊,但 Kong 巡官不是⋯⋯」

Kong 打斷他的話。

「誰說的?我只是很會欺騙別人,也很會欺騙自己罷了。」他將手放在 Tum 的肩上,「別再跟那個醫師來往了,選我吧。」

Tum 應該要為 Kong 知道他和 Poramet 醫師的事情感到驚訝,但是一想到 Archa 巡官是個多厲害的刑警,他的困惑立刻就消失了。

「這是像往常一樣,在整我對吧?」

「如果我這輩子只能說一次實話,那就是現在。」Kong 抬手輕輕捧住 Tum 的臉,「我喜歡你。」

兩名年輕男子坐在公園湖邊的長椅上，溫暖的微風輕拂過他們的臉頰。Tum望著倒映在水面上的燈光，心跳仍舊無法冷靜下來，甚至比之前更劇烈。當坐在身旁的人伸出健壯的手臂摟住他的肩膀時，心跳更是亂了節拍。Tum轉頭望向Kong，Kong正帶著與平時截然不同的微笑看著他，笑裡滿是Kong鮮少表現出來的快樂與溫暖。

　　「醫師怎麼說？」

　　「醫師說沒關係，他明白，然後祝我幸福。」Tum抬起雙腳抱住，「但我還是很驚訝，我昨天還覺得自己很討厭你呢。」

　　「那不叫討厭。」Kong摟著他肩膀的手輕輕摸了摸Tum的頭髮，望向遠方，「那是用討厭隱藏內心的愛意。」

　　Tum的表情像吃到世界上最噁心的食物，「原來你是這麼噁心的傢伙。」

　　「噁心，但很好吃喔。」

　　「像臭魚一樣？」

　　「哇，這什麼比喻啊？」

　　「不是嗎？聞起來噁心但好吃，應該拿來剁碎，然後丟進鍋裡做燉菜。」

　　Kong挑眉露出賊笑，「想吃吃看嗎？」

　　Tum嚇傻了，因為Kong突然湊過來在他臉頰上親了一下。年輕護理師急忙用手推開Kong的臉，不給他第二次的機會。警察向後一仰，佯裝滾到草地上，爽快地哈哈大笑。Tum則不停抓起手邊的草往討人厭的傢伙身上丟，不自覺地露出了微笑。

　　他不曉得為什麼最討厭的人會變成跟他告白的人，又為什

麼他選擇了這個人，而不是長相和個性都好上許多的新追求者，或許只有上天可以給出答案。Tum 大概是前世和 Kong 結下了恩怨，必須彌補彼此，所以成為彼此的熟人、敵人、幫手，最後成了戀人。

還有一件事懸在 Tum 的心上，尤其是聽說 Kantapat 醫師受傷開刀又住院好幾天後，年輕的護理師更加內疚。他瞥了一眼睡在身旁的人，伸手輕推了推他，想叫對方起床。

「Kong 巡官，早上了。」

「唔……讓我再睡一下嘛。」Kong 翻身將手和腳都跨到 Tum 的身上，把人緊緊摟進懷裡。

「別睡了！」Tum 掙扎了一會兒才從對方的懷裡脫身。Tum 坐起身，望著不情願地睜開眼的 Kong，「我有事要跟你談。」

「什麼事？」Kong 揉著眼睛，睡眼惺忪的模樣。

「我們應該去跟 Kantapat 醫師道歉，因為我們懷疑他是兇手，我也要跟他坦承曾經去翻他辦公室的事情。」

「不用啦。」警察撐起身體，倚著床頭櫃而坐，原本蓋在身上的棉被往下滑落，露出健壯的軀體，「Tum 是為了找證據去翻醫師的辦公室，在那之後，醫師也去翻了你的房間，藉此把我引開，以便他潛入 Somsak 醫師的家，找證據交給警方。我託 Wasan 督察問清醫師所有事情，統統都釐清了。」

「我知道已經釐清了，但還少了把話說開啊。」Tum 站起來，彎腰撿起地上的 T 恤和四角褲穿上，「我和 Kan 醫師還必須一起工作很久，我要買東西去探望他，為那件事向他道歉。」

「你今天不用上班嗎？」

「今天上小夜班。」Tum 拿起浴巾，披在肩上，「Kong 巡官今天白天也沒事吧？要一起去嗎？」

Kong 一臉不願意，但還是離開床舖，站起來伸了個懶腰，「好吧，我等等送你去，你要去哪裡買伴手禮？」

Tum 露出微笑，他知道 Kong 現在在努力討好他，雖然不知道這種情況會持續多久，但這小小的努力讓 Kong 看起來比以往更討人喜歡。

Tum 和 Kong 帶著一束鮮花和一大袋零食、牛奶及水果走進外科的頭等病房。向護理師詢問 Kantapat 醫師的病房後，兩人走向最裡頭的病房。那是最大間的病房，兩面開窗的格局讓室內非常明亮。Kantapat 醫師轉頭看向來訪者，一臉驚訝。房內還有一名打扮得體的中年婦女在替 Kan 準備食物，她抬起頭，對兩人微微一笑。

「兒子，有人來看你呢。」她轉頭向 Kan 說。

年輕醫師點點頭，依舊一臉詫異地望著 Tum 和 Kong。Kan 醫師會有這種反應也不意外，因為這兩位是他不曾想過會來探望的人。

「Kan 醫師……」Tum 吞吞吐吐地說，「我跟 Kong 巡官……想來探望你。你的狀況怎麼樣了？」

「好多了。」Kan 微微一笑，「沒想到你們兩位會來。」

「經過這一切，我認為我該來為我造成的混亂道歉。」Tum 回頭看向 Kong 巡官，希望他說些什麼。

「醫師看起來消瘦了不少呢。」Kong將伴手禮放到電視旁的桌子上。

Kantapat望著Tum和Kong，沉默了一會兒。

「媽，可以給我們一點時間嗎？抱歉，不會花太多時間的。」Kan轉頭對母親說完，她點頭表示理解。

「沒關係，我剛好想去樓下買個衛生紙回來，你們慢慢聊。」Kantapat的母親站起身，拿起手提包走出病房。

Tum抓著Kong的手臂，拉他走到Kan床邊的椅子坐下。

「是這樣的，醫師，我今天來是想來道歉的，因為我對我做的事感到非常內疚，這件事導致你必須去查出是誰去翻了你的辦公室，後續引發了一連串的事。」Tum深吸一口氣，「我真的只有去翻過醫師的辦公桌一次，我趁跟Nong姊借鑰匙進廁所的機會，去替警察搜查證據。」

Kan的目光立刻轉向Kong巡官，「我並不意外。」

「所以我想來向你認錯。那時迫於許多壓力，Kong巡官也被逼著找證據，請你不要責怪我們兩個。」

「就算你沒有來搜，我還是會去找證據的，因為Somsak醫師拿走了我的東西，還動了我患者的病歷。」醫師抬手拍了拍Tum的手臂，讓Kong有點不悅地挪動身體，「我也要向你道歉，那天去翻了你的房間還威脅你，我當時不知道這件事情與你無關。」

Tum如釋重負地笑了，這就是他今天來探望Kan的目的，三人之間的緊張氣氛緩和下來，只剩下對彼此的善意，就連Kong巡官也感到輕鬆許多。既然他都跟Wasan督察和解了，那跟他男朋友建立交情似乎是無法避免的事，即使他不大想這麼做，而

Kantapat醫師看起來也不太情願的樣子。

但……誰知道呢,過去的敵人說不定會成為未來互相幫助的真朋友。

第二十九章　活下來的老虎

　　Wasan打開臥室門，徑直走到窗前，開窗迎接微風和陽光。
　　Kantapat跟在後頭，臉上掛著燦笑。他伸手調整吊著尚未完全復原的右臂吊帶，靜靜看著警察替自己打理一切。Wasan承認自己是Kantapat的男朋友之後，立刻在這個家裡擔下了許多責任。或許是為了報答Kan的救命之恩，Wasan是在年輕醫師養傷的期間最盡心盡力照顧他的人。
　　年輕督察掀開被單後，招招手說：「你過來躺著休息，剛出院就不要亂跑，我去替你準備食物。」
　　「謝謝。」Kan走近床鋪，緩緩坐下，躺到Wasan準備好的枕頭上，「你今天不用值班嗎？」
　　「我跟另一個人換了班，今天才能去接你出院。」Wasan把棉被蓋到Kan的腿上，「你想吃什麼？」
　　「讓我想一下。」Kan閉上眼睛思考，Wasan則雙手抱胸，站在原地等他，「我吃膩醫院的食物了，想吃點不一樣的，像日式或韓式料理。」
　　「好，我等等去買。還想吃什麼隨時傳訊息給我。」Wasan準備離開，卻被Kantapat抓住手，年輕督察轉頭看去，「怎麼了？」
　　「我們好久沒有像這樣兩個人獨處了。」年輕醫師的大拇指摩娑著Wasan的手背，「其實我現在想要的不是食物，是其他東西。」
　　「是什麼？」

Kan拍了拍自己的大腿。Wasan靜靜地看著他，彷彿在衡量什麼，但最後還是決定轉身坐到床沿，俯身貼近Kantapat，將嘴唇緊壓上對方的。Kan毫不遲疑地回應，和他一直渴望的人熱烈親吻，左手則伸過去輕輕揉捏警察結實的臀部。彷彿體內有一團火在燃燒，兩人的身體逐漸升溫，Wasan的吻從Kan的頸窩一路往下來到胸口和小腹，接著他解開Kan的褲子鈕釦，拉下拉鍊。

　　時間不知不覺間來到中午，但午餐早被遺忘，兩個男子感受到的不是飢餓，而是極致的愉悅。眼前的畫面讓Kan懷疑自己正在作夢，Wasan的一舉一動都美麗迷人。他也想讓Wasan感受到同樣的快感，但他身上有傷，因此Wasan選擇主動承擔一切。Kan伸出他唯一能用的手撫上此時跨坐在身上的Wasan結實的腹部。

　　「會痛嗎？」Wasan詢問Kan的手臂情況，微微喘著氣。

　　醫師搖搖頭。

　　「這個問題應該是我問你才對。」

　　警察彎腰吻上Kantapat，「不用擔心我，我習慣了。」

＊

　　「Ban。」

　　Bannakij醫師轉頭看向門口的聲源，法醫師將辦公桌上的最後一件物品放入箱子中，然後直起身，笑著迎接走來的前輩。

　　「Kan學長，你回來工作了嗎？」

　　「對，我差不多好了，只剩下右手臂還不太能用，必須先掛著固定，之後再做幾次復健。」Kantapat笑著搖搖頭，「吃了子彈

還能死裡逃生，我這輩子很值得了。」

「沒在我的解剖檯上就很好了。」Ban看向Kantapat手上拿著的東西，「拿書來還我嗎？」

「對。」Kan走到桌旁，放下他三個月前向Bannakij借的書。「Ban，你真的要走嗎？」

「是啊，今天是我最後一天上班。」Bannakij看著Kan歸還的書問，「讀了之後覺得怎麼樣？」

「我也沒有看完，只看了一些有興趣的部分，還有可能會經常用到的地方。」Kantapat伸手拍拍法醫師的肩膀，朝他一笑，「謝謝你的書，要是有機會在曼谷見面，就讓我請你喝杯咖啡，當作感謝吧。」

「我很樂意，Kan學長真的要來曼谷找我喔。」Ban將書收入箱子。

「如果有去，我絕對會打電話給你的。祝你在醫學院當教授順利，我相信你一定會受到所有學生喜歡的。」

「謝謝，Kan學長也要好好保重。」

Kantapat抬手道別後，轉身走出法醫部的辦公室。Bannakij定睛望著高大男子，直到他走出視線範圍。儘管目前發生的多起謀殺案已經認定是Somsak醫師所為，但Bannakij從Kantapat身上感覺到的不安卻絲毫沒有減少。年輕醫師深吸一口氣，試著平復心情，他跟自己承諾過，不會再急著評斷一個人，而且他即將無事一身輕地離開這裡了，就別再追究自己為什麼會有那樣的感覺了，拋諸腦後吧──因為現在醫院已經恢復平靜了。

　　男性外科加護病房裡，今晚又是一個一如往常的寧靜夜晚，隔間裡的病人依舊安靜地睡著，他的生命徵象正常，呼吸也正常，儘管痰液有點多，但他已經能透過設置在氣切口上的氧氣面罩自行呼吸了。Mayuree在紙上最後一次記下這名患者的生命徵象，準備打電話給普通病房的值班護理師，移交這名患者，因為患者的情況不再危急，不需要密切觀察了。除了腦部缺氧讓他像個沉睡的王子，其他狀況並不嚴重，他的腦部功能已有好轉的趨勢，其他器官也已經恢復正常運作，剩下就是等著看他的大腦能恢復到什麼程度了，因此主治醫師允許將他轉入普通病房，進行後續治療。

　　「需要我打給值班的傳送員嗎？」Oui是和Mayuree一起值班的年輕護理師，探頭進隔間裡問。

　　「好，也打去跟警察說我們要把Somsak醫師轉到外科男性病房了。」Mayuree快速地寫下護理紀錄。一寫完，她便起身打電話給值班的實習醫師，告知其他患者的血檢結果。

　　半個小時後，一名短髮髮、戴著粗框塑膠眼鏡和口罩的男性傳送人員推著推床走進來，他和護理師合力搬動Somsak醫師，之後和另一名接送的護理師推著床離開加護病房。

　　「這個傳送員沒見過耶。」Mayuree轉頭對Oui說。

　　「最近有好幾個新員工進來。」Oui笑著回答：「是說剛才那個人的身材滿不錯的，高高壯壯，抬起病人感覺很輕鬆。」

　　「真是的，看到身材好的男生就興奮成那樣。」資深女護理

師調侃道，兩個女生輕快地笑了起來。

傳送員與名為 Ying 的護理師推著患者走到大樓的連通道，此時連通道上安靜無聲，只有實習醫師匆忙走過。Ying 正要走去按前方直達外科男性病房的電梯，傳送員卻出聲阻止。

「姊，我剛才搭那臺電梯怪怪的，吱嘎作響，好像要壞了。」

Ying 轉頭露出詫異的表情，「真的嗎？」

「我覺得去搭內科大樓的電梯，再從連通道推過去比較好。」

傳送員指著內科大樓的方向，女護理師疑惑地扭頭看向據說快壞掉的電梯。

「那樣也行。」Ying 走回來，兩人推著病床走到另一條連通道，抵達不遠處的內科大樓電梯。兩人一走進電梯，Ying 就按下五樓，瞥了狀況穩定的患者一眼後靜靜地站在一旁，等著電梯抵達。

咚！

東西掉在地板上的聲音讓 Ying 立刻扭頭看向一臉驚慌的傳送員，他本想用腳去搆掉落的東西，卻將它踢到碰不到的地方。

「姊！我的手機掉了！抱歉，可以幫我撿一下嗎？」

傳送員的手機滑到推床底下，Ying 嘆了一口氣，因對方造成的麻煩搖了搖頭，但還是不得不彎腰幫忙撿。

「哎呀，掉到那個角落去了，你等等。」

就在女護理師艱辛地彎腰撿手機的那一刻，男性傳送員拿出裝有透明液體的針筒，旋開靜脈輸液管的蓋子，熟練地接上針頭，將液體推送進去後重新蓋回塞子，此時 Ying 剛好撿起手機。

「以後不要在工作時偷玩,要是被病人家屬看到就麻煩了。」Ying將手機遞給傳送員。男人抬起雙手,做出奇怪的行禮動作後接過手機,電梯抵達目的地,兩人將病人安全地送至外科男性病房。

完成任務後,新進傳送員走出大樓,來到一個避人耳目的陰暗角落,摘下眼鏡並放入口袋,舉起左手捏了捏右肩。

「痛死了。」

年輕男子撿起他事先裝好枯樹葉的垃圾袋,走向曾發生謀殺案的荒地。他往深處走,直到確定不會被人發現後,男子打開袋子,將枯樹葉倒在地上,接著點燃火柴,丟進樹葉堆裡。他站在原地等著烈火燒起,之後從口袋裡掏出針筒,丟入火堆中,接著摘下遮住嘴巴的口罩,也拔掉戴在真髮上的假髮,同樣扔進火堆裡。橘色的火光映出男子深邃的臉龐,他漆黑的眼眸裡沒有半點波瀾,冷酷無情地盯著猛烈的火焰。

曾有人說,祕密不會有消失的一天,但至少這個人的死,能使他的祕密永遠只屬於他一個人。

男子口袋裡的手機發出震動,他立刻拿出來按下接聽。

『你在哪裡?』電話那頭的聲音說。

「在醫院。」他用平常的語氣回答,「你到家了?我剛好回來拿個文件要回家繼續工作,馬上就回去了,不超過十分鐘。」

『快點回來,我買了食物回來。』

「你最好了,親愛的⋯⋯我現在就趕回去。」

Kantapat掛斷電話後,左手臂垂到身側,然後轉身走回醫院。這個時候,他加進點滴中的高劑量氯化鉀應該已經使

Somsak醫師的心臟停止跳動了，值班醫師及護理師恐怕正忙著進行心肺復甦術，但最終他們會得出這次猝死是痰液堵塞氣管造成的結論。優秀的法醫師已經不在這裡了，倘若沒有人對Somsak醫師的死亡起疑，就不會針對死因做任何調查。此外，Kantapat選擇使用的電梯是他和Wasan在裡頭接吻過的那一臺，因此他很確定那部電梯裡沒有裝監視器。

　　「你不該知道我的祕密的。」Kantapat對燃燒的火焰輕聲說，表情平靜得像座雕像，「不應該，Somsak醫師……真不應該。」

　　兩頭無法共居一穴的老虎，勢必有一隻會被殺掉。

　　Kantapat是贏得這場拚搏的老虎，也是活下來的人。

第三十章　啟發

　　Somsak醫師帶著學位證書，與妻子Kwanhathai醫師徑直走進廟裡。Kwan醫師看著異常恍惚的丈夫走向母親骨灰的擺放處，他周遭的氣氛凝重到女醫師幾乎喘不過氣。她從Somsak口中得知了一些關於他母親的事，以Kwan的角度來看，Somsak在年少時的遭遇是病人家屬一定會碰到的經歷。

　　兩人走到擺著逝者照片的塔位前，Kwan這才有機會看到婆婆年輕時的照片。那是一個擁有一頭漂亮直長髮的女子，遺憾的是，她年僅四十歲就病重去世了。Somsak跪在塔位前，將學位證書擺到地上，證書上寫著他是以一等獎的成績從醫學系畢業。

　　「媽，我畢業了。」

　　對於眼前的畫面，Kwanhathai應該為之動容，但不知為何，她感覺到的卻是害怕，Somsak望著母親相片的眼神不是愛與依戀，而是清晰可見的憤恨。女醫師緩緩離開，腹部的動靜讓她的心情平復了一些。Kwan伸手撫摸肚子，裡頭有她和Somsak的孩子，再過三個月就要來到這個世界上了。

　　「等到時機成熟，我絕對會用母親曾經教我的話，照顧我未來的病人。」

　　整片區域陷入了長達一分鐘的沉默，接著年輕男子站起身，撿起學位證書轉身用冷酷的語氣對女醫師說：「走吧，Kwan。」

　　從內科醫師升職為醫院的管理階層前，Somsak這輩子從來

沒有機會做自己想做的事情。身為一個受人尊敬的知名醫師，他必須繼續履行那份職責，所有人對他的期待都是治好疾病。隨著職位升高，他一步步遠離治療患者的職責，包括接觸癌末病人的機會。

「Somsak醫師，您好。」

「院長好。」

不管走到哪裡，他總是人們的視線焦點。Somsak笑容燦爛地向醫院員工打招呼，心裡卻十分抑鬱——他擁有的名聲、權力和聲望讓他不可以有任何汙點，他總在等待正確的時機、適合的時間，卻不知道它何時會到來。

直到一名專精於臨終病患安寧療護的家庭醫學科醫師出現在他的面前。

當Somsak收拾文件、準備回家的時候，他的手機響了。中年的醫院院長走回自己的辦公桌，拿起手機查看來電者。

──Rot Puangkaew。

「老朋友，有什麼事嗎？」Somsak接起Rot的電話。

Rot是他自小認識的朋友，曾經開過一家名聲響亮的大餐廳，之後成為政治人物，因胰臟癌末期結束了職涯。Rot曾打給Somsak諮詢治療方案，他建議去大學附設醫院治療看看，但就目前所知，除了依照症狀提供支持性治療，沒有更有效的治療方式了。

『Somsak。』Rot的聲音聽起來沙啞無力，『我可以麻煩你一件事嗎？』

「好，什麼事？」

『你幫我開一張診斷證明書⋯⋯說我是、癌症末期，交給我的家人⋯⋯』Rot喘了一會兒，『讓他們收著⋯⋯讓我今晚去雲遊了之後⋯⋯可以不用⋯⋯接受解剖。』

Somsak皺起眉頭，「什麼意思？今晚去雲遊？」

『我做了選擇⋯⋯Somsak。』Rot的語氣變得開朗起來，『那感覺太棒了，當我們可以⋯⋯決定自己的死亡⋯⋯』

醫師一愣，試著集中精神，繼續聽Rot接下來說的話。

『我好高興⋯⋯有人可以幫我。至少，我可以決定自己去雲遊的時間，終於可以結束這可怕的痛苦了。』

「有人幫你？是誰？」

『凌晨三點是我的出生時間，也會是我死亡的時間⋯⋯』

人不可能知道自己的死亡時間，除非是神智不清，產生了妄想。

或者是，一場安排好的死亡。

Somsak的心臟加速跳動，他連忙打開電腦，查看Rot就診的病歷。他發現，最近負責照顧Rot的醫師只有一位——

『Kantapat Akaramethee醫師』

而他的假設沒有錯。凌晨三點十分，一個黑影從Rot家的窗戶跳了出來，這證明了Rot不是精神陷入混亂，這場死亡真的是被安排好的。等那個身影消失在黑暗中，熟悉周遭環境的Somsak從藏身的樹籬中走出來。Somsak沒有看見黑影人的長相，但他非常確定那個人是誰。

「Kan。」

兩人一前一後在醫院連通道上走了一會兒後，Somsak 的呼喚聲讓 Kantapat 回過頭來。長相帥氣的年輕醫師舉起手，恭敬地行禮。

「醫師好。」

「我有事情想和你談談，方便嗎？」

Kantapat 微笑道，「現在可以。」

Somsak 帶著 Kantapat 走到內科重症加護病房，裡頭滿是插著呼吸管和各種管線的重症病人，Kantapat 轉頭望著 Somsak，眼神裡滿是疑問。醫院院長徑直走向抗藥性細菌隔離病房，病床上是一位沒有意識的屠羸老婦，她的胸口隨著氣切管連結的呼吸器上下起伏。

「這是這位阿姨第三次躺在這個病房裡了。」Somsak 說：「這名女性患者名叫 Phin Lama，七十歲，肺炎併發呼吸衰竭[19]，已經臥床很久了。她的親戚不願意照顧她，小孩也都逃走了，所以出院返家沒多久又回來了，要是再讓她回去，大概就沒希望了……」中年醫師轉頭看著 Kantapat，「你覺得我們該怎麼做？」

Kantapat 打開病歷，查看護理師寫下的紀錄。

「要是可以撐過這次的感染，這名患者會變成需要長期照顧的病例，問題應該會是如何取得居家照護的資源。如果能獲得妥善的照顧，可以降低患者再次因為肺部感染而回醫院的可能性。所以，我想我可能會召開家庭會議，徵詢他們聘請看護的可能性，連繫社區詢問資源，然後連絡保健醫院進行家訪。」

Somsak 不滿意這個答案，Kantapat 的回答和他想要的答案差

19　Pneumonia with respiratory failure：因肺部感染而導致呼吸衰竭的症狀。

太多了。

「她家人絕對無法負擔請看護的費用,至於社區資源,患者住在山上的部落裡,離醫院要好幾個小時的路程,要導入公衛服務非常困難。」

「我想還是有辦法的。」Kan用憐憫的眼神望著病人,「發燒和血檢的結果有好轉,呼吸器的參數設定也不高,應該還有希望。」

這個、病例、沒有、希望!Somsak想如此對Kan當面大喊。

年紀較長的醫師深吸一口氣,然後慢慢呼出,「希望兩個字和這樣的病例不太能擺在一起。」

而且,有許多行為都清楚顯示出兩個醫師的理念並不相同。醫院裡還有許多Somsak認為應該得到解脫的病例,但Kantapat從來沒有做出令他滿意的行動,就像那次對Rot先生所做的一樣。

如果要邀請Kantapat加入他的行列,那是不可能的。Kan不是耳根子軟的人,他是一個聰明的醫師,有自己明確的想法與理想。因此Somsak在觀察Kantapat幾個月後做了決定,不冒險在這個人面前展露自己的黑暗面,而他那晚看到的一切啟發了他親自採取行動。

儘管Somsak無法讓Kantapat加入自己的行動,但他知道萬一他失手了,Kantapat可以成為代罪羔羊。

在Phin Lama女士被移出抗藥性細菌隔離病房,轉入普通病房照顧後,Somsak望著她的呼吸逐漸減弱,直到停止,她漫長的痛苦終於結束了。從成為醫師以來,Somsak未曾感到如此滿足與愉悅。醫師閉上眼睛,沉浸在這澎湃洶湧的感受中——他做

到了當年對母親承諾的約定,他是解救他人的醫師,是個有福報的醫師,他的責任就是將自己的福報分出去,讓困在病痛身體裡受折磨的靈魂解脫。

Somsak將空針筒收進口袋裡,趁沒人看見的時候悄悄走出那個病房。

然後,Somsak擔心的事情來得比想像中更快。

由於藥師Boss的大意,不僅被鄰居們看見身影,還留下了明顯的痕跡,導致由Boss藥師「處理」的患者被送去解剖了。Somsak敢說Bannakij一定會發現異狀,都將會成為一切懷疑的起點。

這時候,Kantapat就派上用場了,他會是承擔所有錯誤的人。

「醫師。」Somsak叫住正要走向門診診間的Kantapat。

「是,醫師?」

「不巧我得趕去開會,剛好聽說有在家死亡的癌末病人屍體被送來這裡驗屍,能麻煩你幫我向Bannakij醫師詢問結果嗎?」

Kantapat沉默了一下,輕輕一笑,「好啊。」

不久之後,一切急轉直下。藥師Boss情緒失控,肆無忌憚地跑去襲擊警察,要是他被抓了,對Somsak來說極為不利,因此他埋伏在Boss的宿舍外,將他殺了並偽裝成自殺,同時留下一封遺書,把嫌疑扔給Kantapat。

後來,Somsak在停車時遇到指揮交通的保全Yongyuth先生,當他打開車門,跨步下車時,聽到了一個意料之外的問題。

「Somsak院長。」

「什麼事？」醫師帶著笑容看向那個人。

「我有一點問題想請問您，是關於監視器的事，院長知道Kantapat醫師的新辦公室附近有加裝監視器嗎？」

Somsak臉上的笑容慢慢消失，「為什麼這麼問？」

「醫師他請我查看過去監視器的畫面。」Yongyuth有些為難的樣子，「我還沒有時間坐下來仔細看，但目前知道，現有的監視器根本沒辦法看到Kan醫師辦公室的出入口。」

「我不太清楚監視器的事情，你去問問看你主管吧。」

為什麼現在所有事情就像野火一樣，迅速蔓延開來呢？

Somsak抬手擦去濺到臉上的血跡，他的昂貴襯衫上血跡斑斑，手中用來敲擊Yongyuth頭部的大石頭沾滿鮮血，血一滴一滴地落在地面上。醫師先看著已無靈魂的軀殼一眼，然後抬頭望著傍晚依然炙熱的夕陽，血腥味與泥土的熱氣混在一起，向上蒸騰。

他不想這樣結束一個人的生命，絕對不想。

但是他⋯⋯別無選擇。

終　章　　離苦得樂

　　五個月前——

　　Kantapat開門踏入頭等病房，第一個聽到的是老嫗痛苦的呻吟聲，他看見的畫面是羸弱老婦躺在床上，痛苦地翻來覆去，旁邊站著看似兒子的中年男子，正不知所措地替她按摩，不曉得該如何緩解她的不適。

　　「醫師您好。」那名男子雙手合十問候，接著轉向病人，「阿母、阿母，醫師來看妳了，阿母別急，醫師來幫妳了。」

　　「您好。」年輕醫師也雙手合十向兩人問好，接著坐上護理師Ornanong擺在病床邊的椅子。「我叫Kantapat，這是Ornanong，和我同組工作的護理師。我們是安寧療護小組，您的主治醫師請我來會診，希望我們一起照顧Rawiwan女士。」

　　病人的兒子露出不大明白的表情，「醫師，您是來幫忙照顧家母的嗎？」

　　「是的，我主要負責緩解患者的不適症狀。」Kantapat伸手握住老婦人的手，「Rawiwan女士，您現在應該很痛吧？」

　　老嫗點點頭，眉頭緊鎖，眼泛淚光。

　　「對⋯⋯醫師，什麼止痛藥都沒有用了。」

　　「這樣吧，在我們深入了解您的狀況前，我先幫您緩解疼痛問題好嗎？」Kantapat握緊老嫗的手，給她力量，「我想用藥上仍有可以調整的地方，請再忍一下，Rawiwan女士。」

　　自從從事安寧療護以來，Rawiwan女士是他見過疼痛症狀最

嚴重，處理起來最麻煩的病例，由於癌細胞侵蝕到了神經，疼痛十分劇烈，令人同情。後來，Rawiwan女士的疼痛症狀暫時穩定了下來，使她得以返家，但不久後，她的病情急速惡化，讓Kantapat不得不調整行程，緊急安排家訪。

「Nong姊，這個病例搞得我頭都昏了。」Kantapat回到廂型車後碎念道，「我打算建議她轉到大學附屬醫院的疼痛控制科就診。」

「Kan醫師，我覺得Rawiwan女士的痛苦可能不只我們看到的那樣。」護理師Nong開口，「以我長期照顧病人的經驗，我覺得我們還沒有真的了解這個患者的需求。或許，我們只要了解她真正想要的東西，她的症狀可能不用藥物就能好轉了。」

Kantapat沉默了一下子，回答道：「看來我得花更多時間陪伴這家人了。如果沒有緊急的病人，麻煩盡量將這個病例的家訪時間排近一點。」

「醫師，你又來看我了。」Rawiwan女士歡喜的語氣讓整個世界明亮了起來。Kantapat舉手向老婦人行禮，而她張開雙臂，準備擁抱Kantapat，醫師也毫不猶豫地上前接受這個擁抱。

「今天覺得怎麼樣？」

「今天一點都不痛了，醫師。」Rawiwan看著Kan，「醫師，這是你第五次來看我了，真是辛苦了。你不只長得帥，還很善良。」

「只要您不痛了，我就開心了。」Kantapat微笑著坐到床邊的椅子上。

「Tongkam！快拿冰水來給醫師！」Rawiwan喊著和媳婦一起在廚房裡忙碌的兒子，接著轉頭對Kan一笑，「醫師給我的藥非常有效。」

　　Kantapat開心地笑了，看見背後的櫃子裡擺著許多照片，「有很多孩子們的照片呢。」

　　老婦人回頭望著那些照片，「對，我有三個兒子，但早就和他們阿爸離婚了，那時Wasan還很小。」Rawiwan指向照片裡穿著制服的男子，「Wasan是我的小兒子，現在是警察，已經是警長了，又帥又酷吧？」

　　「真的很帥，您應該很驕傲有個當警察的兒子吧。對了，警長結婚了嗎？有沒有生孫子給您抱？」

　　Rawiwan轉頭看著Kantapat，淡淡一笑，「那孩子大概不會結婚，也不會生孫子給我抱啦。他不喜歡女生。」

　　儘管心裡忍不住驚呼，但Kantapat沒露出任何驚訝的神情，保持專業的微笑。

　　「原來如此，但您一樣為他驕傲對吧？因為他是個好人，是人民的依靠。」

　　「我只希望他遇到一個好的人。雖然他喜歡男生，我也可以理解，但我希望他能和一個好人共度一輩子。」Rawiwan伸手緊緊握住Kantapat的手，「要是那孩子能遇到像醫師這樣的伴侶，我就死也瞑目，沒什麼好擔心了。」

　　醫師不知道該如何回應Rawiwan女士，只能微笑地安撫她，「有機會見到他的話，我會試著跟他打招呼的。」

　　「我要是怎麼了，Wasan就拜託醫師了。」老婦人一臉期盼地

說道。

　　Rawiwan的好精神沒有持續太久，兩個星期後，她的癌細胞擴散至脊椎，因為無法行走、無法控制大小便而再次回到醫院，成為完全臥床不起的病人。這一次Kantapat來探望她時，Tongkam的臉上滿是疲憊。

　　「放射治療做了，也一直有吃藥，但現在疼痛控制不住，她連休息都沒辦法啊，醫師。」

　　Kantapat走向更加消瘦的老婦人，她的雙腳已瘦成枯木，肚子卻因為腹水而變得鼓脹。身為負責安寧療護的醫師，眼前的景象讓他憐憫不已。醫師輕輕觸碰Rawiwan的手臂，用溫柔的語氣喚她：「阿姨……」

　　「醫師……我的好醫師……」Rawiwan看到Kan，流下眼淚，「我們……單獨聊一下好嗎？」

　　Tongkam點點頭，走出病房。年輕醫師再次看向病患，「您有什麼事情想跟我說？」

　　「我的好醫師……我什麼都不要了。」老嫗的眼裡滿是哀求，「我的一分一秒都太痛苦了。我的好醫師……求你……幫幫我。」

　　醫師蹙眉，「阿姨，您希望我幫您什麼呢？」

　　「讓我死吧，讓我脫離痛苦，這……」Rawiwan閉起眼睛，渾身顫抖，「怎樣都好……讓我安詳地，死在我家裡，在我的臥室裡，有孩子們的照片圍繞著。讓Gams，我的二兒子、來帶我走……」

　　「阿姨。」Kantapat低聲說：「我不能聽從您的要求，這是不

合法的，但我會盡力控制您的疼痛症狀……」

「這是我的身體……我的命……我選好了，我的好醫師……讓我早一點……抵達終點吧，不要再讓我……繼續受苦了。」Rawiwan 伸手抓住 Kan 的白袍袖子，「阿姨求你了，這算是我最後的心願，阿姨保證，我的孩子們不會有人追究你的責任……」

醫師的表情沉靜，陷入沉思。

一，患者的疾病必須是末期，病情預後不超過六個月。

二，疾病帶來巨大的疼痛，經藥物治療後，狀況仍無法改善。

三，患者明確表明結束生命的意願，心中沒有任何掛念，覺得此生已經足夠。

四，患者沒有任何憂鬱症或精神疾病之病史。

五，患者具有清楚的意識。

六，Kantapat 醫師的家訪次數不少於三次，了解其住家環境及家庭成員。

只要以上條件缺少任何一項，他就會拒絕此事，但 Rawiwan 女士的例子是他謹慎評估後認為適合……進行「特別」照護的病例。

「我明白阿姨您的心願了。」Kantapat 沉默許久後開口：「請阿姨將這個心願當作我們之間的祕密，我會盡我所能，幫您達成最後的心願。」

Kantapat 講完後，Rawiwan 對他笑了，那個笑容明亮燦爛，就像她不痛苦時一樣。她最大的心願即將實現，沒有什麼事比這更讓她欣慰了。

「謝謝⋯⋯在我離苦得樂後⋯⋯就拜託醫師⋯⋯照顧好我最小的孩子了,我們說好了。」

Kantapat 猶豫了一下,但為了讓他的患者開心,他不得不答應下來:「好,您放心,我會替您照顧您兒子的。」

Rawiwan 想以不痛苦的方式離世,還希望她已逝的二兒子來引領她,前往死後世界。

Kantapat 來到他在 S-Storage 租賃的儲藏室,打開門後房間的燈光亮起,那房間裡只有一只灰色塑膠箱靜靜擺在正中央。醫師走過去跪在那只箱子的前方,打開蓋子──裡頭裝著針筒、注射器及兩支藥物安瓿。Kantapat 從不會一次儲備太多藥品,因為自從他來這裡任職,這只箱子僅僅被開過兩次。很少病患符合 Kantapat 的所有條件。

而這一次,將是他第三次動手。

在他將藥物安瓿收進手提包時,護理師 Ornanong 打電話來。

「喂,Nong 姊。」

『我把藥補進去了喔。』護理師的聲音聽起來很開朗。

「謝謝。」Kantapat 蓋上塑膠箱,「又麻煩 Nong 姊了。」

『沒什麼啦,要是我不幫忙,醫師大概照顧不來。對了⋯⋯是今晚對嗎?』

「對。」醫師冷靜地回覆:「患者跟我約定⋯⋯今天晚上。」

*

「阿母是世界上最能幹的女性,跨越了許多苦難。」這熟悉的低柔嗓音讓 Rawiwan 感到平靜,「現在時候到了。阿母不用擔

心,放鬆下來,所有疼痛都會消失。阿母會到一個遙遠的地方,那裡安寧舒適,還有您的兒子。」

對,這就是她期盼的。老嫗的眼眶逐漸盈滿清澈的液體,那是欣喜和得到解脫的淚水。

「多謝……多謝……」

誠如那個聲音所言,疼痛慢慢消失了,身體前所未有地輕鬆,呼吸也越來越輕,逐漸減弱,直到胸口完全失去起伏。混濁的眼睛完全閉上,再也沒有睜開的一天。

Rawiwan,死亡時間為凌晨兩點三十五分。

Kantapat從Rawiwan家的窗戶跳出來。他穿著一身黑衣,戴著黑色棒球帽,年輕醫師伸手扶住滑落的黑色口罩,並準備往屋後逃走時,聽見一旁的樹叢裡有一些動靜——那是一個面黃肌瘦,頭髮蓬亂的邋遢男子,他正驚恐地望著Kantapat。

全身黑的男子嚇了一跳,這男人可能從窗戶看到了他的所有行動。剛奪走患者生命的醫師望著神智不清的男人一會兒,最後決定不對這個男人做任何事,反正沒人會相信這個人的話,他不想無謂地增加死亡人數。

Kantapat豎起食指,抵在嘴唇上示意對方安靜,拉起口罩遮住臉之後消失在黑暗裡,留下全身發抖的男人。男人慢慢靠向Rawiwan女士家的窗邊,看見老婦人雙手交握,擺在肚子上,平靜地躺著,安靜得連呼吸跡象都沒有,也沒了生命跡象。

「死神……」男人聲音顫抖地說著,他乾瘦的雙腳頓時無力到幾乎站不穩,目光呆滯地望向Kantapat在昏暗夜色中離開的方向,「死神……死神……是死神……」

＊

　　Wasan溫熱的呼吸緩慢而穩定，表明他已經因為長時間值班的疲憊而進入夢鄉。警察的腦袋枕在Kantapat的胸口，他平時緊繃的神情現在變得平靜，Kantapat望著對方的睫毛，世上所有的美麗可能都比不上此時待在他懷裡的人。Kan伸手撫摸警察的短髮，回想起Rawiwan女士將Wasan託付給他的那一刻。不得不承認，他當時並不打算答應Rawiwan女士的要求，因為他不認識，也沒見過她的小兒子，他會答應只是想讓Rawiwan女士在離世前安心。

　　難以置信的是，在喪禮上目光相遇的那個瞬間，Wasan就輕易地走進了他的心裡。不久後，Wasan說要到他家過夜，讓Kantapat大吃一驚，醫師不得不先帶Wasan去旅館過夜拖延時間，並趁機將所有可疑物品都搬到出租倉庫，然後找人來重新粉刷柵欄，作為掩飾。

　　儘管Kantapat的祕密仍舊是個祕密，但他希望Wasan知道，他給的愛再真實不過了。他永遠不會放開Wasan，永遠不會讓Wasan傷心，會好好照顧Wasan，就像他曾經對Rawiwan女士承諾過的，會盡可能讓Wasan母親的靈魂在天上感到開心。

　　Kan低頭吻上Wasan的頭頂，警察因此醒了過來。

　　「我睡著了？」

　　「嗯。」Kan的手滑到Wasan的臉頰上，「你一回到家連衣服都來不及換，穿著制服就進來抱著我睡著了。」

　　「我已經好幾天沒有好好睡覺了。」Wasan伸手揉了揉眉心。

「有新案子嗎?」

「對,有個令人頭痛的案子,我們現在都忙翻了。」Wasan 沉默了一會兒,「剛才我作了一個夢。」

「夢到什麼了?」

「我夢到了阿母。」Wasan 抬頭看著 Kantapat,「我看到阿母穿著一身白衣像八戒女[20],看起來健康又快樂,容光煥發。阿母跟我說她現在很快樂,還託我謝謝 Kantapat 醫師。」警察坐起身,「自從阿母過世後,我還不曾夢到她。」

年輕醫師微微一笑,「看哪天早上有空,我們兩個去廟裡替阿母布施做功德如何?」

「好像不錯。」警察拉下拉鍊,脫去上半身的制服,「那我先去洗澡。」

「不用急著洗,親愛的。」年輕醫師以沒受傷的手臂一把摟住對方的腰,將人拉回來,「多流點汗,再一次洗完吧。」

「喂!你想讓另一隻手也廢掉嗎?我可以幫你折成三段。」

「冷靜點,警察先生!」

笑鬧聲迴盪在夜裡,讓今晚變成幸福又多采多姿的夜晚。

Kantapat 感謝命運讓他們擁有彼此,讓疲累無趣的日子變得充滿意義,每天 Kantapat 都迫不及待地想回家,只為見到他的愛人,而他相信,對方一定和他有相同的感受。

*

---

20 八戒女(แม่ชี,Mae Chi):在泰國佛教文化中,指的是遵守八條或十條戒律、穿著白衣修行的女性佛教徒。

「Som先生，你今天看起來好多了呢。」Pang醫師一邊看著患者的藥單一邊說。

「是啊，醫師。」

「我想，我可能會把你早晚的藥減少到半顆。」女醫師看著如今氣色不錯，剪短頭髮顯得有精神許多的Som。

但Som低頭望著地上，女醫師察覺到他不尋常的情緒，開口問：「有沒有什麼不舒服的地方想跟醫師說嗎？」

「沒什麼。」

「你最近開始工作了對嗎？」

「對⋯⋯我到處打零工，採龍眼、做清潔工、割草⋯⋯什麼工作都做。」

「這很棒啊。」女醫師低頭在紙上寫下問到的事情。

「醫師⋯⋯」

「是？」

「為什麼沒有人相信我呢？」

Pang停下筆，抬頭望去，「相信什麼呢？」

「關於死神的事。不管是真的還是幻覺，但我真的看到了。」

Pang醫師往後靠上椅背，「我相信你真的看到了，不過Som看到的事情說不定是因為腦中的化學物質失衡，造成大腦讓你看到那樣的畫面。」女醫師頓了一下，給Som一點時間理解，「那時你還沒接受治療，所以我們很難判斷你看到的是不是真的，但現在你的症狀好很多了，如果再看到什麼，那就有很高的可能性是真的。之後如果Som有看到什麼，不知道該怎麼辦的事⋯⋯隨時可以回來找我談談，知道嗎？」

Som點點頭表示理解,「好的,醫師。」

*

人是否有權決定自己的死亡方式?

死亡權到底屬於誰?

如果有一天,你失去了意識,你是否期待自己能獲得理想的臨終方式?你認為你的家人願意成全你的這份願望嗎?

如果你可以決定自己的死亡方式、地點,甚至是時間,你會想要這樣的權利嗎?

為了讓病患在臨終時保有純淨無瑕的心靈,為了成就病患渴望的善終,為了讓病患理想的死亡完全實現,只要尋求死亡的請求仍被視為非法行為,Kantapat就會繼續在暗地裡繼續下去。

Kantapat不認為這是謀殺,而是照顧患者的一種方式⋯⋯是至高無上的慈悲。

【上集完】

番外一　禮物

砰！

外頭一聲巨響，接著是鄰居家傳來的狗吠聲，正在清理餐桌的Wasan轉頭看向門口。警察放下手中的抹布，走出去看看聲音是從哪裡來的。

他看到的畫面是，Kantapat試圖把鞋櫃搬離Wasan平時停車的地方。其實這件事，他們已經說好由Wasan親自處理了，但不知道為什麼，Kantapat受傷的肩膀明明還沒好，卻依然決定自己一個人去處理，結果原本放在鞋櫃上方的鞋盒紛紛掉下來，伴隨而來的劇痛讓醫師忍不住扶著肩膀，皺了皺眉頭。

Wasan雙手抱胸，一臉嚴肅地望著他心愛的男人。

「你怎麼那麼不聽話呢，醫師？」

「它沒有很重，我以為我搬得動。」Kan尷尬地對Wasan擠出一絲笑容。

「你老是愛自己找麻煩，說什麼也不信，提醒你也沒在聽，這麼有自信的話那就隨便你吧！反正我說什麼都是浪費口水。」Wasan抱怨了一長串，「你下次不要再來問我的意見了！」

Wasan轉身回到屋內，連辯解或道歉的機會都不給。醫師伸手抓了抓後腦杓，無奈地笑了笑：「誰家老婆這麼凶啊？」

「你說什麼！」Wasan的怒吼聲從屋裡傳來，Kan揚起嘴角，

跟著走進室內。

這種事發生過很多次了，一個是井井有條、追求正確的人，另一個則老是做出出乎意料之事，導致兩人時不時就會發生衝突，但沒有哪次是以不好的結果收場，因為Kantapat知道該如何挽救局面。

Wasan是個喜歡肢體接觸的人，從來不曾拒絕過他的觸碰。

Kantapat用修長的雙臂從身後抱住假裝在專心擦桌子的Wasan。Kan抓住Wasan的手臂，將他拉近過來，阻止了警察的動作。醫師的鼻尖在耳後磨蹭，Wasan試著扭頭閃躲，但Kan抱得更緊。

「親愛的，對不起。」

「你的道歉都只是嘴上說說，從來沒想過要改。」Wasan試圖掙脫他的懷抱，「放開。」

「是我不好，我總是躁進、魯莽又想太少了。」

「原來你知道啊。」

「那要我做什麼彌補，才能讓你消氣呢？」

Wasan轉身面對Kan，醫師的大手滑到他的腰上。

「我沒有生氣，我只是擔心你老是這樣的話，總有一天會把自己害死。」

Kan忍不住笑了出來，「我保證我會改，如果你再看到我做不好，隨時都可以念我、罵我或警告我。」他抬起手輕撫Wasan的臉頰，用大拇指揉了揉警察緊皺的眉頭，「別再皺眉了，你再兩天就三十四了，小心外表看起來比實際年齡還老。」

Wasan挑眉，「真的耶，我的生日快到了。」

「年紀越大越容易忘記自己的生日。看來是真的。」

年輕督察嘆了口氣，眼神滿是擔憂和關心地看著心愛的男人，「要是你能不再那麼莽撞，我會非常高興。你也知道我不想看到你受傷，我非常愛你，所以我希望你在做事情之前都多想一下，想想對自己的影響，想想對他人的影響，也想想我的感受，懂嗎？」

這番話讓Kantapat緊緊抱住愛人，「抱歉讓你擔心了，我保證之後我會更謹慎地過日子。」

Wasan的缺點就是心軟，尤其是Kantapat過來撒嬌的時候，那些甜言蜜語和溫柔的碰觸，就算是比岩石還堅硬的心也會像沙堡一樣崩塌。Wasan不再質疑和抗拒自己的情感了，能勇敢說出他的真心話──他愛著Kantapat，更甚於以往。

這件事在他抬頭接受年輕醫師的親吻時變得更加清晰，儘管他還在生氣，但當對方溫熱的舌頭輕輕撬開警察的唇時，那股氣憤卻消失得無影無蹤，彷彿從未發生過一樣。

Wasan被推到餐桌旁，Kantapat則擠進他的雙腿之間。醫師調皮的手滑進褲子裡，摸著愛人的臀部。Wasan閉上眼睛，喉嚨裡發出細微的呻吟，任由自己被快感擺布。因為在這時，警察早已無處可逃了──無論身心都是。

「我們是不是該減少一點頻率？」Wasan說話的同時，讓溫熱的水流從頭頂流下，他的心臟仍因為剛才和愛人的親密行為而劇烈跳動著。

他從未感到厭倦，真的，但偶爾Wasan會覺得他和Kan之間的情慾似乎就像油和火一樣，很容易點燃。他不想承認，但

從 Wasan 從來都沒有拒絕過 Kantapat 就可以看出他也很享受這一切，不過回想起來，還是有些難為情。「我們最近有點太頻繁了。」

Kantapat 從背後貼近他，低頭親吻那濕漉漉的肩膀，「是很頻繁，但你每次都同意了。」

「都是你先開始的。」

「是我開始的，但你每次都會同意啊。」Kantapat 強調，這讓警察忍不住朝笑得一臉欠揍的男人揮出一拳。Kan 放聲大笑，然後轉移了話題：「你生日快到了，有特別想要的禮物嗎？」

「不用了，就像平常一樣度過吧。」Wasan 回頭望著那個擠進淋浴間，和自己一起洗澡的高大男人。

「讓我為你做點特別的事吧。」醫師摟著 Wasan 的腰，把他拉向自己，用撒嬌狗狗的眼神望著他，「親愛的想要什麼就儘管說，別不好意思，不管要幾萬或幾十萬，我都給。」

Wasan 露出若有所思的神情，「那給我一輛車吧。」

「有喜歡什麼牌子、什麼車型或什麼顏色的車嗎？」

警察蹙起眉，因為醫師似乎不曉得他只是在開玩笑。

「你沒有一絲猶豫嗎？這可是買車，不是買零食耶。」

「我連我的命都可以給你，一輛車算什麼。」

Wasan 轉頭深吸了一口氣，想讓臉上湧現的熱度冷卻下來，然後轉頭看著醫師，眼裡滿是柔情。他舉起雙臂，環抱住對方的脖子，「我開玩笑的。我生日那天只想要你早上帶我去廟裡布施做功德，然後和我、Tong 哥與 Gai 嫂一起去吃好吃的，這樣就夠了。」

Kan伸手關掉水，撫上Wasan寬闊的後背，「好啊，一切就照你的期望。」

年輕醫師的雙手插在白袍口袋裡，站在身心科診療室的門口。一名剛看完診的瘦弱男病患拿著一張處方箋走出來，抬起頭就看見臉上掛著難以言喻笑容的Kantapat。Som感覺自己的身體彷彿被石化了，連聲音都瞬間消失了。

Kantapat一句話也沒說，只像個雕像，冷冷地望著Som，這讓瘦小的男人嚇得心跳加速，比見鬼還要害怕。最可怕的是，他完全無法看出對方此時在想什麼。

跟著Som走出來的醫師也是如此，Kanokporn看著Kantapat的眼神宛如負罪者。Kantapat知道是她打電話報警，將Som目擊安樂死案件的事告訴警察的，但案子既然已經結案，Somsak醫師也被認定是這起事件的始作俑者，Kan就沒有理由害怕了。

醫師依舊恭敬地抬起手，向Pang醫師行禮，假裝完全不認識Som：「Pang學姊好。」

「你好。」Pang回應道，但臉色和語氣都不像以往一樣開朗，「有什麼需要幫忙的嗎？」

「我下個月又要為社區公衛志工開課講授關於憂鬱症的課題，如果Pang學姊方便的話⋯⋯」

「Kan，你先進來聊聊吧？」Pang急忙打斷他的話，然後轉向Som，「Som，快去拿藥吧，兩個月後見。」

Som眨眨眼，像在努力鎮定下來，接著快步離開診療室。Pang帶Kantapat走進沒人使用的診療室，示意他坐下：「Kan，

先坐下吧。」

Kantapat望著Pang醫師關上門，在平常給患者坐的椅子坐了下來。Pang走回來坐在診療椅上，用略帶愧疚的眼神看著Kantapat，「那件事，我還沒有機會向Kan道歉呢。」

年輕醫師淡淡一笑。「沒關係的，Pang學姊。如果我是妳，我可能也會做同樣的事情。」

「在我打電話報警後不久，警方就對你發出了逮捕令，讓你不得不冒險保護自己。」女醫師嘆了口氣，「是我當時太有自信了，是我的錯，我沒分辨出患者看到的是現實還是幻覺。」

「但那個患者看到我的時候還是很害怕呢。」Kan雙手交握，以難以捉摸的眼神望著Pang醫師，「他依然覺得我是死神嗎？」

「應該沒有了，他沒有再提過死神了。至於他曾看到你進屋結束別人性命的事，他跟我說，他會試著告訴自己那應該只是幻覺。」

Kantapat沉默了一會兒，仔細觀察著Pang的表情，但除了比平時黯淡的眼神，沒有發現異常。「這樣也好，被病人那樣叫，我也嚇了一跳，當時還跟其他亂七八糟的事攪在一起，大概是我倒楣吧。」

Pang嘆了口氣，「好啦，作為補償，以後你每次有活動來邀請我參加，我都會出席的。」

「不用這樣啦，像以前一樣，Pang學姊方便再去就好。那我晚點再寄邀請函給妳。」

和Pang醫師開聊了一會兒後，Kantapat走出身心科的診療室，心裡輕鬆了一點。他這次來，不只是為了邀請Kanokporn醫

師，也是故意來看看Pang醫師對患者Som說的話有什麼看法。Som看到的畫面絕對不是幻覺，而是事實——Som看到的死神是真實存在的人，不過這個真相必須繼續用Som的精神疾病掩蓋下去。Kantapat決定不對Som或Pang醫師採取任何行動，因為他相信沒人敢再斷言死神存在了。

*

調查完一起車禍的現場後，Wasan騎著摩托車回Kantapat家。炎熱的天氣和突如其來的傾盆大雨讓警察全身都濕透了，連內衣都未能倖免。此時雨已經停了，警察即將抵達Kantapat家，他滿腦子只想趕緊衝去浴室洗澡換衣服。濕掉的制服又厚又黏，不舒服極了。

一拐進巷子，Wasan就發現屋前停著一輛紅色車牌的全新黑色SUV，Kantapat的車則停在庭院內。眼前的景象讓Wasan升起一絲猶豫——醫師家裡似乎有客人，他要是貿然出現，會不會嚇到那位客人？

Wasan正準備掉頭回自己家換衣服時，聽見Kan的聲音。

「Wasan！」

警察愣了一下，轉頭望向打開圍欄大門的屋主，「你有客人？那我先回家吧。」

「你家就在這裡啊，還想去哪裡？」Kantapat笑著比向車庫，「進來吧。」

「你不是有客人嗎？」年輕督察對黑色SUV努了努嘴。

「不管有沒有客人，你隨時都可以進來我們的家。」Kan依然

帶著神祕的笑容,「親愛的,快進來吧。」

在他的催促下,Wasan走進屋內,開始對Kantapat的態度有些疑惑,直到他發現沙發上擺著一大束鮮花,這才明白Kantapat的態度為何那麼古怪。

年輕醫師過去捧起那束白玫瑰,走向Wasan,「生日快樂。」

「明天才是我的生日吧。」警察看著大概價格不斐的漂亮花束,無奈地說:「你還真是捨得花錢買花。」

「先別念我浪費錢,你接過去看看。」Kan將花束塞進Wasan手中,警察一臉困惑地接下,但仔細一看,他發現白色花朵中藏著一個黑色的物體。Wasan皺起眉頭,伸手拿出那個東西——那是他從沒看過的汽車鑰匙。

警察愣了一下,然後抬頭看眼前微笑的人。

「你不會要說⋯⋯」

「沒錯,那輛車是你的。」

穿制服的Wasan有些不知所措,「不行不行,我不能收!」Wasan急忙將車鑰匙還給Kan,臉上非常震驚,「這太貴重了,我自己也有在存錢買車啊。」

Kan沒有收下鑰匙,只是握住Wasan的手,「我是真的想送給你,這樣你存的錢就可以用在別的地方了。」

Wasan猶豫了。在貧困中長大的經驗讓警察非常節儉,即使現在警察的薪水足以讓他過上舒適的生活,但Wasan至今還是不想增加自己的經濟負擔。

「我付不起這麼貴的車貸⋯⋯」

「我用現金一次付清了。」

不愧是不照常理出牌的人，Kan 的回答讓 Wasan 頓時無言。

警察低下頭，低聲嘟嚷，「你們這些有錢人。」

Kantapat 笑了，走過去將 Wasan 拉入懷裡，彎腰在他的額頭上輕吻，「拿這輛車去用吧，這樣你就不會再全身濕答答地回家了。每次看你騎摩托車，我都很擔心，就當作是為了我，收下這份禮物吧。如果你不用它，我也不知道有兩輛車要幹嘛。」

Wasan 抬頭看著對方，「你是想讓我欠你一輩子吧？車子還有你替我擋子彈的救命之恩。」

「對，我就是打算讓你花一輩子在我身邊還債。」Kantapat 握住 Wasan 的手輕吻，「在這世界上，我最愛你了。」

這種甜言蜜語一直讓 Wasan 覺得很肉麻，但奇怪的是，他從未厭倦過 Kantapat 不停歇的表白，反而每次聽到都覺得心裡湧上一股暖流，心跳加速。Wasan 握緊車鑰匙，算是接下了 Kantapat 送給他的昂貴禮物。不想承認，但他確實感到既開心又興奮，等不及要去洗澡換衣服，然後去試開他人生中的第一輛車了。

番外二　等待被發掘的故事

「哇喔，督察！」

將車停到警局旁的停車場後，Wasan走下黑得發亮的SUV，Kong巡官的驚呼聲立刻響起。年輕督察輕輕關上車門，轉身眉頭微挑，望向目光驚訝地看著新車的Kong巡官。

「Kong巡官，怎麼了？」Wasan裝作沒什麼大不了的樣子。

「你中了樂透嗎？」Kong走到車旁，仔細打量了一圈。

「只是有能力買新車而已，誰都可以啊，有什麼好驚訝的？」Wasan站直身子，整了整衣領，「快去工作吧。」

「絕對是醫師出錢買的。」

「醫師的錢就是我的錢。」Wasan故意挑釁地說，順手拍了拍車頭，「只是一份小小的生日禮物，花不了他多少錢的。」

Kong露出看似電視劇反派角色的嫉妒神情，「害我都不敢買東西送Tum了，要是比不過就丟臉了。」

「想買什麼就買，不管十銖還是百銖的禮物，只要是喜歡的人送的，收禮者都會很高興。」Wasan轉頭看向這輛作為生日禮物的新車，輕輕嘆了口氣，「你要說我是掉進米倉的老鼠也無所謂，反正我早就被講了一堆閒話，也沒什麼好失去的了。」

「我什麼都還沒說喔。就算真的有人說話，你管他是雞叫還是烏鴉叫。」Kong伸手指向警局門口，「我們還是去做我們熱愛的工作吧。」

Wasan隨著Kong走進警察局，似乎突然想起了什麼。年輕

督察伸手拍拍Kong巡官的肩，示意他停下來聊聊。

「今晚有空嗎？」

「如果Tum沒找我出門，我就有空。」

「來參加我的生日聚會，也帶Tum一起來吧。」Wasan開口邀約，Kong則帶著真誠的笑容答應。

「可以嗎？要是醫師不介意，我也想一起湊熱鬧。」

「他不會介意的。」Wasan輕拍了拍Kong的肩膀，然後率先走進辦公室，「晚上七點見，我再把地址LINE給你。」

「好啊。真棒，能和督察的男朋友一起吃飯，晚點我也帶Tum去亮相。」

Wasan輕鬆地笑了笑。雖然工作氣氛沒有太大的不同，但不一樣的是，Wasan多了一個能坦誠交流的同事，一個能完全理解他的人。儘管一開始他們討厭彼此，但Wasan和Kong巡官現在已經成了好朋友，一有機會就會互相幫助。

來到辦公桌前，Wasan拿起手機，打開用來追蹤Kantapat醫師汽車定位的應用程式。Somsak醫師的案子結束之後，Kantapat就沒有再做什麼出格的事情，他每次回報的地點都與Wasan看到的定位一致。Wasan曾經對Kan坦白自己一直在監控Kantapat行蹤的事，所以他才能在年輕醫師和Somsak發生衝突的那天及時去救Kan。

Wasan承諾過會刪除程式，但Kan同意保留程式到Wasan滿意為止，也允許他直接追蹤Kan的手機定位。

到了這一步，Wasan覺得兩人之間沒什麼好猜疑的了，他總算可以和自己愛的人過上平靜快樂的日子了。

*

　　吵鬧的音樂、昏暗的燈光、昂貴的飲品和精緻的美食，眼前的環境對Tongkam和妻子來說非常陌生──這也不意外，因為這些奢華的東西是出自那個Tongkam曾稱為「醫師」，但幾個月前正式成了他「弟婿」的人。這一切讓Tongkam感到不自在，連用刀叉吃奶油培根義大利麵時，都得轉頭向Gai求助。

　　另一對坐在他們身旁的情侶是Kong巡官及護理師Tum。Wasan偷偷觀察著這對情侶，很好奇Kong在男朋友面前會是什麼樣子，結果讓他忍不住感到有點好笑，因為平常態度挑釁的刑警竟然像個小弟，為身材嬌小的可愛青年服務，不時替Tum舀來食物。這畫面讓他不自覺地一直微笑。

　　至於Wasan身為今晚生日聚餐的主角，與Kantapat並肩而坐，坐在Tongkam和Gai的對面。而Kantapat不時替他們添上飲料和冰塊，讓大家都滿意。

　　「哎呀，真是讓醫師破費了。」在服務生端上德國豬腳時，Tongkam說：「我們也一起分擔餐費吧，醫師。」

　　「別這麼說，Tong哥，都這種關係了，不用跟我不好意思。」Kantapat笑著回答，「Tong哥直接叫我Kan就好了。」

　　「唉，我還是覺得有點彆扭，那樣叫有點……」

　　「看吧，我哥就是不想認醫師這個親戚。」Wasan一臉淡定地說。嚇得Tongkam瞪大眼，趕緊呵斥弟弟。

　　「Wasan！你說啥！」

　　「他希望你怎叫就怎叫，到底有什麼難的？」

儘管聽得懂，但Kan還是裝出聽不懂北部方言的表情。Wasan的北部口音總是那麼悅耳，但警察平時只會對家人、親密好友或小攤販這樣說話，Kantapat沒什麼機會聽到，因為Wasan以為中部出身的Kantapat聽不懂當地方言，但他不知道的是，醫師靠著自學已經可以完美模仿北方口音，甚至騙過當地人了。

Kan把手放到Wasan的大腿上，望著對方，眼裡滿是愛意。Wasan不再和哥哥爭執，轉頭望向Kantapat，臉上帶著微笑，他今天似乎格外開心，表情十分滿足。他完全不曉得其實Kantapat在背後藏著致命針筒——Wasan永遠不會發現，也絕對不能發現，因為Wasan知道以後一定會離開Kantapat的懷抱，所以不管用什麼方法Kantapat都不能讓這件事情發生。

「對了，醫師。」Kong巡官插嘴道，「我可以問一件事嗎？」

「當然，巡官。」Kan轉向另一名警察。

「醫師喜歡督察什麼啊？」

護理師Tum被這個問題嚇了一跳，瞪大眼看向Kong，「喂，你幹嘛問這麼私密的問題？」

「我會這麼問是想活躍氣氛啊。」Kong挑挑眉，「因為對督察來說，醫師今天的答案也會是一份很棒的生日禮物。」

Tum對男友的口無遮攔感到無奈，但幸好Kantapat和Wasan看起來並不介意。醫師微微笑著，拿起一杯啤酒喝了一口，清了清嗓子，似乎在準備回答問題。

「Wasan是個很可愛的人，他看起來很強勢，但其實心地超級善良，是我見過最善良的人。他誠實直率，每次在他身邊，我都覺得很安心。」Kan的手從Wasan腿上移開，握住警察放在身

側的手,「除此之外,外表也是一個因素,督察的身材很好,尤其是穿制服的時候,我特別喜歡。」

Kong 吹了一聲響亮的口哨,同時 TongKam 和 Gai 笑得合不攏嘴,「督察的炸雞都要還給盤子了!」

「我還在吃呢!」Wasan 拿起炸雞腿,咬下一大口,故意大聲咀嚼掩飾尷尬,讓餐桌上的每個人都哈哈大笑。

時間不知不覺到了晚上十一點,愉快的氣氛讓時間飛快流逝。在大家拍了一張團體照作為紀念後,三對情侶就各自回家了。Kong 和 Tum 走出餐廳,朝 Kong 停在路邊的車走去。

「Kan 醫師和督察真是可愛的一對。」Tum 說:「從醫師看向督察的眼神就可以知道他有多愛督察。」

「我的眼神沒有跟你說我有多愛你嗎?」Kong 的臉湊過去,Tum 連忙用手將對方的臉推得遠遠的。

「什麼都沒有!」

兩人坐上黑色轎車,當 Tum 伸手去拉安全帶時,駕駛座上的警察抓住他的肩膀,阻止他繼續動作。

Tum 轉頭看向 Archa,對方有半張臉籠罩在陰影之下,但那雙凝視著 Tum 的眼神格外清晰,與平時不同。

「我對你的愛不亞於醫師愛督察喔。」

男護理師屏住呼吸。Kong 幾百年才會說一次愛他,不對,是用正常人的方式說愛他。

「你是不想輸給那一對,才會跟我說這種話吧?」

「對。」警察伸手揉了揉 Tum 的頭,接著捧著他的臉頰。「因為我覺得自己比不上其他人,我不帥氣,身分地位不高,個性也

不好。和醫師一比……我擔心你會後悔選擇我。」

　　Tum重重嘆了一口氣，然後微笑，「Kong巡官，我已經選擇對我最好的人了，那就是你。就算Kantapat醫師跟巡官同時來追我，我還是會選擇巡官。」

　　年輕護理師修長的手輕輕撫摸著Kong結實的胸口，「你啊，比我想的還要敏感脆弱呢。」

　　Kong抓起Tum的手，在他手心落下一吻，接著拉過比自己嬌小的人，重重吻上他的唇。Tum欣然接下這個吻，但事情並未就此結束。接下來的後續本該等兩人回家之後再進行，但這個護理師一點都不像外表那麼無害。一吻結束後，Tum低頭湊向Kong巡官的胯間，解開皮帶，拉下警察褲子的拉鍊。Kong向後靠著椅背，閉上眼發出低沉的呻吟，並將手輕放在Tum的後腦杓上，輕輕引導著節奏。

　　沒有任何人能阻止，一切都是在雙方合意的前提下進行的，道德標準相同的人在一起就是這麼和諧。

＊

　　「Kawin巡官！」Kong從後方勾住正忙著看文件的Kawin巡官的脖子，「幹嘛繃著一張臉？難道是你老婆不讓你碰？」

　　Kawin不耐煩地皺眉，「不要鬧了！不過你最近怎麼常常在局裡閒晃？」

　　「我答應我家那位不再做危險的工作了，所以最近都是派底下的人去打探消息。是說，這是什麼？」Kong從Kawin手中抽出一張紙，那是一份驗屍報告，死因寫著癌症。

「是Somsak醫師案的餘波,現在有人病死在家裡,家屬都會要求驗屍。」刑警嘆了一口氣,「要是再發現一起被下藥身亡的案子該怎麼辦?」

「應該不會再有瘋子那樣殺患者了吧,除了⋯⋯」

「除了?」

「⋯⋯除了殺心不死的Somsak醫師,他的怨氣太重,變成一個四處奪走臨終病人靈魂的妖魔鬼怪。」

Kawin翻了白眼,忍無可忍地罵道:「你滾遠一點,少來煩我啦。」

Kong大笑出聲,趁Kawin的皮鞋還沒飛過來前趕緊躲開。千眼刑警走到另一位外出執勤的警察座位,坐下來把腳輕鬆地放在人家的辦公桌上。辦公室裡一陣沉默,直到Kawin打破沉默。

「說實話,如果我病得快死了,我寧可早點死去,不要成為家人的負擔。如果有人願意幫我,我甚至會請他讓我離開。」

Kong望向窗外,越來越低的烏雲是很快就會下雨的前兆。

「我認為不只是Somsak醫師會這麼做。」Kong轉著擺在桌上的筆,低聲說:「或多或少,一定有人抱持著同樣的想法,差別只在於會選擇等待法律認可還是自己動手。我們的職責,就是抓到選擇後者的人⋯⋯讓他們接受應有的制裁。」

Kong的話一說完,第一滴雨就打在屋頂上。儘管資深刑警Kong在外頭有許多情報來源,但還是無法預見正在發生的一切,仍有很多事情等著他去發掘──有意義與毫無意義的線索交織在一起。不過Kong相信,在這些故事中一定隱藏著一些真相。那些真相一旦被揭開,或許會顛覆人們既有的想法,讓過去

知道的一切完全變成另一種面貌。

　　警少尉 Archa 憑直覺感覺到,這個故事還遠遠沒有結束。

　　　　　　　　　　　　　　　　　　　——下集待續

高寶書版集團
gobooks.com.tw

CRS068
安樂死（上）
การุณยฆาต

作　　　者	Sammon
譯　　　者	舒宇
繪　　　師	KSS 凱蘇
編　　　輯	陳凱筠
美 術 編 輯	林鈞儀
排　　　版	彭立瑋
企　　　劃	黃子晏

發 行 人	朱凱蕾
出　　　版	朧月書版股份有限公司 Hazy Moon Publishing Co., Ltd.
地　　　址	臺北市內湖區洲子街 88 號 3 樓
網　　　址	www.gobooks.com.tw
電　　　話	(02) 27992788
電　　　郵	readers@gobooks.com.tw（讀者服務部）
傳　　　真	出版部　(02) 27990909　行銷部 (02) 27993088
郵 政 劃 撥	19394552
戶　　　名	英屬維京群島商高寶國際有限公司臺灣分公司
發　　　行	英屬維京群島商高寶國際有限公司臺灣分公司 / Printed in Taiwan Global Group Holdings, Ltd.
法 律 顧 問	永然聯合法律事務所
初 版 日 期	2025 年 5 月

Published originally under the title of《Euthanasia การุณยฆาต》[Vol.1-2]
Author© Sammon
Traditional Chinese Edition rights under license granted by Sammon
Traditional Chinese Edition copyright © 20xx Global Group Holdings, Ltd.
Arranged through JS Agency Co., Ltd, Taiwan
All rights reserved

安樂死 / Sammon 著；舒宇譯 .-- 初版 .-- 臺北市：朧月
書版股份有限公司出版：英屬維京群島商高寶國際有限
公司台灣分公司發行, 2025.05
　面；　公分 .--

譯自：การุณยฆาต

ISBN 978-626-7642-11-5 (上冊：平裝).--
ISBN 978-626-7642-12-2 (下冊：平裝).--
ISBN 978-626-7642-13-9 (全套：平裝)

868.257　　　　　　　　　　114002562

凡本著作任何圖片、文字及其他內容，
未經本公司同意授權者，
均不得擅自重製、仿製或以其他方法加以侵害，
如一經查獲，必定追究到底，絕不寬貸。
版權所有　翻印必究

ALL RIGHTS RESERVED